有華人的地方就有

龍人的作品

笑破蒼穹

7 鼎盛江湖

龍人 策劃／易刀◎著

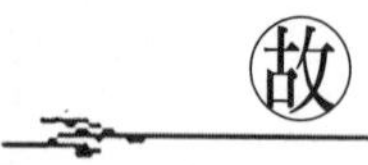

故事背景

大荒紀年。天鵬王朝。

大鵬王死後不到三年，古蘭叛亂。後五年，大荒群賊蜂起。

天泰帝繼位後，勵精圖治，平定大荒局勢。後來繼位數帝，窮奢極欲，民怨載道。

景河繼位，雖欲中興天鵬，但帝國積弱已久，又逢天災連連，盜王陳不風登高一呼，大荒亂賊四起。

大荒三六六一年，天鵬瑞吉十年，陳不風率奇兵攻破大都，天鵬帝國宣告滅亡。

次日，河東慕容無雙起兵，誓言復鵬，天下群雄紛起響應。

大荒史上，一個延綿兩百多年的戰國亂世就此拉開了序幕。

笑傲小辭典

***誅魔**——魔門古老相傳的一種神奇的魔箭。由上古魔神蚩尤煉成，共有五千支，每一支都威力奇大，能破尋常內家高手的真氣和仙級以下法師的結界，被蚩尤奉爲至寶。

***正義之劍**——正氣盟鎮派仙器。乃正氣盟創派祖師文載道以取自大荒極南之地的火鐵，輔以天外雲石，鍛鍊三年始成，威力無窮。

***上古五神**——分別爲金神軒轅、木神蒼龍、水神夏禹、火神赤炎和土神玄黃。因爲上古五神分別掌管五行神力，所以也叫五行之神。

***四大聖獸**——上古傳說中的四隻異獸，分別是青龍、白虎、金鵬與火鳳。

***乾坤袋**——上古一位異人所創的異寶，能將天地萬物納入其中而不增其重。爲青虛子送給李無憂的寶物。

***七大封印**——創世之初，天地間妖魔叢生，危害蒼生，創世神親自降妖伏魔，盡收世間窮兇極惡的妖魔。但就在他要誅殺最後七隻魔獸時，發生了元神分離的意外，在他分離成五大主神前，分別將這七大魔獸封印在縹緲大陸的七個地方。

人物簡介

◎驚世帝王榜

＊大鵬王忽必烈——

天鵬王朝開國之君。駕崩後，帝國即陷入動盪不安的局勢。

＊景河——

天鵬王朝亡國之君。本欲東山再起，卻時不我予，只能抱憾以終。

＊陳不風——

人稱「盜王」，義軍首領。亦爲造成天鵬王朝亡國之人。具有木水二性的金風玉露神功，打遍天下無敵手；與「大荒四奇」齊名。

＊慕容無雙——

風州王。天鵬瑞吉十年，陳不風率奇兵攻破大都，天鵬帝國宣告滅亡，慕容無雙起兵復鵬，率八十萬大軍與陳不風決戰於天河。

＊楚問——

新楚國當今皇帝，對李無憂青眼有加，屢屢賜封李無憂爵位及各種恩賞。

＊靈王——

新楚國大皇子。身形粗壯，雙手過膝，環眼圓睜，狀似鄉下農夫。

＊蕭如故——

蕭國皇帝。統領煙雲十八州。弱冠之年即削平叛亂，一統蕭國。絕世用兵天才。

＊蕭如舊——

蕭國南院大王。蕭如故的哥哥，又封攝政王，蕭如故南征其間，國內一切軍機國事都由他代理。

＊李鏡——

平羅國王。文采蓋世，但非治國之才。

＊陳羽——

陳國文帝之三皇子。吃喝嫖賭樣樣通，文武學識卻無一會。

＊楚九歌——

新楚淮南王。楚問的親弟弟。

＊靖王——

楚國九皇子。相貌清秀，仿如女子。

人物簡介

◎異界英雄榜

＊李無憂——

如彗星般崛起的傳奇人物，五行齊備的千年奇才。號稱「大荒雷神」。原是市井無賴，絕處逢生時誤食五彩龍鯉，更得隱世高人傳藝，從此使他脫胎換骨，逐漸步上至尊之路。

＊龍吟霄——

禪林寺弟子。武術雙修，小仙級法術高手。正氣譜十大高手中排名第九。

＊柳隨風——

江南四大淫俠之首。身具江湖第一神偷柳逸塵的獨門絕技「如柳隨風」。與寒山碧爲生平摯友。

＊蘇慕白——

昔年江湖第一風流才俊，人稱「風流第一人」。十二歲就做到新楚宰相。著有膾炙人口、傳頌一時的《淫賊論》。與魔門古長天共稱絕代雙驕。《鶴沖天》爲其獨門內功心法！

＊古長天——

百年前一統魔門的魔皇，燕狂人的傳人。爲魔道第一高手，曾經一日夜間盡屠十萬楚軍，讓黑白兩道聞名喪膽。當時唯一能與他抗衡的只有正道第一高手蘇慕白。

＊文治——

正氣盟盟主文九淵的獨子，年僅十九，官居平羅國的正氣侯。正氣譜排名第十九位。與李無憂比武後，甘願拜李爲師。

＊謝驚鴻——

人稱「劍神」。天下公認當世第一高手，胸懷俠義，重然諾，輕錢財。

＊慕容軒——

當世四大世家之一慕容世家的家主，慕容幽蘭之父。大荒三仙之一。十大高手排名第六。屬大仙級的法師。

＊司馬青衫——

新楚國右丞相，最大特點是好色如命。看似毫無鋒芒、才能平庸，卻被柳隨風認爲是心中第一英雄。

＊獨孤羽——

人物簡介

「邪羽」之稱，地獄門弟子。名列妖魔榜第十。冥神獨孤千秋的嫡傳弟子。

***任獨行——**

擁有「劍魔」之稱。天魔門弟子。名列妖魔榜第十一。

***獨孤千秋——**

三大魔門之一地獄門的門主，有「冥神」之稱。其兄獨孤百年爲蕭國國師。

***冷鋒——**

神秘殺手，傳說中從未失過手。不達目的絕不甘休。

***宋子瞻——**

妖魔榜排名第一的神秘人物。

***吳明鏡——**

有「大荒第一刀」之稱。

***厲笑天——**

有「刀狂」之稱。與劍神謝驚鴻齊名。正氣譜排名第二。

***任冷——**

人稱「天魔」，與冥神獨孤千秋，妖蝶柳青青並稱爲三大魔門宗主。

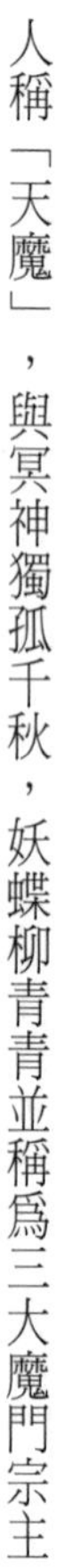

＊古圓——

文殊洞主持，人稱「封狼小活佛」。

＊夜夢書——

與王定、喬陽、寒士倫共稱「無憂四傑」。

＊王維——

軍神王天的孫子。年僅十六，但膽略非凡，隱有一代名將風采。王天逝後，由其繼任統兵大任。

＊司徒松——

昔為楚國通天監博士。與古長天同為魔門中人。

＊賀蘭缺——

賀蘭凝霜之父。

＊陳過——

平羅大將。曾匹馬戍梁州，一劍削下平羅十五將腦袋。

＊東海葉十一——

謝驚鴻唯一公開承認的入室弟子。其貌不揚，卻有驚人氣勢。

人物簡介

＊蕭天機——

蕭國的情報網路「天機」的領導人。

＊師蝶雲——

四大世家之一的師家的大少爺。

＊師蝶秋——

即左秋。師家的四少；蕭如舊麾下七羽大將。

＊文伯謙——

文載道之子。

＊謝長風——

謝驚鴻之父。有「劍聖」之稱。

＊糊糊真人——

「亂魔盟」創始人之一。與公孫三娘原為同道師兄妹，後改邪歸正。與大荒四奇成為好友。

＊笨笨上人——

與糊糊真人同為世外高人。

◎絕色美人榜

＊寒山碧——

風華絕代、國色天香。武術雙修，人稱「長髮流雲，白裙飄雪」。邪羅剎上官三娘的弟子，行事極爲狠辣。江湖十大美女中排名第三。妖魔榜排名第九。

＊程素衣——

菊齋傳人。人稱「素衣竹簫，仙子凌波」，十大美女中排名第一。正氣譜排名第十。

＊諸葛小嫣——

玄宗門掌門諸葛瞻的獨女。人稱「一笑嫣然，萬花羞落」，江湖十大美女中排名第二。身懷玄宗法術之外，更自創獨門法術「彈指紅顏」。正氣譜上排名十五。

＊師蝶舞——

人稱「蝶舞翩翩，落霞秋水」，江湖十大美女中排名第五；正氣譜上排名第二十。一身「落霞秋水」劍法極是了得。

＊師蝶翼——

人物簡介

師蝶舞的妹妹，師家的三小姐。貌美無雙，傳言比師蝶舞還要美艷動人。素有「冰玉女」之稱。

＊慕容幽蘭——

十大美女排名第六。胭脂馬和火雲裳爲其獨門標誌。其父即正氣譜十大高手排名第六的慕容軒，法術獲其父真傳。與李無憂一見鍾情。

＊唐思——

大荒四大刺客組織之一「金風雨露樓」排名第一的刺客，從無失手的記錄。妖魔榜排名第十四。與慕容幽蘭互爲表姐妹。

＊朱盼盼——

人稱「羽衣煙霞，顧盼留香」；十大美女排名第七。

＊劉冰蓮——

柳隨風對其曾有救命之恩，因之與柳展開一段情緣。

＊芸紫——

天鷹國的三公主，有「天鷹第一才女」之稱。性喜遊歷，常年輾轉於大荒諸國，豔名亦播於四海。

＊賀蘭凝霜——
西琦國女王。
＊柳青青——
妖魔榜排名第四。無情門門主。有「妖蝶」之稱。
＊石依依——
超萌正妹，石枯榮之妹。爲了行動方便，在無憂軍團中變身成粗聲粗氣的壯漢謝石。
＊秦江月——
絕世美女。憑欄關外庫巢的守將，有「玉燕子」之稱。
＊若蝶——
異界妖女，原被封印於溟池之中，意外被李無憂打開封印而出。前世與莊夢蝶有過一段驚天動地的孽緣。
＊陸可人——
四大宗門年輕一代最傑出的四人之一。與龍吟霄、諸葛小嫣、文治齊名。行蹤神秘，極少露面。
＊蘇容——

人物簡介

「捉月樓」頭牌美女，亦爲金風樓主的二弟子。

＊朱如——

金風玉露樓樓主。朱盼盼的母親。

＊上官三娘——

妖魔榜排名第五的邪羅刹；學究天人，武術雙修。寒山碧的師父。

＊葉三娘——

馬大刀的老婆。雅州王王妃。

＊秦清兒——

一代奇女子。來歷神秘，對夜夢書情有獨鍾。

＊葉秋兒——

天資過人，爲十二天士之首。對藥草身負特殊靈識。

＊燕飄飄——

天巫掌門。雖年已近百，卻風華絕代貌似妙齡女子。

＊公孫三娘——

魔道中人。風姿綽約，擅「吸星大法」。

◎超級仙人榜

＊諸葛浮雲——

道號青虛子。玄宗創始人。已兩百多歲。與禪僧菩葉、真儒文載道、倩女紅袖並稱「大荒四奇」，李無憂的結拜大哥。水滴石穿爲其獨門法術。

＊菩葉——

異界禪門的得道高僧。李無憂的結拜二哥。

＊文載道——

正氣門的創始人。也是李無憂的結拜三哥。獨門武功爲天雷神掌。

＊紅袖——

貌美無雙，聰慧過人。李無憂的結拜四姐。

＊劍仙李太白——

身懷五行之術，以一把倚天劍縱橫天下，世上罕有可與爭鋒之人。曾與藍破天爭奪當時的第一美女秦如煙。

人物簡介

＊藍破天——

刀神，使用的刀器爲「破穹刀」，藝通五行，是李太白生平唯一敵手。

＊莊夢蝶——

曾一人獨對三千高手，折劍而還，毫髮無損；與若蝶有過一段孽緣。

＊雲海、雲淺——

禪林寺高僧，年齡已在一百八九十歲之間，長年隱匿潛修，傳其功力已臻至白日飛升之境界。

＊太虛子——

人稱「太虛道人」。神光內斂，骨骼清奇，已達返老還童之境。

＊蚩尤——

上古魔神。曾造「誅魔箭」。後被金神軒轅殺死。

＊秦乾——

上古神人。領悟了天地奧秘而創《天神訣》。

◎奇人異士榜

＊楚誠——

景河的貼身護衛，身負景河交付的復國大任，卻因時空錯位，來到兩百年後的楚國。

＊王天——

憑欄關守關元帥。用兵如神。人稱「軍神」。

＊張龍、趙虎——

楚國斷州城大將。後爲李無憂吸收，納爲手下。

＊段治——

善於製鐵的奇人，後追隨李無憂，忠心不貳。又稱「匠神」。

＊朱富——

既無資歷又不懂兵法、不會武功卻被李無憂任爲航州參將。

＊秦鳳雛——

楚軍梧州六品游擊將軍，卻幫助李無憂將百里溪殺死。

人物簡介

＊韓天貓——

盤龍寨山寨老大，法力高強。妖魔榜上排名第九十三。

＊張承宗——

楚國斷州軍團最高統帥。

＊石枯榮——

潼關總督。其妹石依依爲絕色美女。

＊耿雲天——

楚國太師。以小氣出名，實則城府極深，爲靈王人馬。

＊王戰、王猛、王紳、王定——

結義兄弟，王門四大戰將。軍神王天手下。

＊馬大刀——

土匪頭子。以「除奸黨，靖敵寇」的旗號揭竿而起，起義暴動。自號平亂王。

＊虛若無——

平亂王馬大刀的軍師。

＊蕭承、蕭未、哈赤——

蕭國鎮守庫巢城頭的大將。

＊谷風——

珊州總督。

＊文笑——

正氣盟的高手。

＊唐鬼——

之前在崑崙山上將李無憂逼入懸崖、被李無憂暗自命名爲「天下第一醜」的男子。

＊玉蝴蝶、冷蝴蝶、青蝴蝶——

淫賊公會眾成員。對李無憂佩服的五體投地。

＊耶律楚材——

蕭國鎮南元帥。正氣譜排名十八。

＊耶律豪歌——

耶律楚材的侄子，亦爲其手下大將。

＊呼延斬神——

蕭國天州守將。頗有謀略，曾試圖以奇兵姿態與秦州秦夢一起裏應外合將李無憂擊

人物簡介

潰，仍全軍覆沒，無奈歸降。

＊牧先生——

靖王手下的一名謀士。

＊黃公公——

大內得勢太監，身分神秘，擁有不凡功力。

＊小三——

李無憂落難時遇到的童子。天資聰穎。

＊馬翼空——

玄宗太虛門下子弟。

＊沈從——

黑騎兵領兵主將。

＊葉青松——

無憂軍萬騎長。

＊勞署——

珊州參將，後加入無憂軍團。

＊百里莫仁——

航州城守軍統領。爲靖王舊部。

＊舟落霞——

禁軍統領。也是大楚皇后的侄女。

＊胡潛——

楚國御史。

目錄

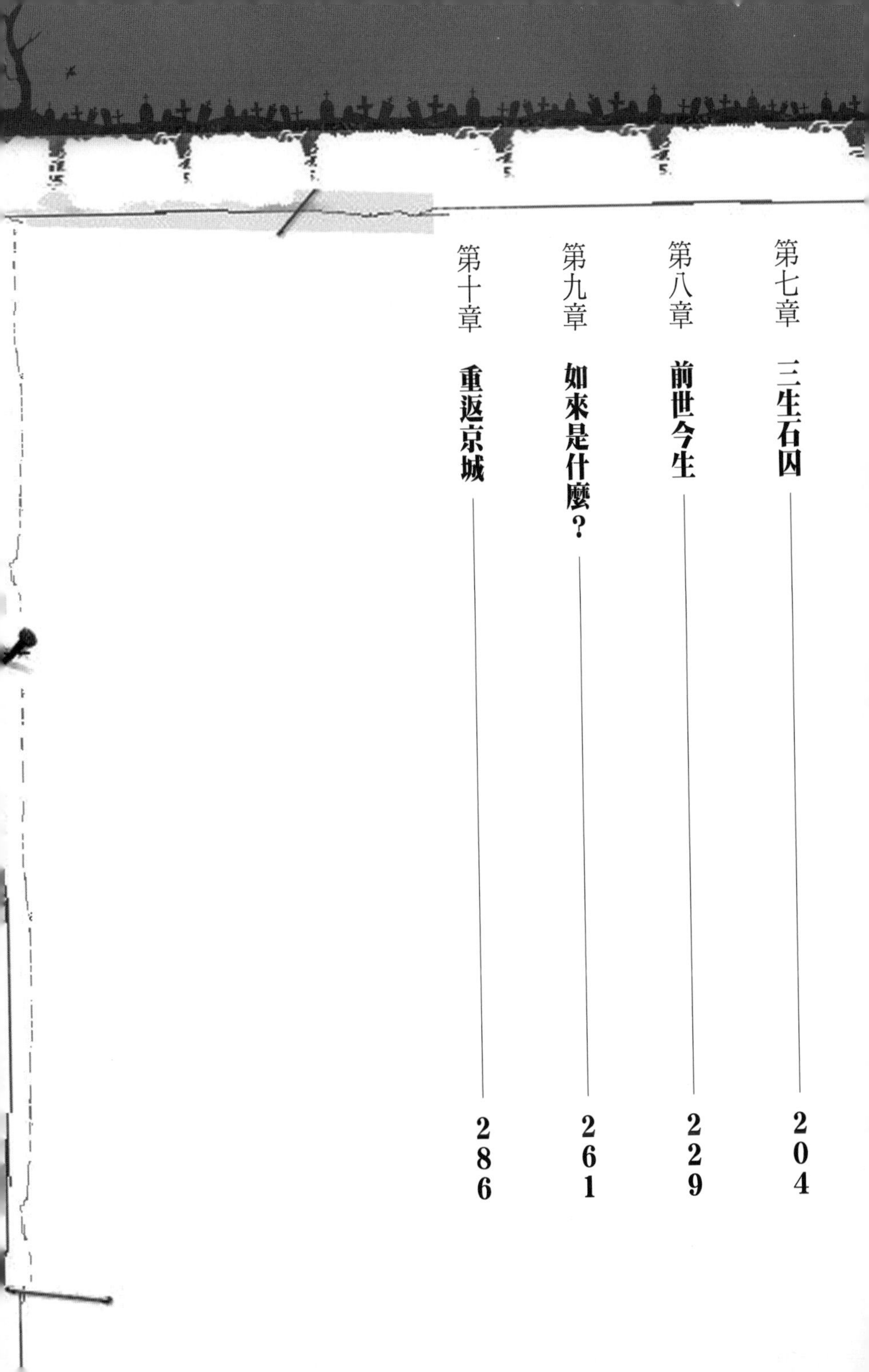

第一章　碧落黃泉

將謝驚鴻和宋子瞻抄入手裏的，正是文九淵。

不待落地，人在空中，文九淵已經指翻如電，迅疾點了謝宋二人周身三十六處大穴。

「哈哈哈，劍神魔聖，原來不過如此！」文九淵將二人擲翻在地，放聲大笑，眾人大愣不解之際，他已然身影如電翻飛，自崖上其餘八人身前掠過。

太虛子等人大覺不好，忙強出招相抗，但各人均是駭然發現，文九淵功力比先前表現出來的竟是高了一倍不止，眾人又傷重未復，功力只有平時三成不到，瞬間便被他點中身上數個大穴。

眨眼間，崖上其餘八人和謝宋二人一起，再也不能動彈分毫。

李無憂見自己也未能倖免，暗嘆了口氣，對寒山碧道：「古人說『龍潛於淵，乃其必翔也！』老子闖蕩江湖多年，閱人無數，沒想到也有看走眼的時候！」

寒山碧失笑：「你才出道幾天，也敢說闖蕩江湖多年？」

李無憂正色道：「老子在江湖上闖蕩的時候，你還在穿開襠褲呢！」

「何以見得？」

「因爲老子就是從穿開襠褲開始闖蕩江湖的！」

「滾！」寒山碧想啐這賤人一口，卻忽然發現後者已經收斂笑容，雙耳豎立，似乎聽到了什麼，正想罵他裝神弄鬼，卻見天空群鳥亂飛，一個聲音已自崖下闖入耳來。

那聲音似是自崖下樹林中傳來，初時還只如幾聲悶雷，隨即越來越大，不時那雷聲越來越大，越來越密，那一個樹林仿似一個巨大的火藥桶，隨時都會爆炸一般。

這一連串事，都只發生在剎那之間，此時古長天還未落到地面，而落下的方向正是那片樹林。

眼見他便要撞到林中最高的一棵胡楊樹，一條淡淡黑衣人影如電躥起，接過古長天。

眾人尚未看清楚那人面目，那人便又已落回林中。

李無憂目光掃向文九淵，卻發現後者並無半點驚奇模樣，知道自己猜對了。

眾人正自茫然，忽聽「轟」地一聲驚天動地的巨響，彷彿是千萬個炸雷同時爆開，崖下那片樹林忽然自中間炸開，無數根巨木平平飛出，林中霎時出現一條寬約五丈的大路來。

黑衣人抱著古長天傲立路中央，眾人這才發現他面覆黑紗，誰也不知道他的真面目。

下一刻，仿似海潮狂湧，黑衣人身邊左右林中忽然闖出一隊隊黑盔黑甲的騎兵來。以刀伐木，然後以繩縛在馬身，左右拖動，原是軍中先鋒隊開道的慣用招數，只不過能做到如此整齊，實在是讓人駭然，但這在李無憂眼裏並沒有什麼了不起，只是當他以從軍多年的專業眼光掃描一遍，頓時心頭一陣發毛：這隊騎兵足足有三千人！

「順我者昌，逆我者亡！」崖上崖下，文九淵和那黑衣人一起高聲大叫。

「順我者昌，逆我者亡！」崖下三千騎兵應聲附和，喊聲如雷，直震雲霄，氣勢如南山東海。

「文九淵，你這是做什麼？」所有人剎那間已然明白一切，只不過崖上的人都只是嘆氣暗悔，而崖下的人卻高聲呼叫，拔出兵刃來。但奇怪的卻是，正氣盟弟子顯然事先也不知曉文九淵有如此作爲，眼見周圍人虎視眈眈地望著自己，也是拔出兵刃，各自警惕。

「我數三聲，不放下兵刃投降者，除正氣盟弟子外，殺無赦！」崖下抓住古長天的黑衣人明顯是騎兵們的頭領，見崖下各宗弟子將正氣盟弟子圍在中央，頓時眉頭一皺，高聲大喝。

他不喊還好，一喊之下，各門弟子頓時大怒，無情門的一名長老最先將近身的一名正氣盟弟子砍翻，正氣盟弟子大怒，立刻出手反擊，連鎖反應下，諸派弟子圍攻正氣盟之局終於形成，而諸派的長老則是且戰且退，向崖上撲來。

崖上文九淵見此急道：「殿下，快出手幫忙！」

「放箭！」黑衣人揮揮手，眼裏閃過一絲詭異的光芒。

慘叫不絕。

那三千騎兵的箭一離弦之後，便全數化作了一條條黑色的閃電，居然破開了這些各門高手的護體罡氣和結界！

文九淵鬆了口氣，但很快那口氣又被他提到了嗓子眼，那些騎兵的箭竟然是不分敵我，除了試圖飛上懸崖的各派長老級人物被箭雨所困外，場中其餘人等也是遭到了公平的對待，平分了箭雨的分量。

他剛想大叫，黑衣人卻揮揮手，箭雨已然停了。

可憐這些各宗各派的精銳，這場詭異的箭雨過後，卻立時死掉了八成之多。

這裏躺下的每一個人在江湖上都是有頭有臉的人物，今日被亂箭射死，卻連到底自己是死於誰手裏都不知道。

文九淵望著崖下，剛才還熱火朝天的眾人，已經只剩下五人，而正氣盟弟子除開文治

之外，卻是再無一人，眼見自己二十年來精心培養的精銳就這麼毀於一旦，心頭說不出的悲涼。

其餘如太虛子等人卻是目瞪口呆，崖下之人不是各宗各門弟子中的精銳，就是長老級的高手，人人在江湖上皆可獨當一面，即便那些箭真的全是閃電，也斷斷不能造成如此大的殺傷力，這究竟是何種魔箭？

「誅魔！」沉寂之中，任冷和柳青青失聲叫出聲來。

李無憂正望向崖下尋找葉秋兒，眼見依舊昏迷的葉秋兒在馬翼空的保護下，幸運地成爲了僅存的五人之一，頓時鬆了口氣，耳聽任柳二人驚呼，腦中立時想起有關誅魔的傳說，頓時全身一寒。

今日之事，看來麻煩透頂了。

誅魔乃是魔門古老相傳的一種神奇的魔箭。這種據說是由上古魔神蚩尤煉成的箭共有五千支，每一支都威力奇大，能破尋常內家高手的真氣和仙級以下法師的結界，原是蚩尤煉來對付手下三大魔將叛變所用，後來平定叛亂後，蚩尤用之於戰場，居然殺得金神軒轅的部隊大敗而歸、高手損失慘重，因此被蚩尤奉爲至寶，只是後來蚩尤終於被軒轅殺死，元神四分五裂，誅魔箭也隨之失傳。

直到千年之前，藍破天爭霸天下時，這種魔箭才再次現身，只是可惜不久後，藍破天與李太白雙雙失蹤，魔箭也再次失傳。

後來聽說忽必烈大軍征伐古蘭之時，曾見到過這種魔箭的身影，但卻沒有怎麼發揮作用就被消滅。誰也沒有想到這種魔箭竟然在此地現身！

誅魔之威，恐怖得近乎變態，所有的人一時盡給震懾住。

三千黑騎卻仿似見慣了這樣的場面一般，在黑衣人的帶領下，緩緩向前，崖下僅剩的五人不自覺地被逼得向崖上後退。

黑騎到了崖下，大部分人張弓守護，一支百人小隊下馬去拾箭，當先那黑衣人卻飛身掠上崖來。

文九淵翻身欲拜，黑衣人微微一抬手，一道巨力傳來，他不敢強為，當即拱拱手，直起了腰。

黑衣人淡淡道：「文盟主，誅魔箭一出，敵我難分，讓你部下損失不少，本王真是抱歉得很！」

文九淵眼中閃過一絲厲芒，卻面露微笑：「殿下這是說哪裏話來？一幫廢物，要來也不過是浪費糧食，殿下幫我除去，除舊更新，我這感激還來不及呢！殿下千萬不要覺得不好意思！」

「呵呵！那就再好不過了！」黑衣人輕輕地笑，末了說了一句話卻幾乎沒讓文九淵噎死，「早知盟主如此喜新厭舊，我就不該下令對你寶貝兒子特殊照顧了！」

「你個烏龜王八蛋的陳羽，見了你師兄老子我，不趕快過來磕頭也就算了，還在那說些豬狗不如的風涼話，存心想噁心死老子嗎？」李無憂破口大罵。

陳羽？「詩酒無雙，風流無雙，古今國士誰無雙；牌九第一，麻將第一，天下人才我第一。」這黑衣人竟然就是那位被視爲陳國笑話的三皇子陳羽？

「見到你這王八蛋就是愉快！」黑衣人大笑，將已經昏迷的古長天扔到地上，解開面紗，「沒想到你的狗鼻子果然還是一如既往的靈！」

「嘿嘿，有你這堆屎老在我身邊陰魂不散地轉啊轉的，想不靈都難啊！」李無憂當然是寸舌不讓。

「獨孤羽！」任冷和柳青青驚異失聲。

「羽兒參見師叔！」陳羽不再理李無憂，轉身恭恭敬敬地對柳青青行了一個後輩禮，顯然是對當日梧州捉月樓中柳青青對他多番維護依舊感激在心。

「原來你還是陳國的三皇子，很好，很好！」柳青青點點頭，隨即卻大笑了起來，

「沒想到我們這這麼多人，人人自以爲聰明，卻還是給你做了嫁衣。後生可畏啊！師叔果然沒白疼你！看來我魔門興盛的這個目標，終將在你手中完成，真是太好了！」

這幾句話，若在旁人說來，自然是客氣的套話，但場中所有的人卻都聽出了柳青青話裏的真摯情意，誰說魔門中人就真的無情呢？

陳羽笑笑，手指一揚，兩道指風射出，正中柳青青和任冷二人的胸口，道：「師叔，你帶師伯走吧，羽兒還要辦些事，就不送兩位了。」

柳青青發覺自己果然能動了，不禁駭然，文九淵封了自己六處大穴，這小傢伙卻只凌空射了自己一指，竟然就解了穴，幾日不見，他的功力竟然達到如此駭人聽聞的境界，真是可怕！

任冷也是一樣感觸，以前他一直不大看得起陳羽，覺得這孩子太注重對計謀的運用而忽視強大自身，而北溟之旅時，他的功力僅有自己四分之一，遠遠不及自己的徒弟任獨行，只是沒想到才不到半年，他的功力已經遠遠超過自己。原來他不是不重視自身的強大，而是一直在隱藏實力，也一直在不停地提高自己。這樣的人，必成大器。他心頭感觸良多，表面卻不見波動，只是朝陳羽點了點頭，御劍沖霄而去。

「乖師侄，你放手幹，萬事有師叔給你撐著！」柳青青拍拍陳羽的肩膀，掉頭看了李無憂一眼，「乾兒子，老娘走了！你好好保重，若是能活命，以後記得來找老娘！」說完咯咯一笑，御風飛起，直追任冷而去。

望著二人化作兩個黑點，漸漸消失在天際，陳羽的眼中閃過一點絕不該有的淚花，但低頭時，袖子一抹，移開時又已是一臉微笑。

「幾天不見，三皇子淫笑依舊，看來是無病無災，真是老天不長狗眼啊！」李無憂長吁短嘆。

「說得好！」陳羽眼光瞟了瞟寒山碧和葉秋兒，開心笑了起來，「老天若是長眼，像兩位妹妹這麼國色天香的美人兒又怎麼會看上像李兄這樣……白癡弱智外帶神經短路的傢伙？」

「是啊，是啊！我也覺得。」李無憂附和，「唉，三皇子要喜歡，就都送你……哎喲，死阿碧，你學什麼不好，非亂吐口水學這沒教養的傢伙破壞環境？喂，我話還沒說完你又吐？呸，呸什麼呸哦？真是的，雖然有美人香呸當唾面自乾，但你老呸啊呸的，萬一嚇壞本就提心吊膽的各位前輩多不好？就算各位前輩神經堅強，沒心沒肺，不會被嚇，但嚇到花花草草也不好嘛！剛被這幫破馬破壞那麼多，水土流失，也不知道哪年才能再長出來呢……」

「李兄果然風流瀟脫，臨死還這麼多廢話，佩服，佩服！」陳羽笑得很是愉快，半點殺氣都沒有，但這話卻讓李無憂嚇了一跳：「阿羽，大家好歹兄弟一場，你不是說真的吧？」

陳羽一柄藍汪汪的魔刀已經比在了李無憂脖子上，但臉上依舊帶笑：「小弟開玩笑慣了，這次說不定也是，李兄不必太認真！」

「大哥，你饒了我吧！」李無憂哭道，眼淚鼻涕橫飛。

陳羽搖頭：「李兄你怎麼就不信任我呢？就算你哭得厲害，攪得我心情不好，在你脖子上抹了一刀，最多也是沒有頭而已，何必那麼難過。想改變我心意哪那麼容易？」

「哈哈，不要這樣嘛！」李無憂忙大笑，只是笑得比哭的更難看，「皇子殿下，你看，現場這麼多美女，你喜歡哪個我送給你就是嘛！你看這位，葉秋兒，武林正宗玄宗門的傑出美女，年方二八，不睡時如出水芙蓉，春睡時如海棠秋色，端的是容顏動人，我把她送給你，你饒了小的一條賤命如何？」

陳羽微笑，卻依舊搖頭。

「不喜歡太清純的是吧？沒關係！這個怎樣？寒山碧，標準妖女，一顰一笑，都是風情萬種，絕對讓你看一眼便骨頭都酥了，這總行了吧？」

眾人見李無憂為了活命，居然無恥至此，紛紛露出鄙夷神色。

寒山碧聞言先是柳眉倒豎，隨即卻笑了起來：「好啊！相公，若真能救你一命，阿碧即便失節又算得了什麼？只要你不嫌棄我殘花敗柳，肯日後殺了陳羽來找我雙宿雙飛，再做對同命鴛鴦就成！」

眾人聞言都是面面相覷：這丫頭……還真不愧是妖女！

「唉！」陳羽嘆氣，「李兄，這些都是你的老婆，朋友妻，不可欺，小弟雖然無恥慣了，但這點義氣還是要講的！」

「哦！原來你性功能障礙，不喜歡美女，早說嘛！」李無憂恍然大悟，「那你一定需要秘笈的吧？四宗武術秘笈我統統有，並且詳細批註了破解之法，都送給你了，老大，求你，饒我一條狗命吧！」

陳羽搖頭，文九淵跟著搖頭，太虛子也搖頭，龍吟霄不動聲色，寒山碧臉色不變，好似不認識這個人。

燕飄飄大怒：「李無憂，你……你……」話說一半，卻實在找不到詞語來形容。

「師父，你終於看清楚這人的真面目了吧？」陸可人恨恨道。

文治、馬翼空等人張大了嘴，怎麼也不相信眼前這個無恥到如此境界的人竟然就是自己的偶像，大荒雷神李無憂。

「哈哈！」陳羽大笑，手腕一抖，刀光自李無憂脖子上輕輕劃出一條紅線後重新入鞘，「李兄，你不必白費心機了！古長天三人中的是我地獄門的碧落黃泉，三日三夜之內功力全失且昏迷不醒。你再拖延時間，他們也是不會醒的！今日與會諸人，順我者昌，逆我者亡！降與不降，悉聽尊便！」

碧落黃泉，原來是中了這種毒，難怪功力高強如古長天者都不得不陷入昏迷！

眾人這才反應過來，原來李無憂剛才是在拖延時間，希望古長天三人能憑藉雄渾的功力恢復過來，失望之餘，望向李無憂的眼神都多了一絲愧疚。

「好！」李無憂苦笑，「幾天不見，你這小子果然是越來越小心了。我聽說你們地獄門一共也不過只有十人份的碧落黃泉，這次你竟然一次拿了三份出來，算是豪爽得很哦。對了，能不能告訴我你究竟是怎麼下的毒？」

這個問題正是場中所有人都想問的，一時都是凝神靜聽。

「碧落黃泉，嘿嘿，碧落黃泉！」陳羽臉上終於露出了一絲得色，「給你點提示，碧落黃泉其實是合毒，你和寒山碧也同樣中了碧落！」

眾人皆露出深思神色，卻全都百思不得其解。

「我和阿碧也中了碧落？」李無憂微一轉念，忽然大笑，「哈哈，妙計，妙計，我千小心萬小心，還是沒有想到你會將碧落下在大雁身上，黃泉卻放在了文九淵身上！」

「哈哈！果然是李兄最先猜出來！」陳羽也是大笑，「我在文九淵身上施下了玄光術，你們這裏所有的動靜，我都通過他瞭解得一清二楚。我知道到中午了，你們一定需要吃東西，而古長天高傲之極，尋常食物如何能入他法眼？必然會找你這個廚藝高手給他重新燒東西吃，是以便孤注一擲，抓了群大雁，將碧落通過其羽毛注入體內。」

居然是將毒藥通過鳥羽注入雁體內，自然毫無痕跡！眾人覺得匪夷所思之際，同時對陳羽心機之深也是駭然不已。

文九淵堂堂宗師，又是平羅國教教主，誰能想到他居然是陳國皇子的人？

「我就說老文怎麼看都不像個謙謙君子，還一副大義凜然的樣子說『正氣盟以保護李前輩爲第一要務』，靠！還真像那麼回事！原來是一面要和你互通玄光術，一面要在這四周散布黃泉，根本沒有多餘功力和人拚命！這樣的狗腿子還真是忠心，不枉是正氣文家的人！」李無憂恍然大悟。

「好說！」文九淵微笑，豔陽下，像個老狐狸。

對於這樣的人，罵也無用，打目前是打不過，李無憂對此只能苦笑，心頭卻替文載道感到難過。

「好了！」陳羽再次笑了起來，「諸位前輩，我這有一盤熱情奔放大補丸，對身體頗有滋補效果，有需要的朋友請來取用！」

眾人均知這是逼自己表態了，各自互望一眼，卻誰也沒吭聲。

陳羽見眾人都不表態，轉頭對李無憂笑道：「李兄，大家這麼熟了，幫我個忙，要不賢伉儷帶個頭，給各位前輩作個表率成不？」

「熱情奔放大補丸？老子看是天淫地蕩大力丸才是……咦，那邊誰來了？」李無憂嘟囔之際，手忽指向陳羽身後，精神大振。

「呵呵，李兄，這招未免過時了吧？你認爲這鳥不拉屎的地方，還會有人來？」

「哈哈，你又不是鳥，怎麼知道沒有來拉屎的？」一個聲音大笑。

陳羽大驚，驀然轉身，身後不知何時已多了一人！

「閣下頭大眼凸、鼻歪口斜、雙耳招風，臉上又星羅密布，可說是面相儒雅；脖細背隆、肚大腰闊、腿短足跛，更難得的是手生六指，可謂骨骼清奇，以我被老大看相多年的經驗看來，閣下應該是武林中千年難得一見的敗類啊？怎麼我們軍師卻說你是江湖上難得一見的美男子呢？」

陳羽剛剛轉過頭，站在他背後這人卻一本正經地端詳著他的臉，嘴裏念念有詞。

那人邊說，臉上奇怪神色越濃，眼中更加迷惑，索性將肩上扛的丈長大劍插到地上，雙手瘋狂地抓頭怪叫。

眾人眼見這位不知從哪裏冒出來的仁兄，正是如他自己方才說的一般頭大眼凸、鼻歪口斜，一對長長的招風耳，臉上密密麻麻地生了無數褐色麻子，而「脖細背隆、肚大腰闊、腿短足跛」等語更是為他量身打造，手生六指正是他獨門商標，他將這些話的後面分別綴上「面相儒雅」和「骨骼清奇」也就罷了，偏偏極端不高明地將這話套過來反用到陳羽身上，都有了噴飯的衝動。

那人見眾人大笑，更是不解：「各位帥哥笑得這麼花枝亂顫，各位美女也笑得這麼溫文爾雅，正說明大家和我心有靈犀，為何軍師偏偏要說老子嘴笨不會說話，一定不能得到大家的贊同呢？」

眾人聞言更是狂笑不止，便連素來不苟言笑的燕飄飄也不禁莞爾。

「長得醜不是錯，嘴笨沒有過，但千萬別出來闖禍，否則老子把你剁！」

眾人大笑聲中，李無憂鐵青著臉，陰陽怪氣地念著剛想到的順口溜，卻見那人依舊一臉迷惑的樣子，不禁又是好笑又是好氣，厲聲喝道：「唐鬼，給老子滾過來！」

那人正是無憂軍第一活寶唐鬼先生！

此時唐鬼先生所作的高層次沉思，實不亞於古聖人的白馬非馬、空色不空之類的高難度哲學問題，李無憂這一叫，頓時將他失掉的魂落掉的魄從自己苦心構造的太虛幻境中勾了回來，當即如遭雷擊，忙換了笑臉，大叫老大我好想你，朝李無憂狂奔而來，但剛奔出一步，立時腳下一個踉蹌，變作朝陳羽撞去。

「呵呵，這樣的小兒科動作也想闖過去救李無憂？」陳羽微微一笑，手中長刀連鞘揮出。

場中眾人即便不是武學大家，但因武術殊途同歸，於武功上也有獨到眼力，眼見這一招看似尋常，卻立時封死了唐鬼前進之路，同時隱隱還暗藏了九個變化，擋住了唐鬼可能的九個變招大方位，端的是妙到毫巔，雖厭惡陳羽爲人，卻都是叫了聲好。

但唐鬼卻對這大巧若拙的一招視若無睹，只是踉蹌之後立時想到自己再不變招便要跌得鼻青臉腫，猛地將頭一縮，藏到懷前，空中一曲腿，放到肩膀上，整個人頓時呈球狀，無巧不巧地正避過了陳羽的妙招。

圓球落地後前衝之勢不止，立時咕嚕咕嚕滾了開去，最後衝力止息，不偏不倚地落到了李無憂身前。眾人只驚得目瞪口呆。

唐鬼是踉蹌之後立時就想到了變招，但他速度慢了陳羽幾分，陳羽這一刀揮出時，他縮頭屈腿的動作才開始做，落在眾人眼裏好似他算準了陳羽的出刀位置和時機並以巧招化解一般。更因爲角度的關係，許多人都沒有看見唐鬼的踉蹌是因爲腳剛才實際上是被地上的大劍劍柄絆了一下，見此都是肅然起敬：連唐鬼這樣的蠢笨之人，都能擺脫強敵將「滾過來」這個命令執行得如此到位，無憂軍縱橫列國，果非幸至！

陳羽一招失手，見他方才所用招式堂正中極見詭異，大巧若拙，當即大吃一驚：這人竟是個絕頂高手！

他一時猜不透唐鬼深淺和來路，忽地身形一晃，化出六個虛影，直奔躺在地上的六大高手，獨獨卻漏了武功最低微的陸可人，是功力不足還是別有懷抱就不得而知了。

六道虛影其實都是真氣所化，乃是陳羽將影鳥畢方的內丹和自己融合之後所練成的絕技。

但這一招本身的厲害，並不足道，厲害的是陳羽出這招的心思。他猛攻六人，卻獨留李寒二人不攻，除開有投石問路之效外，更是聲東擊西的妙計。一旦唐鬼不出手去救那六人，就表示他的目的果然和表現出來的相合，確實是李無憂，而這六道真氣射入太虛子六人身上之後，六人便等於是受制於他和文九淵的力量，便是謝驚鴻古長天出手，也要頗爲費時才能解開穴道，可以說這六人便是徹底落入他的控制當中；而唐鬼一旦出手救人，那陳羽在知道他目標的同時，也會迅疾改變幻影的方向，將李無憂二人先控制住——反正那六人都是重傷受制，相比之下，詭計多端的李無憂和寒山碧更讓他放心不下。

但可惜的是，他這番心思算是徹底白費了，唐鬼抱成球滾到李無憂身邊後，一雙羅鍋腿掛在脖子上，因爲背駝的關係，一時竟然是取不下來，是以根本沒有看到他的舉動。

六道虛影的唯一作用是合著文九淵的力量，將六人的全身大穴封了個遍，其中甚至包括啞穴。

這麼巧？那麼敏捷的身手居然會取不下腿來！太假了吧？陳羽頓時認定唐鬼非但是絕世高手，甚至完全洞悉了自己的用心故意裝瘋賣傻，只嚇得冷汗淋漓，忙示意文九淵不要輕舉妄動。

唐鬼拍拍屁股站了起來，朝李無憂行了個禮，看看寒山碧，齜牙笑道：「老大，這麼快又多了個大嫂啊？蘭嫂子見了會生氣的哦！」

李無憂看這廝一口暴牙越發的黃澄澄，大覺噁心，當即便想一腳將他踹出去，聞言卻是一愣：「小蘭？小蘭怎麼了？」

「蘭嫂子這次跟著一起來了，你竟不知道？」唐鬼大訝，隨即卻摸了摸頭，傻笑開

來，「不好意思，我忘了你最近不在軍中，還真不知道！」

換了以往，見這廝這麼混雜不清，李無憂早一腿踹了過去，但現在他卻大喜若狂：「你……你是說小蘭也要來？她，她不生氣了？」

「老大你真是神人，連這都算到了！」唐鬼一臉詫異。

「少他媽拍馬屁，快說！」李無憂頓時有些惱火。

「哦！是這樣的，蘭嫂子一開始被若蝶嫂子抓來，她生氣得很，又吵又鬧的，說打死也不肯見你，最後還威脅說不放了她，立刻就絕食！還不斷罵你……呵呵，看不出這麼一個小丫頭，嗓門倒是挺大的！罵人的本事也很高，軍師他們說是你教的，但依我看，她比老大你可是高明多了，天天翻新，不像你總是重複相同的幾句。」

眾人雖然都是命懸一線，心頭正自猶豫不決是否投降陳羽，聽到此處都笑了起來，便是燕飄飄、陸可人和寒山碧三女眼裏也都滿是笑意。

陳羽此時已將四圍檢查一遍，卻依舊沒找出唐鬼到底是怎麼出現在自己身後的，一面示意文九淵留神，一面笑著打趣道：

「唐兄弟這話倒是說了句公道話，李無憂這廝別的還行，要說罵人，實在是連個小女孩都比不上！」

陸可人是地上唯一沒被封啞穴的，當即湊趣道：「不錯，他那點伎倆，也就能欺負一下本姑娘這樣的老實人，見了真正厲害的女孩子，只有被罵得狗血淋頭的分！我就奇怪……」

話說了一半，卻被燕飄飄瞪了一眼，當即住嘴，不敢再說，後者暗自嘆氣：可人對李無憂成見極深，我是不是做錯了？

「就是，就是！」唐鬼卻忙不迭地點頭贊同。

眼見這廝又要長篇大論嘰嘰歪歪，李無憂當即出言打斷：「靠，再廢話，老子就把你送給黃公公帶回宮去。揀重點說！」

「是是是！」唐鬼看見黃公公正躺在地上，想起家中的媳婦，頓時嚇得寒毛倒豎，語速奇快，「蘭嫂子每天都罵你，若蝶嫂子怎麼勸都不管用，軍師非但不勸，反而老在蘭嫂子面前說你的壞話，什麼嫖妓不給錢……哇，別瞪我，我不說他還罵你拉屎不帶紙無奈用手指的還不行嗎？」

「你……」李無憂氣得牙癢癢，卻對這笨蛋無可奈何。

旁人卻是笑得更大聲了。

「好，好，老大你別生氣，我不說這個了。老大，你聽到軍師罵你，軍中的兄弟們什麼反應？靠！居然還幫著軍師一起罵你！我實在看不過去了，老大你知道的，我唐鬼別的優點沒有，就是智慧出眾！眼見眾人皆醉我獨醒，很是憂心忡忡啊，心想任軍師這樣胡搞下去，蘭嫂子本來只想將你卸成八塊的，這樣一來不是要將你千刀萬剮嗎？」唐鬼越說越是憤憤然，「於是我就去找軍師探討這個問題。你猜怎麼著？軍師居然說我的擔心是多餘的，他只要說一句話，就能立刻讓蘭嫂子以後再也不罵你了，還會緊張得親自來找你！我當然不信了，便和他打賭，誰想到軍師居然會妖術，他說了句話後，蘭嫂子真的就沒有再鬧，還嚷著立刻要出來找你！唉！真是虧大了，老子不學成妖術之前，以後再不和軍師打賭了！」

「軍師說了什麼？」李無憂大奇。

「不能說！軍師說不能告訴你，否則他會剝了我的皮！」唐鬼頭搖得像撥浪鼓。

眾人聽得都是一奇，柳隨風究竟說了什麼，竟然讓本對李無憂恨之入骨的慕容幽蘭居然立刻轉了性子，而唐鬼又不敢說。

寒山碧卻笑了笑，朝李無憂眨眼，眼光又掃了自己的肚子一眼，意思是說，柳隨風多半是騙慕容幽蘭她已經懷了李無憂的骨肉，李無憂失笑，堅定地搖了搖頭，卻心中一動，對唐鬼道：「你和軍師打賭，是不是誰輸了誰就先上臺來救我？」

「啊！你怎麼知道？」唐鬼大奇，臉上寫滿了佩服。

「哼哼，老子是誰？他那點花花腸子老子還不知道？」李無憂大為不屑，「他說了什麼話我也是一清二楚，只是想考考你對我忠心不忠心而已，你倒好，居然跟我耍起了花樣！原來這就是我的好兄弟啊，媽的，以後別和人說我認識你！」

唐鬼哈哈大笑：「老大，這次你可出糗了！居然說的話和來之前軍師和我說的一模一樣！軍師叫我小心被你騙，沒想到是真的！嘿嘿，無論你舌頭裝了幾根彈簧，我都不會告訴你，軍師是對蘭嫂子說你被陳國三皇子抓去做男妾……」

話一出口，他才知壞了，忙伸手去掩嘴，一雙銅鈴似的眼睛中也透出惶恐，顯然是對柳隨風懼怕之極。

眾人大笑聲中，李無憂苦笑。

陳羽尷尬一笑：「奶奶個熊，這個柳隨風，真他媽陰損！唐兄，難道本王看起來像是喜歡男人的人嗎？」

「你……你就是陳國三皇子陳羽？」唐鬼萬萬沒有料到陳羽就在眼前，見他朝自己走過來，不禁大駭，「你……你別過……過來，我……我不、不喜歡男人的，我，我我三年沒洗澡，十年沒刷牙，身上好臭的，你……你最好離我遠……遠點！否則我我叫了哦！」

「靠！你還真把你當個人啊！」陳羽失笑，自己即便喜歡男人，怎麼著也輪不到對這個醜鬼感興趣吧，當即駐足。

眾皆失笑。

笑了一陣，李無憂忽正色道：「阿鬼，軍師這麼說，小蘭就真的不再鬧了？」

「是啊！要不然我怎麼會站在這裏？」唐鬼搖搖頭，仿似個深沉的哲學家，「唉，女人如水，美女如雲，難測啊難測！明明是對你一往情深，卻偏要扮作恨之入骨；明明是深情款款，其實卻是口蜜腹劍；明明是相思纏綿，偏又裝得漠不關心，啊女人，你是南山縹緲的仙霧，你是齊斯沙漠的蜃影，你是東海深不見底的海水，你是北溟若隱若現的冰雪，你是千古的相思淚，你是萬年的神秘果，你是魔神放的屁，你是創世神拉的屎，你是李無憂的一泡尿，你是唐鬼的一條鼻涕……咦，你們怎麼全倒下了？」

不是全倒下了，太虛子等人本來就在地上，李無憂和寒山碧一直倚著神像，倒下的是噁心得受不了的陳羽和文九淵，二人隨即拍拍屁股站了起來，手都按上了刀劍柄，看那意思只要唐鬼再說出一句噁心的話，便要聯手撲過來。

唐鬼別的不行，感覺危險的能力還是高人一籌的，當即搖搖頭，岔開話題：「除開蘭嫂子，若蝶嫂子這次也要來，對了，前幾天好像還有個叫什麼豬啊羊的女人來找我那本家妹子，說是到時候也要一併來找你，嘿嘿嘿，老大你豔福不淺哦！幾時傳授小弟一點泡妞大法？」

「豬啊羊的？你本家妹子？」李無憂卻是愣了一愣，隨即明白他那本家妹子正是唐思，但什麼又是豬啊羊的？

啊！不會是朱如這麼快就從北溟回來了吧？

正自沉思，忽聽崖下又是一陣雷鳴般巨響傳來，抬頭望去，林中煙塵滾滾，樹木顫抖。

「不好！」陳羽大吃一驚，隨即高喝道：「全軍撤到崖下！」

崖下黑騎聞言，頓時整齊劃一地朝懸崖這邊奔來，但奔到中途，林中忽然鋪天蓋地一般飛出綠色閃電，黑騎後軍撤退不及，霎時便有三百餘人倒下。

「無憂箭！」李無憂暗自吃了一驚。

隨風這小子，把老子的老本全帶來了！

下一刻，綠色閃電襲中人馬之後，迅疾又飛回林中。

黑騎兵受挫而不亂，一面依舊保持整齊陣形朝崖下撤退，一面朝林中放出誅魔箭。

不時林中閃出一隊盔甲鮮明的綠色騎兵，當先一面大旗上書一個大大的李字，旗下是一名儒衫羽扇的白衣少年，身側一將，生得神威凜凜，卻淡然若定，神態儒雅。

眾人正不敢肯定這是哪裏冒出來的部隊，唐鬼已然哈哈大笑：「奶奶個大西瓜，老大，是軍師他們來了！」

李無憂眼力乃是場中最高明的，自是早已看見是無憂軍來了，那白衣少年正是柳隨風，身側那人卻是王定，只是不見慕容幽蘭、若蝶、唐思和朱如，想是藏於軍中，想給自己一個驚喜吧。

但只見到這些人，不知爲何他眼角竟微微有些濕潤，當即掩飾笑道：「他媽的，柳隨風這臭小子幾天沒見怎麼又瘦了好多，難道是楚老兒剋扣了你們的泡妞費嗎？」

唐鬼奇道：「老大，軍中還有這項專款嗎？我怎麼不知道？」

「你等級太低，自然不知道！」李無憂眼見大援已至，很是愉快地和唐鬼開玩笑，卻不小心撞到一側寒山碧冷冰冰的眼神，忙陪笑：「娘子別生氣，爲夫只是活絡一下氣氛而已！」

寒山碧哼了一聲，卻不搭腔，李無憂突然想到一個問題，頓時頭皮陣陣發麻。

林中出來的無憂軍約莫有萬人之多，出列之後，分作兩隊，一隊由柳隨風率領向左，而另一隊則由王定率領向右，兩隊邊一字排開，邊由前面的五百人放出那綠色的閃電箭，另一方面，黑騎兵退而不亂，邊退邊放黑閃電抗衡，黑綠兩種閃電均是不需指引，自動找到對手交鋒起來，霎時空中仿似下了一場黑綠相間的流星雨，絢爛奪目，璀璨無比。

交鋒的結果，誅魔箭竟比之無憂箭遜了一籌，但前者卻比後者多了數倍，往往是三條黑閃電對付一條綠閃電，兩相優劣一較，竟是戰了個平手，只見兩種閃電在空中追逐相鬥，一時相持不下。

崖上諸人大驚之餘都是大開眼界，原來仗還可以這樣打。

僵持良久，依然勝負不分。

陳羽高喝道：「柳先生，這樣下去只是兩敗俱傷，大家一起住手如何？」

山崖之下，柳隨風大笑：「兩敗俱傷？你想得倒美！你現在所有的人都用來控制誅魔箭，老子卻只出了一千人，還有九千足夠讓你一人不留。三皇子殿下，識相的就快將我家元帥和他媳婦都放下來，否則我這就動手了！」

此言一出，崖上人都愣了一愣，李無憂卻頓時嚇了一跳：這個笨蛋！

果然，柳隨風話音未落，陳羽和文九淵兩人已原地消失，身影如兩道閃電破開空間，下一刻人已在寒山碧和李無憂身前，唐鬼大喝一聲，雙掌齊出，兩道排山倒海的勁力應勢而出，但這兩道本稱得雄渾的掌力在正氣盟主文九淵和陳羽的眼裏卻實在是算不得什麼，

兩人嘴角同時露出一絲微笑，各自出袖一拂，那兩道勢如奔雷的掌力立時被反彈而回，唐鬼悶哼一聲，被震得倒飛而出，撞到達爾戈神像之上，身形尚未落下，陳羽和文九淵已然欺到神像之下，一人出一爪，分別抓向了李無憂和寒山碧。

「諸天神佛，閻王小鬼，美女惡男，快來救我！」李無憂雙手合十，大叫起來。

「看誰來救你！」陳羽大笑，一掌成爪已毫無懸念地落在了李無憂肩頭上，同一刹那，文九淵也抓到了寒山碧香肩。

「我來！」兩個女聲同時脆生生響起，突兀而空靈。

四周明明沒有人，但卻無端地冒出了兩個聲音，陳羽和文九淵同時大驚，但這驚訝的念頭才一起，觸到寒山碧和李無憂的手卻已經發生了變化。

陳羽只覺一道沛然不可擋的勁道忽然從李無憂的肩胛處傳了出來，他出手之時已暗自凝了九成功力於五指之上，以他此時功力，已與太虛子相若，比獨孤千秋盛時尚且強了幾分，這一爪落下，當世能抗之人已不足十人，能彈開者更是寥寥，但自李無憂肩胛傳來的巨力卻如排山倒海，洶湧澎湃，比他九成功力兀自要勝一籌，大駭之下，當即借勁力相觸之機，足下旋步，連退七步，方站穩腳跟。

與之相反，文九淵卻覺得寒山碧肩上忽然傳來一股巨大吸力，才一觸到後者衣服，他爪間所凝真氣便源源不絕急泄而出，抽身欲退，手卻已被黏住，脫身不得，大駭下另一掌猛地虛按在地上，借反觸之力才抽身退出。

天下居然有如此高手！

二人大駭回頭，卻見場中依舊只有寒山碧和李無憂，別說高手，便連高手的毛都見不到一根。

二人皆是當世絕頂高手，一人身兼影鳥之能，一人身懷九重浩然正氣，自不相信除開古長天三人外，當世還有人可以在自己十丈之內施展隱身法成功，都是又驚又恐，難道是李寒二人裝腔作勢？

「朱大家！」忽聽文治大聲叫了起來。

二人疑惑之際，一名淡黃鵝衫的持笛少女自神像之後轉了出來。

陳羽一見之下，頓時大驚失色：「朱……朱盼盼！你到底是人是鬼？」

「你說我是人是鬼？」少女淡淡一笑。

「管你是人是鬼，都給我從人間蒸發吧！」文九淵身懷浩然正氣，自不懼鬼怪妖物，此時既然搞清楚剛才是這少女在神像之後搗亂，自不再客氣，一掌拍了過去，掌至中途，變掌爲爪虛虛一抓，手中已多了一柄自中間分作黑白兩色的長劍。

第二章　三千情絲

「姑娘小心，這是正氣盟鎮派仙器正義之劍！」太虛子識得此物，頓時大聲叫了出來。

黑白分明，正義之劍。

傳說這把劍乃是正氣盟創派祖師文載道以取自大荒極南之地的火鐵，輔以天外雲石，鍛鍊三年始成，灌注浩然正氣之後，可破盡天下一切法術，端的是威力無窮。

眾人眼見那劍上黑白之光流動不止，隱然有破劍龍飛之勢，聽到太虛子叫破名字，驚訝之餘都是擔心不已，眼前這纖弱少女若是一代曲藝大家朱盼盼，如何能抵擋得住這當世有數高手文九淵以這鎮派仙器發出的一劍？

長劍近體，劍風逼人眉宇，卻見那少女微微一笑，漫不經心地將手中玉笛放到唇邊。

啊！眾人再未想到這少女在性命攸關時候居然還有心情吹笛，莫非是被嚇出毛病了嗎？

但下一刻奇景出現，少女只吹了一個宮調，文九淵這勢如雷霆的一劍卻彷似遇到一層巨大的阻力一般，刺到她眉間三尺，頓時被逼橫滑三尺，堪堪落空。

這是什麼妖物？竟然不怕正義之劍！

文九淵大驚，但他終究是一派宗師，雖驚不亂，長劍落空，不待招式用老，順勢借力變作正氣八劍的橫掃六合，化直刺爲橫切，削向少女玉頸，後者又吹了個羽調，這蘊滿浩然正氣的一劍依舊是離少女三尺便被彈開。

一側觀戰的眾人只驚得目瞪口呆，天下竟然有如此厲害的笛聲？

文治身爲文九淵獨子，熟悉正義之劍和正氣八劍的威力，恐懼更勝旁人，心際忽然閃過一個念頭，大叫道：「爹！快住手，朱大家是仙人，冒犯不得！」

「我就不信這個邪！」文九淵冷笑，忽然身形拔空九丈落下，劍尖一顫，正義之劍化作黑白兩道瀑布，飛瀉而下，罩住少女身周三丈，「曾向蒼穹問碧落，便因慷慨借天河！」

「可惜落紅與春水，一寸芳菲一寸悲！」少女淡然一笑，玉笛橫吹，笛聲飛出，果然如山石流泉，月白風清，但那兩道勢如奔雷的瀑布撞到笛音時，在少女頭頂一丈，便如遇巨石，撞得水花飛濺，憑空改道兩側。

「三千白髮塵土面，百萬玄騎雪蘭城。」文九淵凌空一翻，滿天交織的黑白瀑布再次涇渭分明，卻又各自重重疊疊，果然是白者纖細如絲纏綿百轉，黑者如鐵騎奔騰雷霆萬鈞。

「春風秋雨臘梅雪，紅藕青書慵懶人。」少女輕吟，玉笛豎舉，劍風吹過，篤篤作響，竟也自成曲調，曲意之中果然是一派傷春悲秋卻又自得其樂的淡淡憂傷和自在慵懶，文九淵那一柔一剛的兩種劍勢霎時被笛音化解得一乾二淨。

「哼，我就不信攻你不破！」文九淵怒哼一聲，身體墜下，長劍地上一弓，借勢橫飛向前，長劍神奇地化作了一片盡白的長虹，「我本小人何所適？天地蜉蝣任逍遙！」

「你乃流氓自找死，看我一掌拍蒼蠅！」少女大笑，輕輕一掌拍到玉笛之上，內力激蕩下，笛聲嘶啞難聽之極，但那片白虹卻聞聲而顫，果如蒼蠅一般搖搖欲墜。

只是白虹將墜不墜之際，一條黑虹忽然從中以十倍於白虹的速度繞向了少女的脖頸。

眾人聽少女先前所吟詩句都是一片小女兒家氣質，忽然之間粗俗不堪，卻正與文九淵所吟句中之意針鋒相對，且笛聲也正好壓制了後者的劍勢，都是笑了起來，但誰也沒有料到文九淵居然是招中套招，當真如小人一般卑鄙，一時都不禁爲她驚呼起來。

卻見那少女忽嫣然一笑，玉手如撥珠一般在笛上拂過，一片紅光頓時激射而出，正好迎上黑虹，將後者硬生生壓了下來。

光華散去，文九淵悶哼一聲，支劍於地，大聲喘息，嘴角卻不自覺地流下了鮮血，文治擔心他傷勢，忙自跑了過去。

文九淵道：「你，你這究竟是什麼招式？」

少女笑道：「文盟主真是健忘，奴家剛都說了，這招叫拍蒼蠅！」

文九淵大怒，怒氣攻心下，噴出一口鮮血，臉色慘白。

文治見少女持玉笛走了過來，忙護住父親，急道：「朱盼盼，得饒人處且饒人，何必趕盡殺絕？」

少女自腰間囊中摸出一丸藥，道：「文侯過慮了，令尊爲笛音所傷，若不及時治療怕會落下病根，你給他服下吧！」

文治接過藥丸，微微遲疑，道：「你……你是朱盼盼嗎？」

少女尚未答話，卻聽一人淡淡道：「朱盼盼早就死了，這丫頭只不過長得像而已，文兄別被他騙了，不然服下藥之後，令尊有個什麼三長兩短，你可就悔之晚矣！」

卻是一直冷眼旁觀的陳羽。

「獨孤羽！」少女笑容一斂，冷若冰霜，「今日此時，我要殺你，想來無人再會阻攔

了吧？」

陳羽聞言愣了愣，北溟之時，他親眼看見朱盼盼橫劍自刎，但眼前這少女無論容貌還是氣質都與朱盼盼一般無二，先前他見少女功力高出朱盼盼十倍以上，斷然認定這不是朱盼盼，但此刻見她一揚眉一舉手，卻無一不是後者的風致，當即卻疑惑起來：難道她竟有如師父一般的死而復活的本領不成？

「盼……盼！」李無憂忽地吃力地叫了一聲。

少女一直背對他而立，但那個倩影卻已在夢魂裏縈繞過千百次，斷然不會忘記的。

少女雙肩微微顫抖了一下。

便是現在！陳羽暗自叫了聲天助我也，化作成千上萬個影子猛地朝少女撲了過來。

「不！」李無憂失聲尖叫，因爲這個時候少女已然轉過頭來，那張臉，那雙如怨如訴似嗔卻喜的眼睛，正是屬於自己日思夜想了千萬次的朱盼盼。難道悲劇竟要重演？再會便是永別？

好在天意雖然常弄人，但天亦有情。上千道綠光忽然從朱盼盼身邊的空間暴射出來，一一撞上了陳羽的影子。

千個影子頓時滯了一滯，隨即卻同時露出不可思議的臉色，猛然舉刀一封，堪堪擋住綠光的進擊，然後千個影子再次在五丈外合而爲一，又變作了一個陳羽。

千道綠光收回的地方，多了一個綠裙麗人。

「若蝶幹得好！」李無憂歡喜叫了起來。

那麗人自然就是若蝶。

「公子好！」若蝶朝李無憂行了個禮，纖手一揚，朝李無憂和寒山碧迅疾射出兩道綠光，解了二人被封的穴，側眼瞄見朱盼盼眼中神色複雜，一動不動，不由笑了起來：「盼盼妹子，沒見到時千思萬想，真見到了人，怎麼反成了木頭？」

「盼盼！我昨天還夢到你！」

李無憂撲上去，一把將朱盼盼抱在懷裏。懷中女子輕輕掙扎了幾下，卻終於反手抱住了他的背。幽香如昔，溫柔如昔。當日郎情妾意，彼此卻只藏在心頭，直到陰陽兩別，終於明瞭，卻也遲了。

只是生死相隔之後，誰又能料到兩人居然會再次重逢？

這一刻，兩個人都清晰無比地知道了對方的心意，滿心喜樂，任那眾目睽睽，各自淚水滿眶。

寒山碧看著幽幽嘆息。自認識李無憂的第一天起，她便知道會有人和自己爭這個男

人，而以她愛恨分明的個性，當時便決定之後每見到一個有大威脅的情敵，必定要除之，但天意弄人的是卻沒有一次真的下了手。

她第一次在航州校場遠遠見到慕容幽蘭的時候，她很想立刻動手，但聰慧如她者在覺察到後者在李無憂心中的地位之後，立時放棄了這個愚蠢的想法——她可不想李無憂一輩子都不理或者怨恨自己，再說慕容幽蘭絕對是個討人喜歡的女孩子，她也下不了手，罷了，多個小妹妹也算不錯。

之後是在波哥達峰遇到若蝶和唐思，前者看來淡漠，但她卻知道這個絕色妖精除開對李無憂忠心耿耿外，本事還強過自己很多，魔門中人強者爲尊，她不能殺；唐思這個殺手卻有種冰雪一般的冷峭，和自己相近，惺惺相惜，不願殺。

昨天晚上見到的葉秋兒，和慕容幽蘭近似。剛才是陸可人，另一個心機深沉的少女，她沒有能力阻止，而且那也不過是燕飄飄作的戲，不必當真。

現在是朱盼盼，這個女人有種很特別的氣質，落落大方中卻自有一種溫婉，我見猶憐，她也提不起殺氣。

這種無奈，一度讓寒山碧懷疑自己原來和別的女人沒什麼兩樣，剛強外表下其實軟弱得近乎怯懦，也許在自己的內心深處是愛煞了李無憂，不想讓他有任何的悲傷，哪怕這會讓自己難過。

她悲哀地發現自己已經不可救藥地愛上了李無憂！從李家村第一次相逢，自己就已經被他深深勾引（雖然不願，但她還是想到了這個詞），然後她決定逃離，但人逃了，心卻逃不了，越陷越深，當日一個三問的玩笑，終究演變成一段纏綿悱惻，並鑄成今日之局──堂堂寒山碧，居然要和別的女人分享一個男人，最要命的不是兩個，也不是三個，而是六個，或者更多！

寒山碧所不知道的是，她很多方面和李無憂其實異常相似，雖然心機深沉，奸詐卑鄙可以無所不用其極，但內心其實都潛藏著一種激烈，所愛所恨，其實都是剛強無比，恨一個人時自然會恨之入骨，甚至挫骨揚灰，愛上一個人卻是愛屋及烏，不忍傷害，堅定執著，至死不渝。

正是這種潛藏在骨子深處，並且不爲他們自己所發覺的奇異性格，造就了二人的一見鍾情，也造就了日後一段流傳千百年、後世人毀譽參半的不朽傳奇。

寒山碧其實不是個小家子氣的女人，既然知道不能殺死諸女，便放開了懷抱，讓自己接納，但真的見到李無憂在別的女人的懷抱時，她雖也爲兩人生離死別之後能兩心相知而高興，心頭卻縈繞了一種淡淡的苦澀。

那苦澀漸漸變濃，最後伴著淚水，不爭氣地落了下來。

有人遞過來一方絲巾：「擦擦吧！大喜的日子，別掃了他的興。」

寒山碧接過沾去淚痕，抬頭時，卻發現若蝶淡漠的眼神中也微微有些惆悵，不禁笑道：「原來人人懼怕的妖仙若蝶也有鬱鬱之時！」

楚蕭交戰時，若蝶多次讓獨孤千秋鎩羽而歸，妖仙若蝶成了繼李無憂之後公認的大荒第五個大仙位高手，名聲傳遍了大荒六國。

若蝶笑了笑，忽然認真道：「你很了不起。」

寒山碧自然知道她說的是什麼，不無苦澀道：「你更了不起。」

兩女各自讀懂了對方的心意，相視一笑，千言萬語皆在不言中。

「死老公，見了朱姐姐就不理我了嗎？」一個女聲忽地憑空響起，打破了溫馨的寂靜。李無憂如遭雷擊，這個聲音……那個聲音卻是闊別已久的慕容幽蘭。

當日波哥達峰頂，李無憂為殺葉十一，不惜以昏迷的慕容幽蘭為注賭了葉十一的胸襟，誰料慕容幽蘭卻是被點了閉眼穴並未真的昏迷，當即心如死灰，負氣離去，此後慕容軒有消息傳來說他已將其帶回家，之後卻杳無音訊，但月前在秦州大會上，牧先生卻透露出一個驚人的消息：慕容幽蘭要嫁給靖王！

李無憂大驚之下，幾乎沒有當即喪命，但戲劇性的是，最後死的卻是靖王，緊接著李無憂身受重傷，被宋子瞻帶走。此後獨處孤村，李無憂過了一段平淡日子，雖然不時想起慕容幽蘭，卻每次一想起就是心痛不已，更覺得靖王之死，楚問必然算到自己頭上，此後有國難歸，今生斷斷不能和，不自覺就回避過去。

只是方才聽到唐鬼說小蘭居然隨軍到來，心卻不可自主地一陣顫抖，原來眾女之中，自己最掛念的其實就是她。大概自己對秋兒特別好，很大程度上是因為二者有太多近似點吧。聽到慕容幽蘭的聲音，卻看不到她的人。

唐鬼、朱盼盼，最後是若蝶，三個人的現身都是詭異之極，彷彿是憑空出現，但都是聞聲見人，聲音才一出，人便忽然出現。但這次慕容幽蘭說話了，人卻沒有出來。所有的人都驚呼！

陳羽和文九淵互望一眼，暗自戒備再不敢輕舉妄動，生怕自己一個不小心就被躲在暗處的慕容幽蘭偷襲。

朱盼盼揚揚眉，本在立刻找陳羽算賬和撲上去和李無憂相認間猶豫，見李無憂神態，忽地露出一絲類似狡詐的笑容，輕輕推開李無憂，靜靜退到了若蝶身邊。

「小蘭，你在哪裏？」李無憂大叫。

沒有人回答，慕容幽蘭彷彿憑空消失了。

李無憂心情激蕩，四處張望，卻不見人，望向朱盼盼和若蝶，前者溫婉一笑，後者努努嘴，做苦瓜臉，卻都不說話，顯然是來前得到了慕容幽蘭的警告或者說是威脅。

場中其餘諸人也是露出深思神色。本來有人猜人藏在神像之中，但想到唐鬼出現是在陳羽的後面，靠近懸崖的地方，而朱盼盼是從神像後轉出，若蝶則是在場子中間，而且都是憑空出現，頓時又否定了這個想法。

饒是場中均是當今江湖的頂尖高手，一時卻是誰也猜不透。

剎那間崖上鴉雀無聲，誰也沒有說話，只有懸崖下無憂箭和誅魔箭對峙所發出的嗤嗤作響聲不時傳來。

「老大，我知道蘭嫂子在哪裏！」唐鬼忽然自告奮勇。

「講！算你大功一件！」李無憂大喜，一把抓住了唐鬼的前胸，直接將他提了起來。

朱盼盼和若蝶對視一眼，眼中都是詫異：難道這傢伙被小蘭整得還不夠慘？

「刀，在鞘中！壯志，在心中！慕容幽蘭，只在她該在的地方！」

唐鬼輕輕推開李無憂的手，冷如刀鋒一般的眼光橫掃眾人，一臉深沉，「這個地方不是天涯，因為天涯雖遠，卻在人心！這個地方不是海角，因為海角雖近，卻要走十年三個月的路。那慕容幽蘭究竟在哪裏呢？請各位慕容幽蘭的粉絲快快參加有獎徵答：甲，她在神像裏；乙，她在火星上；丙，她在《異界至尊》裏；丁，她永遠在我們心裏。請本國的各位蘭迷將報名費和答案直接交給我，外國的蘭迷則請將答案和報名費寄到潼關無憂軍第二辦事處，來信請在信封背面注明『有獎徵答猜慕容小姐位置』字樣，否則一律視為無效處理。答案將在下一集的《笑傲至尊》裏公布，請大家留意關注！好，謝謝各位，下面我們將畫面切換到李元帥身上，請問李元帥對此次與眾多美女重逢，特別是寒山碧的深情夜話，朱盼盼的死而復生，慕容幽蘭肯主動回到你身邊等大喜事，有什麼看法……哎喲，老大不要踹人，我有懼高症……」

李無憂一腳將這自找死路的傢伙踹下崖去，頓時湮沒在三千黑騎組成的黑色潮水中，再浮上水面時已被包成了個大粽子。

陳羽見此倒吸了口涼氣，心道這廝明明身懷絕世武功，怎能如此輕易便被生擒？莫非有什麼陰謀？當即朝領兵的沈從搖搖頭，後者心領神會，親自為唐鬼解縛。後者只覺這些人怕了對面的無憂軍，放了自己理所當然，於是也不飛身上崖，而是理直氣壯地從黑騎軍中一步步走出，邊走邊還微笑地和陳軍士兵打招呼。落在陳羽眼裏，更覺這廝極有高手風範，暗自慶幸自己剛才沒有魯莽從事。

李無憂繼續四處張望，大叫著慕容幽蘭的名字。但四野蒼茫，崖上無聲，唯有崖下兩大神箭抗衡聲、吆喝喊殺聲與他叫聲相應。

「小蘭，你不肯理我了嗎？」李無憂大叫，聲音中已帶出哭腔。

「嘻嘻，不好意思，老公，我剛才去找東西吃了。乖，別哭了，小蘭疼你！」慕容幽蘭的笑聲彷彿四面八方，布滿了整個崖上。

「撲通！」倒下一片。

「小蘭你在哪裏？」李無憂大喜。

「嗯，嗯，別那麼大聲，我正在吃西瓜，你要猜到我在哪裏，上次的事本姑娘大人大量，就不和你計較了！」慕容幽蘭叫道。

「啊……好！」李無憂一愣，隨即爽快應了。小丫頭肯和自己玩捉迷藏，那就表示沒有再生氣了，雖然不知道原因，但結果才是最重要的。

忽聽崖下柳隨風揚聲道：「三皇子，殿下若再不傳令收兵，休怪柳隨風手下無情！李無憂，你個豬頭，若連這個都猜不出來，老子可就不管你，任你被三皇子抓去做男妾了！」

崖上眾人聽到後面一句都是好笑又是詫異，怎麼當著眾士兵的面，柳隨風居然如此和李無憂說話，就不怕破壞李無憂的形象？

但李無憂身邊諸女卻都笑了起來，好似柳隨風不如此說話就不正常一般。眾人詫異之餘，忽地想起一事，頓時大驚失色：崖下無憂軍所在離此不下三十丈，隔了如此之遠，傳話都是運足功力高呼方能聽到，柳隨風竟然能聽到崖上人尋常說話聲，這份功力當真是駭人聽聞之極！

只是這個念頭才一轉，迅疾卻變作了泡沫，當今之世，即便是古長天也斷無此等修爲，柳隨風能聽到，必然是借助了仙器法寶等物力。

李無憂也頓時想到了這一層，隨即隱隱悟到柳隨風是在提示自己若蝶等人憑空出現的原因和小蘭的所在，暗道：好兄弟，關鍵時候還是你夠義氣。

陳羽知道自若蝶現身開始，她的靈氣就已然將自己鎖定，見文九淵雖然面不改色，卻十指微曲，不用說也被朱盼盼氣機鎖定，明白此刻自己二人只要稍有異動，必然會引來二女雷霆萬鈞的攻擊，而寒山碧功力超絕，那個唐鬼又似乎也很不好對付的樣子。

另外，剛才四宗僅餘的五人當中，文治雖然是文九淵的兒子，但多半不肯幫自己，而馬翼空雖然要照顧葉秋兒，先前不敢妄動，現在卻隨時有和自己拚命的可能，至於另外兩人，一人是禪林的長老無佛，另一人是天巫的美女長老雲落雪，雖然傷重得連說話的力氣都沒有，但誰敢說二人不是扮豬吃老虎暗自偷襲？此刻別說是生擒李無憂，便是連殺死昏迷的古長天三人或者全身大穴被點的太虛子等人，都是很可能被這些人抓住破綻，一舉格殺的冒險舉動。

雖然心中好不懊悔剛才光想著收羅眾人的力量而沒有選擇一刀殺掉，以致錯失良機，將這些人全送到了李無憂手上。但他終究是一代人傑，當斷則斷，眼見事不可爲，已然決定脫身爲上，當即朗聲笑道：

「陳楚一家，我與李大哥更是情同手足，乃是一等一的好兄弟。哪有自己人打自己人的道理？小弟不過是聽聞無憂軍天下無敵，小的想見識一下而已，啊哈，柳兄不必當真。只不過現在兩軍箭支相持不下，又都是當世利器，若是撤箭速度不一致，必然導致一方損失慘重。雖然咱們兩軍都是勇士，不怕死，但如果因此傷在自己人手裏，未免有些不值。另一方面，若是手下兄弟們因此不快，當真演變成一場大仗，到時引起我們兩國的正常邦交，破壞了聯盟而讓蕭如故各個擊破，柳兄和小弟豈非成了千古罪人遭後世唾罵？」

柳隨風聽到這廝將事情迅速上升到政治高度，雖覺好笑，但隨即卻點了點頭。

此次三國聯軍甚至圍困了蕭國國都，但因三國都打著要圈地擴張國土的打算，蕭國的經濟其實並未受到重大破壞，不出半年就能恢復如初，到時候有神器破穹刀之助的蕭如故，便當真是非任何一國能獨立相抗，是以此次各方勢力聽到蒼引在此的消息，才不得不冒著踏進陷阱的危險前來爭奪。

只是如今古長天現身，蒼引成了鏡花水月，如聯盟當真破裂，三國相繼滅亡確也非危言聳聽。一念至此，柳隨風點了點頭，道：「那殿下以為該如何？」

陳羽道：「若是一起住手，難度太大。不如這樣，我數一聲，大家各自撤回一半，數兩聲再撤出另一半，然後你們退到東邊，我軍過林北歸，彼此錯開，如此可好？」

柳隨風爽快點頭：「好！殿下稍候！」說時叫過王定、趙虎等人囑咐一番，末了揚聲道：「殿下隨時可以開始數數了。」

崖上。

陳羽擺擺手示意柳隨風先等一等，對李無憂行了一禮，笑道：「李兄難道還沒有研究出慕容姑娘人在何處？呵呵，兄弟我是等不得看二位重逢了。不過今日能見到朱大家死而復生，小弟心中多日來的愧疚也算是稍微減少了一些，以後終於可以睡個安穩覺了。唉，小弟這就要走了，今日一別之後，不知何年何月才能再次相逢，但不論是遠隔天涯海角，你我兄弟情深都如昭日月，此生不變！」

這番話說得很是漂亮，不知道的還以爲二人當真是情深義重呢，見他說完眼眶都濕了，少不得要感動一番。

李無憂也裝出一副大受感動的樣子：「阿羽，哥哥捨不得你啊，哪天一命嗚呼了千萬記得托個夢給我，免得被野狼分屍又被野狗吞了骨頭！」

「李大哥放心，如此大事小弟斷斷不敢忘。怕只怕大哥仇家太多，最近又殺了楚國太子，得罪了楚王，難保不比小弟先走一步啊！你若有任何危難，差個人到陳國來，小弟就算赴湯蹈火也絕不推辭——一定幫你好好照顧各位嫂嫂！」

「好，好，你若有個三長兩短，你宮中嬪妃大哥定然一併幫你接管了！」說罷，兩位義氣深重的好兄弟放聲痛哭，但隨即齊聲道：「滾你媽媽的蛋吧！」罵完卻又同時大笑，陳羽和文九淵轉身掠下臺去。

文治猶豫半晌，終於拜了拜李無憂，也展開身法飛了下去。

既到崖下，到達黑騎前列，陳羽朗聲道：「柳兄，我數第一聲，我們同時收我左手方的一半部隊，數第二聲收右半部，你有無異議？」

柳隨風道：「就這麼辦！」

「預備！」陳羽高高舉起左手，「一！」兩軍士兵同時施法，收回射出去的半數無憂箭和誅魔箭。

接著陳羽數二，另一半箭也毫無意外地收了回去。

一切順風順水，兩邊的主帥都很開心，於是諛辭如潮。

陳羽：「哈哈，嘗聽說無憂軍乃是楚國第一精銳之師，愛國熱情極高，卻軍紀異常嚴明，本王原來還不信，今日一見，果然是名不虛傳——貴軍收箭時，居然只偷放了十支尋常冷箭從我頭頂路過獵大雁。難得，難得！」

柳隨風：「呵呵，殿下太過謙虛，貴軍非但對誅魔神箭收發自如，而且很有愛心——收箭之時，居然還不忘放出十一支箭從我臉旁路過幫我趕蚊子，可貴，可貴！」

聽二人互道傾慕，幾乎恨不得自己能加入對方陣營，崖上眾人和崖下兩軍將士卻看得明白，心頭亦是一片雪亮：方才二人居然都是囑咐手下在收箭之時再放冷箭，射殺敵軍主帥，只是可惜都被對方識破。

兩個惡棍互相阿諛一番，最後似乎覺得自己都快吐了，陳羽聲情並茂道：「柳兄原來也是如此爽直漢子，你我一見如故，恨不得立刻和你斬雞頭燒黃紙結拜了兄弟，只是可惜軍務繁忙，不得已只好留到下次，兄弟我這就走了，柳兄記得有空定要來敝國做客，小弟最近得了一批古蘭美女，大家一起研究研究。」

「好，好，有空一定駕臨！」柳隨風雙眼冒綠光。

「哈哈！柳兄果然是性情中人！妙極，妙極！」陳羽大笑，朝崖上拱拱手，「小弟走了，各位朋友，山高水長，咱們後會有期！」

陳羽令旗一揮，陳軍慢慢向前。柳隨風揮手，無憂軍朝側面讓。無憂軍最先禁止，一字排開。陳羽率領陳軍整齊而前，柳隨風意猶未盡，纏著陳羽問東問西，依依難捨。

兩支部隊漸漸靠近。交錯。

劍吟刀鳴。箭如雨下，黑綠閃電大作。

不偏不倚，同時出箭，相持之下，誰也沒傷，誰也沒傷到人，誰也沒占到便宜。

持劍的柳隨風和持刀的陳羽尷尬互望一眼，同時微笑，隨即都是大怒，轉身呵斥手下。

柳隨風舉劍亂點：「你們這幫渾蛋，搞什麼飛機？王子殿下是看這附近蒼蠅太多，拔刀幫我趕蒼蠅，你們窮緊張個什麼勁？」

陳羽舉刀猛拍沈從的頭盔：「柳將軍不過是擔心太陽太毒，借劍氣寒光給我乘涼，你們亂射什麼箭，挑起兩國紛爭你承擔得起嗎？」

兩人再轉頭，又是滿臉堆笑。

一人道：「手下人不懂事，柳兄莫見怪！」

一人道：「兄弟們太緊張，殿下別往心裏去。」然後兩人同時拱手，各自打哈哈。

末了，陳羽說我們還是按先前的做法收兵吧，柳隨風自然說好，於是兩人收兵，當然這次沒有再射死蒼蠅蚊子無數。

兩人再灑一把離別不捨之淚，陳羽率部慢慢遠去。

陳羽才一轉頭，柳隨風眼中淚水頓時奇蹟般地乾了。

見到這一幕，張龍佩服之餘很是不解：「軍師，你和這位三皇子殿下交情如此之好，我見你們好幾次都想要上前擁抱對方的樣子，為何最後卻始終沒有付諸實施呢？」

柳隨風嘆氣：「我也想啊！不過人家身嬌肉貴，我怕我勁太大把他壓扁了！人肉叉燒包雖然廣受歡迎，人肉大餅卻未必有人喜歡！」

另一方，面對沈從的同一問題，陳羽也是嘆氣：「不是本王不想，只是你們被這傢伙風流俊朗的表面所迷惑了，我聽派入楚軍的細作回報說，這廝三個月才洗澡半次——每次洗澡身上最多打濕上半身。唉，本王不怕為國捐軀，怕的是被他身上臭氣臭死就死得很是足惜了！」

於是，兩大神箭事件之後，陳國細作間的接頭暗語很快從「今夜月亮太圓，圓不過×

×（李無憂身邊美女的名字，並經常更換）的大饅頭」變作了「千呼萬喚始洗澡，猶抱澡盆半遮面」，而無憂軍則從「胭脂漲價，元帥請減少食量」變作了「叉燒包太貴，不如來個肉餅？」很是引領了一陣風潮，直到另一件事情出現之後才又一次進行了改換……

眼見陳國的部隊消失在密林中，無憂軍開始有秩序地朝崖下圍了過來，忽聽李無憂一聲大叫：「哈哈哈，小蘭我知道你在哪裏了！」

「哼哼，少騙本姑娘了，你若是想使詐誆我出來，小心我一輩子都不再理你！」慕容幽蘭的聲音依舊均勻地分散在崖上。

「暈，幾天沒見，這小丫頭倒是聰明了不少！」李無憂一陣好笑。

忽聽柳隨風大笑附和道：「元帥，不知便是不知，直接承認就是，沒什麼好丟人的——反正你光在軍中就已丟過三百二十四次了！」

場中眾人同時大笑起來。

李無憂聽到柳隨風今天第一次叫自己元帥，頓時笑了起來，隨即肅然，大聲喝道：「無憂軍縱橫天下，憑的是什麼？不是我這個元帥，也不是你這個軍師，憑的全是士卒用命。若是一味依賴機巧，乃是誤入歧途，終究會吃大虧！」

掌聲如雷。

李無憂見柳隨風朝自己微笑點頭，更加多了三分把握，當即厲聲高喝道：「左軍長槍隊第二小隊右起第三人，出列！」

崖下軍隊一片騷動，騷動之後卻沒有人出來。

「左軍長槍隊第二小隊右起第三人出列！」李無憂又叫。

卻依舊沒有人出來。

李無憂暗捏一把汗，莫非自己算計錯了？

便在他幾乎要喪失信心之時，鼻中嗅到一陣幽香，自己已被一人從背後抱住。

「小蘭！」李無憂一陣狂喜，轉身過來，眼前少女梨花帶雨之間眉髮如畫、雙眸如水，不是慕容幽蘭又是誰來？

雖然今天已經見過了太多的重逢，但眾人眼見二人深擁，卻依舊是深深感動，誰也沒有說話。

崖上寒山碧卻迅疾明白了一個問題：楚軍竟然研究出了古傳送陣的秘密！

原來上次斷州戰役，獨孤千秋在斷州城外找到了一個古傳送陣，並且通過原先在雷州發現的古傳送陣送了萬餘大軍過去。

斷州戰役之後，張承宗命軍中法師日以繼夜研究這個古傳送陣，但一直沒有進展，直到慕容軒出任國師，親臨斷州，月前終於小有結果。

正值江湖上傳出寒山碧和李無憂攜蒼引隱於月河村，於是慕容軒親自來此探測，卻不小心發現這個崖上神廟本身竟就是個廢棄的古傳送點，於是稍加修葺，並在潼關新造了一個傳送陣，這一萬無憂軍便是太虛子等人未到之前直接從潼關傳過來的。

另一方面，慕容軒還給了柳隨風等人一個傳送法器，可以在一里範圍內，隨時將一個人傳送到傳送點，並隨時監視傳送點上的情形並對話，而若蝶、朱盼盼諸女以及唐鬼都是一早隱藏在那萬人之中，次第通過傳送法器傳送上崖時，可以直接傳到傳送陣中的任意位置，落在不明就裏的人眼裏自然是神出鬼沒。

也不知過了多久，忽聽一人大叫道：「無憂，小蘭，快快閃開！」

李無憂剛剛聽出那個聲音是朱盼盼的，一陣大力湧來，自己和小蘭兩人已不由自主地飛了出去，身後緊接著傳來一聲重物墜地的巨響，心中已然明瞭竟然是身後的達爾戈神像倒塌，不禁破口大罵：「奶奶的，這年頭怎麼偷工減料老搞豆腐渣工程？」

未及轉身，背後卻是一陣龍吟之聲傳來，然後是山崩海嘯一般的一聲巨響。龍鶴步法展開，繞開隨巨響而來的一陣波濤澎湃般的巨力，李無憂覺得眼前劇亮，當即足下一旋，正要回頭看看身後究竟發生了什麼事，這個時候，諸女和唐鬼齊聲驚叫起來：「快跑！不要回頭！」

覺察出那澎湃的巨力化作了的一陣天地無極的吸引拉扯之力，身體陷入巨大的寒冷下，李無憂大駭，足下真氣一轉，順著旋轉方向逸出，同時小虛空挪移使出，帶著慕容幽蘭連續七次騰挪，好不容易脫出吸力範圍，但身後卻龍吟之聲不絕，當即大叫聲「御風」，展開御風術和輕功帶著慕容幽蘭沖霄而起。

不想他此時功力只有平時十分之一，剛才又帶人連使了七次大耗真力的小虛空挪移，當真已是油盡燈枯，剛剛衝出二十丈便感覺丹田內空空蕩蕩，頓時無以為繼，一滯之後，身體朝下急墜。

慕容幽蘭只覺抓著李無憂的手一重，隨即一滑，李無憂已然向下墜落，大駭下慌忙下飛伸手去抓，剛剛抓在手裏，兩個人卻復又陷入巨大引力和透骨的寒意之中，不由自主如星丸般朝下急墜。

「小蘭別怕，姐姐來了！」

「老大頂住！」

「孽畜受死！」

「公子！」

七嘴八舌，驚聲濤起，人影激射。

電光火石，陣陣腥風帶著惡寒侵身而來，下墜的李無憂和慕容幽蘭的餘光瞥見身後之物，只驚得失聲大叫。

如果身後是唐鬼脫了褲子撒尿，李無憂不會驚訝；如果身後是古長天舉劍刺來，李無憂不會失色；如果身後是死而復生的獨孤千秋對自己下詛咒，李無憂不會嚇得手足酸軟，但可惜身後卻不是人，而是……

一張血盆大口，大口之後是一條怪龍。

大荒龍分兩大類，其一是類長蛇的鱗龍，以騰雲駕霧飛行，而另一種則是肋生雙翼的翼龍，如飛鳥一般撲動翅膀飛行。但這條龍卻怪異非常，身長約莫六丈，全身鱗甲，雞爪鹿角牛眼無一不似鱗龍，但偏在肋下生了一對丈長的翼，尾部也不是魚尾形而是呈蠍尾狀。龍口噴出的寒氣逼人的大風形成了一個巨大的風暴漩渦，吸著李無憂二人如流星射入星海般朝那漩渦中心直投了過去。

距那漩渦尙有三丈，二人卻已是眉髮皆白。

李無憂眼見那血口中除開一條巨舌外，尙有一排寒光森森的鋸齒，兩對獠牙更是直如四柄雪白的大劍一般，讓他感到一種被刺穿的透心涼，不禁大叫：「眾老婆，再不來救命，就要守寡了！」

那吸力是如此巨大，產生的激速是如此之快，李無憂話音出口時人尚在三丈之外，落下時二人卻已能直面那四根獠牙，全身於刹那間都被冰凍。

忽有一陣動聽笛聲響起。笛聲一出，地上立時射出千萬道霞光，籠罩了方圓上下二十丈，滿天陰雲頓時被逼得消散一空，怪龍氣息頓時一滯，李無憂頓覺身體停止了前進，身上寒意弱了幾分，而慕容幽蘭手上也自傳來一層淡淡暖意，當即又驚又喜：「盼盼怎變得這麼了得？」

李無憂未開口時，便有無數人影騰空來救，但笛聲一出，所有的人動作同時變慢，甚至有些功力稍差者頓時絲毫不能動彈。

卻有一人自遠處林中騰起，肋張兩翼，身法當真如閃電一般，不一刻到達李無憂身側。影鳥？是陳羽！這傢伙不是回陳國了嗎？怎麼居然飛了回來！老子和他好像沒有這麼好的交情吧？

才一靠近，陳羽右手中忽然多了一個古色古香的銅壺，大叫道：「禪師，現身了！」

壺口頓時金光大盛，怪龍前進之勢爲之一滯，金光中現出一個雪衣紅髮的僧人來。

「古圓！」李無憂立時認出那僧人，不禁失聲大叫。

金光罩身，古圓一如羅漢，雙手合十，全身頓時透出一蓬紅光直射怪龍，而陳羽卻將壺一收，做了個駭人聽聞的動作——頭前足後，如箭一般自怪龍張開的大口平射了進去。啊！所有的人都同時驚呼起來，古圓卻收回化作紅光的文殊舍利，飛身落下，投入林裏，消失不見。

怪龍仰天狂叫，伴著龍吟之聲，身周寒氣劇盛，天空中頓時又下起大雪，一片片俱有人巴掌大小，紛紛揚揚，霎時天地一白。

下一刻，卻聽一聲巨大的龍吟，光華如煙花般綻開，隨即暗淡。剛才怪龍現身之地，陳羽負手而立，睥睨天下，彷彿俯仰蒼生的萬物之主。風在他身邊停留，雲在他身邊駐足。所有人都屏住了呼吸。

陳羽忽然發出一聲大笑：「李兄，咱們兄弟好久不見，今日便來切磋一下如何？」說時猛地朝李無憂衝了過來。

他羽翼張開，整個人竟又比剛才快了數倍，眾人才見他作勢一衝，人卻已到了李無憂跟前，一刀劈了下來。這一刀來得毫無徵兆，去得也全無定向，怪刀劃出的痕跡如羚羊掛角無跡可尋，全無斧戳痕跡，自然之極合乎天道。

這一刀劈出，輕飄飄，只如風吹鴻羽，但場中所有的高手卻都從這輕描淡寫的一刀之下看到了排山倒海的力量。

因爲飄忽不定，是以這一刀去向並不是李無憂身上任何一個部位，而是直接將李無憂整個人當做了一個點，一刀所至，卻彷彿是劈出了千萬刀，已然將李無憂整個人鎖在綿綿不絕的刀勢之中。

電光火石間，李無憂身旁的寒山碧忙奮起生平功力，出一短劍，射出劍氣相抵。

但那怪刀彷彿不受影響，刀劍之間的距離毫不遲疑地漸漸變短，電光已徹底變成了一個巨大閃電樹，三人之間的空氣千萬倍地被壓縮。場中稍有見識的人都看出當刀劍相交的那一刻，必然是風暴的極限點，也是生死的分界點——這樣強大的力量相交，已是不死不休。

李無憂和身邊諸女都看到了這一刀，卻同時生出無力感，寒山碧和陳羽刀劍相交明明就在眼前，但卻誰都覺得自己插不上手，這種感覺玄之又玄。

「操你奶奶個大西瓜！忘恩負義的傢伙！難道你忘了上次捉月樓嫖妓還是老子給你付賬的嗎？」李無憂忽然破口大罵。

罵聲未絕，怪刀帶著一道耀眼的黑光夾帶天地之威已電速殺到眼前，卻是陳羽那本該和寒山碧的劍相交的一刀，竟然在刀劍相交前的一剎那，陡然變向，猛地劈到了他眼前！

這一刀，比之剛才攻來那一刀威力更大，速度更快，到李無憂反應過來時，已衝過了七丈之遙，到了他胸前三尺之外——剛才那只如要將天地劈開的一刀竟然是虛招！

變生肘腋，迅雷不及掩耳，眾女無暇思索，也無能抵擋——除了若蝶。封印被打開的若蝶早已恢復了苦修千年的功力，眼見這一刀逼近李無憂，無暇細想，心念一動，三千情絲已激射而出，在李無憂身前編織成一個綠色的盾牌形狀，同時身形側移，擋在了李無憂身前。

情絲是她千年之前在莊夢蝶夢中修煉所成，所謂情比金堅，這種情絲可謂天下堅韌之最，除開在天地洪爐中被倚天劍割斷之外，還從來沒有東西損傷過，而以情絲織成情盾更是若蝶昔年縱橫天下的利器，當日她與莊夢蝶在天柱山大戰正邪兩道三千高手，也無一人能攻破此盾。

只是可惜，這一次攻來的不是一般的法寶，也不是仙器，而是一柄和神器同級的魔器。黑色的刀光和綠色的情盾一相觸，立時膠著起來，而若蝶的身子被逼得後退了一步後，終於勉強站穩。

但相持只是短暫的，下一刻，情盾碎裂，情絲碎如飛羽，綠幽幽，如雪般飄了一天。綠雪飄飛裏，刀光和冰冷的寒意已壓到了眉峰，誰也不知在若蝶輕輕閉上了眼睛，生死之際，她心裏閃過的卻是深深的歉疚：

「對不起，公子！情比金堅，情盾原是天下至堅之盾，即便是倚天劍，也是破不開，打不碎，可惜自千年前夢蝶死後，我心也已死，再也使不出情絲。直到在天地洪爐中遇到你，情絲才又自己發芽生長，我以爲是夢蝶回來了，可是……可是你終究不是，無論我如何願意將你當做夢蝶，內心卻終究只是將你當做了他的替代品。不然，我若對你用情再深些，或者情盾就不會碎了。對不起了，公子！如果有來世，若蝶一定會用心服侍你。」

眼見刀光已快貼近若蝶那張淡漠如仙卻又豔絕天下的臉，陳羽心際也閃過了一絲黯然，但手中吹羽卻是一往無前，並無半點猶豫。陳國三皇子並非不懂憐香惜玉，但大事之前，女人便該拋到一邊。

未來之前，他向賀蘭凝霜請求帶兵五千入境，後者當即嘲諷道：「聽說三皇子明智過人，此次陳過領兵北伐成績斐然，其實都是你暗自主持，爲何居然也會和那幫妄徒一般，相信蒼引會藏在那小小的一個村落？」

陳羽但笑不語，提筆在桌上寫了一個人的名字：李無憂。賀蘭凝霜頓時愣了一愣，她也聽到李無憂這個楚國最強者在月河村的消息，但知道這個千載難逢機會的她卻一直沒有動。因爲一方面李無憂絕對不好對付，另一方面則是楚問的曖昧態度。

李無憂殺了靖王，楚問當即發出了大荒通緝令，懸下了十萬兩黃金，請求別國相助捉拿。但據探子回報的消息分析，暗地裏，楚問卻在月河村外派了無數的霄泉高手，看似監視李無憂，但卻替李無憂秘密獵殺了來自大荒各國的賞金獵人，態度很是奇怪。另一方面，楚問派張承宗整合前線軍務，卻對李無憂的舊部優待有加，一點沒責難並且讓其扼守潼關這樣的戰略要地，器重之意尤勝以往，最重要的是這支軍隊除開被柳隨風暫領外，兵部催了幾次，楚問卻遲遲沒有爲其派新的元帥。

幾相疊加，可以看出楚問竟是有捨了兒子的仇不報也要保住李無憂這個柱石之意，此時若自己當真將李無憂殺了，必然引來楚問雷霆之怒，西琦國弱，如何擋得住雲州一役並未受重大損傷的楚國大軍？

是以，賀蘭凝霜當即道：「李無憂是你陳國的心腹大患，可不是我西琦國的，幫助你殺了他，我又能有什麼好處？」

陳羽笑笑，又在桌上寫了另一個名字。賀蘭凝霜看罷臉色變了幾變，最後咬一咬牙，應允下來。

「李無憂，你身邊有了柳隨風，卻偏還要他，難道就不怕天妒嗎？」陳羽遠去，看著桌子上那個名字，賀蘭凝霜如此恨恨地想。

第三章　江湖盛會

月光如水落下，將寒士倫三個字照得熠熠生輝。只是月光卻不知，這個名字所代表的是一個讓賀蘭凝霜這樣的鐵血女人也夢縈魂牽的男人，一個可以拒敵於千里之外的智者，一個可以讓西琦實現富國強兵的宰相。

只是可惜這人早已經立誓要一輩子報效李無憂，李無憂一日不死，他就一日不會離開無憂軍，不會到西琦。於是五千黑騎終於趕上了這場古琴蒼引引起的龍爭虎鬥。

但賀蘭凝霜卻不知道陳羽到此並非是為了蒼引，也不是為了李無憂，而是這柄已經可以化作魔龍的魔刀。

早在北溟的時候，他和古圓就合作取出了雪衣孔雀，加上之前的冰火紫龍和之後的影鳥畢方，七大封印已出了三個。得到了影鳥的力量，自然沒再去找力量更遜的沙獸赤蟒的必要，而根據影鳥身上的線索，他們知道三大終極封印中的第一封印，就是封印這柄至陰至寒的刀，一柄可以和破穹刀相媲美的上古魔刀，就在月河村。他本來可以等群雄大會之後再來發掘寶刀，但蕭如故的功力日強一日，時不我待，更何況如果能乘機消滅正邪兩道的高手，為統一大荒鏟平障礙，豈非一舉兩得？

而就在這個時候，他因為一次偶然的機會得到了誅魔箭，更是再無所懼，當即引兵南來趕赴這場江湖盛會。

主要目的既然達到，次要目的能隨便完成自也是快事。破開情盾之後，刀勢不止，陳羽微微笑道：「李兄，我這千里馳兵，可全是為君而來，九泉之下，閣下是否也該感到榮幸之至呢？」

但這一刀卻沒有砍中若蝶，更別說穿過若蝶以餘勁砍死李無憂了。

一支玉笛忽然架在了魔刀和若蝶之間！

「螳臂擋車，不自量力！」這個念頭在陳羽心中閃了一閃，他知道使玉笛的必然是朱盼盼，這個女子死而復生之後，功力陡增了十倍，與未得到刀前的自己不相伯仲，但是憑這樣的實力是無論如何也擋不住自己手上這柄魔刀的！

但他沒有看到笛碎人亡鮮血飛濺。

下一刻，以萬鈞之力劈下的魔刀被那一支看似尋常鋼刀都能劈開的玉笛和笛下那隻玉手硬生生架住。

刀笛相交處，一切仿似忽然停頓，天地爲之寂靜。

慕容幽蘭諸女剛想上前幫忙，卻和李無憂一起被刀笛間的無形勁力逼得飛身倒退。

若蝶身體也不禁後仰，頓時睜開了眼，看到了眼前持笛背影，又驚又喜，卻並不遲疑，足下一頓，無數道綠色的情絲自地上冒出纏向了陳羽的雙足。

情絲纏上雙足的時候，陳羽終於長長吸了一口氣，抽刀去砍，但卻已似剛生了場大病，這一刀全無半絲力氣，速度也不比先前，到這一刀近到雙足時，情絲已自腳踝攻入他體內，片刻間走遍雙腿七經八脈。

「去！」陳羽大駭之下，鼓起全身功力，一刀砍斷體外情絲，臉色已是慘白之極，飛身而起，影翼張開，身形如星丸一般投入密林，消失不見。

陳羽既退，朱盼盼神情一滯，搖搖欲墜，若蝶頓時放棄了追趕陳羽，一把將她扶住，李無憂和諸女一起圍了上來。

眾人一時都是呆住，誰也搞不清楚究竟發生了什麼事。

唯有與陳羽消失方向的密林裏，一個白衣少女小蠻靴狠狠踩在地上，忽然指著身後剛剛跟上她的美少年的鼻子，氣急敗壞道：

「你……你……都是因爲你，要不是因爲打死也不肯承認自己偷看了風林鎮那個小姑

娘，我們怎麼會遲到？蚩尤的魔刀吹羽又怎能出世？如非有人攜蒼引同時現世，救了李無憂一命，你可是天下罪人了！」

少年看看天，摸摸鼻子，無奈苦笑：「天下氣運，原來竟然只在你看沒看那小姑娘一眼，夜夢書啊夜夢書，你的面子可真是夠大的了！」

「臭美！」秦清兒啐了他一口，隨即卻自己先笑了起來，「相公你別怪我，我錯了！其實師父早和我說過，我不能和凡間的男孩子相好，不然一定會引起天禍，現在終於是驗證了……」

「凡間？莫非你是仙女嗎？」夜夢書大奇。

「哼哼！你才知道啊！本姑娘正是龍族仙女！」秦清兒撇嘴，驕傲得如同一個公主。

「啊！」夜夢書大驚。

當下太虛子、燕飄飄和龍吟霄三人都是感嘆一回，各自將本宗弟子的屍體收集起來，由燕飄飄施出一把三昧真火焚化。烈焰滔滔，直沖九霄。

眾人想起這些各宗精英之所以如此不明不白地死在陳羽箭下，都是因爲自己的貪心所致，憤恨之餘，都是懊悔不已。

三人雖然空忙一回連蒼引的影子都沒見到，卻知道古長天以無上魔功隔了里許依然能抵抗破穹刀之力，悟出神器再利也終究不能比自身修爲高強管用的道理，各自感慨一回，心道此行也不算完全沒有收穫。

不時月上柳梢，天色已暗了下來，當即李無憂令無憂軍士兵去村裏買些米糧就地造飯，士兵回來，手裏卻沒有糧食，說是村裏人不知爲何，都睡得像死豬一般，並無一人清醒。李無憂這才想起自己等人在這邊打了一日夜，村裏人卻並無半點反應，太也不尋常。

眾人聞言都是一陣騷亂，紛紛猜測是魔教中人下了什麼毒手，要不就是陳羽臨走幹的好事。

卻不想燕飄飄淡淡道：「昨晚我晚來了一會兒，就是怕村裏人受到騷擾，對整村子都施了安神咒。」

李無憂心頭暗罵：「有屁不早放，害得老子白擔心一場，要不是你還有幾分姿色，這個罪可就大了！」卻諂媚笑道：「前輩想得真是周到！」

燕飄飄點點頭，道：「你雖是文伯謙前輩的兄弟，輩分本在我之上，但你年紀太小，卻又是我們的晚輩，再加上你又是秋兒和可人的夫婿，這一來一去，你這聲前輩我還是當得的！」

李無憂對輩分這種不能當飯吃的東西其實並不在意，心頭暗罵老婆娘過河拆橋，口中卻恭敬道：「前輩說得是！」

「尊老敬賢，身領百萬大軍而全無傲氣。難得，難得！」太虛子笑著應和，「難怪秋兒、可人還有這麼多美女都會看上你。」

李無憂想起昨夜這老雜毛有自己不投降陳國就不將秋兒許給自己的話，再看看身邊恭敬異常的無憂軍精銳，不禁暗自感慨連太虛子這樣的高人也是順風轉舵，勢利無比。但細想一層，心頭卻是凜了一凜。剛剛他就奇怪，爲何陳羽剛才連玄宗門下弟子也並無放過，而且逼降之時，對太虛子也並無特別照顧，現在見太虛子不自覺地向自己示好，立時恍然太虛子在陳國朝中擁戴的絕對是大皇子和二皇子中的一人。如此看來，陳國內部也是爭鬥激烈，陳羽雖然聰明絕頂，但要說輕易掌握陳國大權，也非易事。

這些念頭只是刹那間在他心頭轉過，口上卻笑道：「太虛前輩過譽了，晚輩不過是前十輩子善事做得太多，這輩子老天爺才獎勵我而已！啊哈，慚愧，慚愧！」

「你再做一百輩子善事，我也不會嫁給你！」忽聽一人冷聲冷氣接道，卻是陸可人。

眾人誰也想不到這丫頭居然真的如此執拗，李無憂乾笑兩聲，被噎得說不出話來，太虛子和龍吟霄身分尷尬，遇上這樣的事，也是說不出話來，而寒山碧諸女本對陸可人全無好感，存心看好戲，也不搭腔，一時氣氛說不出的尷尬。

「可人！你眼裏還有沒有我這個師父？」燕飄飄怒斥道。

「師父，你若真將我許給這無賴爲妻，可人寧願自盡！」

「你……好，我就當沒收你這個徒弟！」燕飄飄怒極，右掌帶出三昧真火猛地朝陸可人頭上按下，後者竟是鐵了心，當真一動不動。

「且慢！」眼見陸可人就要香消玉殞，李無憂趕忙喝止。

燕飄飄本不是真要殺了陸可人，眼見可以下臺，當即停住掌勢，冷聲道：「此爲我門內之事，還望李元帥莫要插手！」

李無憂陪笑道：「無憂不敢！只不過此事終究是因晚輩而起，若是陸姑娘因此受到牽連或處罰，晚輩畢竟於心難安的不是？」

「這也有理！」燕飄飄當然借坡下驢，「那元帥想如何？」

「這個……婚約之事，雖然不能兒戲，但也得兩情相悅才是。既然可人不願嫁我，是晚輩福薄，萬望前輩莫要勉強，免得生出一些不必要的事端！」

「李無憂，我陸可人不需要你假仁假義！」燕飄飄尚未說話，陸可人已然盛怒而起，「終有一日，你要死在我手裏！」

「陸師姐，你怎麼了？」卻聽一個低低的聲音在身後響起。

陸可人轉過身去，卻見剛才昏迷的葉秋兒茫然不解地看著自己，當即冷笑道：「不要你管！」一把推開葉秋兒，奪路而去。

若蝶忙將葉秋兒扶住，一貫淡漠的她，臉上也頓時現出了怒氣。李無憂忙朝她使了個眼色，後者才不甘地點點頭，未曾妄動。

「這個孽徒！」燕飄飄氣得嬌顏如胭，當即朝諸人拱拱手道：「妾身教徒無方，讓各位見笑了！元帥放心，此事我早晚給你個交代！在下先走一步，各位後會有期！」說時展開身法，直追陸可人而去。

「啊！前輩別慌，難得到此一次，吃頓便飯再走不遲啊！」李無憂叫時，燕飄飄卻已然走遠，只得訕訕對太虛子和龍吟霄笑道：「燕前輩看來冷漠如冰，原來也是性情中人，這麼大把年紀了還是行事如此乾脆，讓人好生敬仰！」

太虛子頷首應和，龍吟霄卻望著兩人消失的方向若有所思，當即道：「李兄所言甚是。燕前輩一向教徒極嚴，可人如此衝撞她，怕是極其麻煩，我想去看看，這就先走一步！」

「龍兄果然俠義胸懷！只是我本想這次一定要好好和你暢飲一番的，如此一來，卻不知要等到什麼時候了！」

李無憂說到後來很有些黯然，不知道的，當真以爲他和龍吟霄兄弟情深呢。

「江湖兒女，總有機會！」龍吟霄笑了笑，忽地想起一事想對李無憂說，但話到嘴邊，卻心中已有了計較，也不再多言，當下又和太虛子說了些客套話，對諸女也打完招呼，灑然而去。

葉秋兒和馬翼空的傷勢異常沉重，太虛子也沒有要走的意思，當即留在了李無憂軍中。

曲終人散，李無憂正要說話，若蝶和朱盼盼柳眉忽地同時豎了起來，若蝶道：「大家小心，來了敵人！」

眾人忙自警惕，暗自放出真靈氣搜索，卻是什麼也沒發現，正自詫異，忽聽一個嘶啞的聲音大笑道：「好厲害的丫頭！」

聲音落時，不遠處一塊石頭忽然毫無徵兆地裂開，一個身穿一襲髒兮兮破道袍的老道士自裏邊鑽了出來。

那道士實在是老得一塌糊塗，臉上肌肉鬆弛，走路搖搖晃晃，彷彿一陣風吹來都能立刻將他吹倒。但他全然不顧旁人的擔心，還是堅持著，一晃一晃地自崖上搖晃著走了下來。

「哈哈，千年蝶妖，不錯，不錯，果然有點名堂！」老道士徑直走到眾人面前，仔細打量著若蝶，目光最後自朱盼盼的玉笛上掠過時，露出了一絲一閃即逝的異色，笑聲卻越發大了，臉上的皺紋卻擠成一堆，一張臉彷彿刀削斧鑿的石刻。

李無憂怎麼看怎麼覺得這廝的笑容很猥瑣，當即笑罵道：「奶奶的，老牛鼻，你大老遠地從石頭裏蹦出來，不是專門來誇誇人這麼無聊的吧？有屁快放，我們很趕時間！」

「好，好！年輕人就是年輕人，放屁果然是比我這樣的老人家快啊！」老道士感慨道。

眾人聽他說話聲音孱弱不堪，彷彿隨時都會斷氣一般，不想詞鋒卻是如此犀利，都覺好笑。

李無憂大覺沒有面子，便要回罵過去，老道士卻又已發話：「小子，你也老大不小的了，怎麼就不知道尊老敬賢？非要在嘴上討到便宜才肯甘休嗎？真是搞不清楚那四個老傢伙是怎麼教你的！」

「什麼四個老傢伙？」李無憂聽他言下所指竟似知曉自己的來歷，頓時嚇了一大跳！

「不承認？那也由得你！」老道士搖搖頭，「現在的年輕人啊！唉！本來我還打算試試看能不能幫他恢復功力，現在看來麼，人家根本不甩你這個老糊塗，你又何必自找沒趣？算了，算了！」

「嘿，前輩有話好說，有話好說！」李無憂頓時換了一副笑臉。

但老道士卻不打算睬他，忽地對林中大叫道，道：「喂，喂，秦丫頭，別以爲和小情人躲到樹林裏，老道就找不到你們，再不出來，小心老子一把火將這鳥林給燒了！」

「老牛鼻子！你怎麼這麼煩啊！」一個聲音應道。

眾人循聲望去，卻見一名羅衫短裙的少女挽著一名黑衣少年自林中走了出來。

那少女清麗可人，不可方物，卻無人認識，但那少年英俊無匹，面上雖是帶著苦笑，無憂軍中卻多半識得，當即有人叫道：「夜將軍！」

這兩人正是夜夢書與秦清兒。

「啊哈，老前輩好啊！」

見老道朝自己走過來，秦清兒忙將身子躲到夜夢書身後，卻一臉笑容燦爛地和老道士打招呼，好似見到了極其疼愛自己的長輩。

夜夢書湊到她耳邊低聲問道：「老傢伙誰啊？」

秦清兒笑容不改，壓低聲音：「不認識！」

「啊！」夜夢書愕然。

「嘀嘀咕咕地說什麼呢？是不是在商量怎麼逃跑？小丫頭，我可是告訴你，這次你要再不告訴我你師父在哪裏，老人家我，我……」

「就不告訴你，就不告訴你，你又能怎樣？臭牛鼻子！」一向仗義的慕容幽蘭女俠當即雙手放在頭上扮了個犄角，學了幾聲牛叫。

「對！就不告訴你！」秦清兒大喜，看見慕容幽蘭彷彿是見到了親姐妹。

「老天！」李無憂只覺得頭皮發麻，這老道士一看就不好惹，小丫頭還真是……

「不告訴我……那……那……那我就一直跟著你們！哈哈哈！」誰知道老道士一窒之後，得意大笑起來。

「不要！」秦清兒嚇了一大跳，「前輩，我跟你說過很多次了，家師向來行蹤飄忽，我真的不知道她在哪裏！你老人家就饒了我吧！」

「哈哈！我才不管呢！你是她徒弟，早晚會去找她，她也早晚會來找你！跟著你肯定不會錯的！哪哪哪，你別苦著臉呀！我剛才本來是躲在石頭裏，打算趁你路過的時候偷襲將你抓起來嚴刑拷問的，現在這樣已經是很給你面子了！你別得寸進尺哦！」

「你……你……」一向伶牙俐齒的秦清兒第一次被噎得說不出話來。

「喂！你要不要臉呀？別人不告訴你，你就硬要跟著，也不知羞。」慕容幽蘭刮臉。

「哈哈，我老人家臉皮厚，不怕你刮！」老道士不爲所動，嬉皮笑臉，「不過你一張花容月貌的小臉刮出了那麼一條小小的傷痕，李小子可是要心疼的哦！」

「你……你……氣死我了！」慕容幽蘭又羞又氣，眼珠一轉，朝身側的朱盼盼和若蝶撒嬌道：「朱姐姐，若蝶姐姐，幫我扁他！」

「小蘭休得胡鬧！」見二女蠢蠢欲動，李無憂趕忙喝止，「前輩是世外高人，能跟著我們是我們的福氣，你瞎起鬨做什麼？前輩是吧？」最後一句話溫柔之極，卻是對老道士說的。

「嗯哼，還是李小子有見識！不愧是四……嗯，他的徒弟！」

老道士頓時趾高氣揚，最後一句話及時拐彎，看似給足了李無憂面子，卻又似在威脅，搞得李無憂小心肝撲通撲通地跳，暗罵老狐狸之餘卻又是茫然之極：這老傢伙怎麼知道我的出身？

一直冷眼旁觀的柳隨風笑道：「既然如此，那就委屈前輩去潼關做幾天客吧！想必如此榮幸之事，再無人反對吧？」

「沒人反對！」老道士歡喜大叫，鼓掌跺足，很是興奮。

「我反對！」秦清兒氣鼓鼓道。

「反對無效！」柳隨風擺擺手。

「柳色狼，你……」秦清兒氣極。

李無憂笑嘻嘻接口道：「當然，如果清兒姑娘自己不願意去潼關，我正求之不得。不過夜夢書將軍這次因色誤事未能完成任務，本帥決定要讓他抄寫無憂軍規三千萬次，估計十年八年的不會有什麼外出的機會了，唉，讓兩位天涯相隔，此後再難見面，我可真是抱歉得很……」

秦清兒望了夜夢書一眼，見後者滿臉苦笑，當即冷哼道：「哼哼！我就不會自己跑來看他嗎？」

「哦！這樣啊！不好意思啊！」李無憂搔搔頭，「有鑒於夜將軍是我軍的棟樑之才，實在關係我軍生死存亡，軍師啊，回去後給我調一萬人的部隊將他嚴密保護起來，記得是要裝備剛才那種綠幽幽的箭的那種哦！」

「屬下遵命！」柳隨風恭敬應道。

「李無憂，你……你真是個小人！」秦清兒怒極。

「多謝誇獎！」李無憂不動聲色，隨即轉頭對老道士做了個請的姿勢，「這邊請，老前輩……嗯，敢問老前輩如何稱呼？」

「哈哈！貧道的名字一向是不告訴別人的，不過看你這小子如此夠意思，也不好瞞你！以前他們都叫我糊糊真人！」

「哇！糊糊真人？」李無憂一臉的如雷貫耳。

「不是吧！你知道？」

「沒聽說過！」

「切！那你叫什麼叫？讓我老人家誤會你居然見聞廣博到連我剛剛取的名字你都聽說過呢！」

「不是的！我剛才只是一不小心聽到如此沒有品味的一個名字，控制不住失聲叫了出來而已！」

……

此行無憂軍非但救回了李無憂，更加救了四宗的重要人物，賺到了人情，最重要的是生擒了古長天、宋子瞻和謝驚鴻，可謂收穫豐盛，雖然是在西琦國土，李無憂當夜還是親自主持了篝火狂歡。

狂歡既罷，由柳隨風指揮，開始次第由傳送陣傳送回潼關。

李無憂堅持決定和諸女最後走，眾將慌忙相勸，唯有柳隨風知他心意，當即一一照辦。事後軍中士兵果然對李無憂堅持最後離開的作風大為佩服，忠誠度更高，指揮起來更加如臂使指。

趁著傳遞的空隙，見葉秋兒清醒，李無憂決定趁著這個難得的機會和諸女到士兵們給他搭建的帥帳中促膝夜話，一面讓諸女相熟，一面也分述別來種種。

秦清兒極端不識趣，死皮賴臉地非要加入進來，李無憂雖然大肆反對，但慕容幽蘭和葉秋兒這兩個淘氣少女卻與這丫頭一見如故，並且迅即打得火熱親如姐妹，是以李無憂反對無效。若蝶除了在各處尋找李無憂的蹤跡之外，再無其餘可說。

寒山碧的情形方才已知道得差不多了，讓李無憂想不到的是她師父上官三娘居然是古長天的舊情人，這也是寒山碧當日不得不去救古長天的原因。

慕容幽蘭的情形就比較簡單了，原來當日靖王來提親，她對李無憂鬱悶難平，心存報復，在慕容軒的勸誡下果然應承了，最後多虧了謝驚鴻的開導，這才迷途知返，並偷偷跑出京城前來尋李無憂，最後和若蝶她們會合到了潼關。

謝驚鴻？李無憂愣了一愣。這老傢伙怎麼忽然這麼好心？

倒是朱盼盼由死復生，本是最引李無憂好奇，但朱盼盼對此卻是三緘其口，問及其餘諸女，卻道朱盼盼是昨日才到潼關，對諸女也是一般沒有提及。

李無憂正自鬱鬱難解，卻聽秦清兒笑道：「朱姐姐不是不肯說，是顧忌我這個來歷不明的外人在，不肯說出蒼引之秘罷了！」

什麼?!蒼引?

李無憂和眾女大驚，齊齊望向朱盼盼，後者詫異道：「你怎麼知道?」

秦清兒撫掌道：「果然，果然!果然被我猜中了!秦清兒，你果然冰雪聰明，佩服佩服!」

眾人見她居然當眾誇自己，都不禁莞爾，緊張的氣氛頓時為之緩和，但這小丫頭卻又道：「朱姐姐，能不能將蒼引借我看看?」

「不能!」李無憂頓時叫了起來。

「無妨!」朱盼盼擺擺手，手腕一抖，一道綠光射出。那邊秦清兒手一抓，綠光化形，果然就是那支玉笛。

眾人眼見朱盼盼居然如此大方，將神器隨手就交到了一個陌生人手裏，都是大驚，但隨即有人如李無憂一般，想到朱盼盼定然是有收回蒼引的法子，才又釋然。

「小氣鬼!你這麼小氣怎麼配得上朱姐姐?」秦清兒手撫玉笛，朝李無憂做了個鬼

臉。

李無憂苦笑，朱盼盼卻變色道：「姑娘若是再說這種話，請即刻將蒼引歸還！」

「好，好，我不說還不行嗎？」秦清兒連忙擺手求饒，隨即一陣嘆息，「這果然就是上古九大神魔器之一的蒼引了！上古九器，雖然每一件都蘊涵有創世神的神力，但每一件都有其特殊的能力，蒼引的特殊能力是吸引，能吸引一切物體，包括靈魂，因此才能讓你復活。」

朱盼盼更加古怪地看了秦清兒一眼，嘆了口氣，道：「不錯！當日你將我冰封並沉下九溟，冰棺卻正好落到蒼引解封的封印之上，於是蒼引便和我融二爲一，便這麼，我就復活了，如非因此得到了蒼引封印裏的記憶和神力，我還一直莫名其妙呢。」

「呵呵，封印正好解開，它和你融爲一體固然是一個原因，但朱姐姐能讓它甘願捨棄本來面目，化琴爲笛，一面固然是你精通天下器樂，而另一面卻是因爲你已和它心意相通，不錯，也確實只有你這樣的可人兒才配做它的主人。呵呵，看在你這麼大方的分上，我告訴你個秘密，哈！朱姐姐以後使用蒼引的時候，吸力之後記得要卸力，自己就不會受傷了！還給你！」

「卸力？」朱盼盼接過蒼引，一臉茫然。

「嘿嘿，別問我怎麼卸力，我也只是看書上寫了這句話！」秦清兒擺擺手。

朱盼盼施了一禮，道：「多謝清兒指教，只是清兒，你怎麼能一眼就認出這支玉笛就是蒼引？」

「是啊，清兒，連若蝶姐姐、古老怪也都看不出來，你怎麼一下子就看出來了？上古九大器又是怎麼回事？」慕容幽蘭也是大奇。

「嘻嘻，這個啊……秘密！李小子，各位姐姐妹妹你們慢慢敘舊，小妹還有點事情，先出去了！」秦清兒嘟嘟嘴，閃身出了帳篷，只因身法太快，竟然沒有一人來得及阻攔。

「這丫頭真是神秘，來歷怕有些奇怪！」若蝶望著門簾若有所思。

眾人細細一想，都是深以爲然。

李無憂對若蝶道：「若蝶，麻煩你以後多注意她和那老道士些。」後者點頭答應。

李無憂又問起唐思，才知道她本來是要隨著眾人一起來的，只是臨時有事離開了，她身分特殊，眾人也不便相問。

李無憂心頭疑惑，卻想起唐思名義上是自己的保鏢，若蝶是自己的丫頭，眾女中以這二人對自己最忠心，難道這女人的忠誠度也隨著身分的遞增而降低了嗎？

眾人聊了一陣，都是倦極，李無憂很有大丈夫魅力地揮揮手道：「老婆們，咱們休息

吧！」

「好啊！」寒山碧溫柔一笑。

李無憂正自大喜，忽覺身體一輕，已不由自主地倒飛起來，摔到帳篷之外，耳畔寒山碧綸音不絕：「相公，咱們無名無分的，讓你手下看到了，你以後如何統領三軍？奴家一番苦心，你不會怪我吧？」

李無憂直接無語。

他鬱悶了片刻，正琢磨著今晚只能和柳色狼擠一個小窩了，柳隨風卻已帶著秦鳳雛過來找他了，他當即感激涕零，大叫真是好兄弟啊。

入了柳隨風的帳篷，李無憂這才發現依舊昏迷的古長天三人早已在等他了，當即憤憤道：「奶奶個熊，原來是爲了處置這三人，老子還以爲你和我一樣算準老子會被眾老婆踢出來，良心發現來請老子喝酒呢！」

「處理完這三人再喝不遲！」柳隨風嘿嘿地笑。

李無憂卻不回答，反問道：「你們認爲該如何？」

二人沉吟片刻，秦鳳雛道：「元帥，依屬下看，這三個都是禍胎，都一刀了結了吧！」

李無憂搖搖頭道：「一刀殺了當然是爽快，老子也巴不得這麼做，可問題是現在人人都知道這三個老傢伙在我手裏，真要殺了他們，還不引起他們徒子徒孫和手下牛鬼蛇神的報復啊？如此一來，以後我軍怕是寸步難行。這個主意是行不通的。」

柳隨風笑道：「既然不能殺，那就都放了吧？」

「去你的！」李無憂狠狠踹了這說風涼話的傢伙一腳。

秦鳳雛道：「元帥，既然不能放，又不能殺，莫若將他們軟禁……」

話未說完，他自己已先搖了搖頭，真要軟禁起來，無憂軍營還不成為江湖菜市場了，每晚都會有無數的人光臨吧！

李無憂想了想，道：「這件事相當棘手，你們先出去，容我仔細考慮一下！」

二人點點頭，便要撤出，柳隨風忽想起一事：「元帥，這些傢伙雖然依舊在藥效時間內，但隨時有可能甦醒，要不我叫若蝶她們來保護你吧？」

「不用！」李無憂擺擺手，「碧落黃泉的威力不會因為中毒者的功力高深而發生變化，再說毒藥啊蠱蟲這些東西我可多的是，放心吧！」

二人點頭，自退了出去。

李無憂看著三人想了想，忽從懷裏摸出三丸丹藥，撬開三人的嘴，和著酒給三人灌了

下去。嘿嘿，還是給你們種下老子親自配置的昏睡丸，老子更能放心些。

做完這件事，他端起酒壺一面自斟自飲，一面仔細思索，究竟該如何處理這三個燙手山芋。

三人雖然處在昏迷之中，但那一代宗師的氣質卻是自然而然地流露在臉上，特別是古長天，說不出的傲氣逼人，李無憂越看越討厭，想起當日寒山碧竟爲了救他而打斷了自己的雙腿，更是惱怒，他此時已有了八九分酒意，忽地將酒壺放下，解開褲帶，當即一泡熱尿朝著古長天的額頭狠狠淋了下來。

「哈哈！一代魔驕又怎樣？還不是要喝老子的尿！」李無憂很是得意，當即對宋子瞻如法炮製，這老傢伙平時一臉冷冰冰的樣子他最是看不慣。

最後輪到謝驚鴻，他微微遲疑了一下，心道謝老兒的徒弟雖然個個可惡，但老兒本身對老子還算不錯，算了，算了，饒你這次！

「哈哈哈！」想起江湖上最頂尖的三個高手居然都要喝自己的尿，而生死也操控在自己這個如今完全沒有武術能力的廢人身上，心頭當真是說不出的暢快。沒有功力又怎樣？只要有聰明的腦子，神仙也得喝你的尿！

哈哈！

他笑了一陣，忽地想起這區區一粒昏睡丸實在是不能讓自己放心，想了想，怪笑一聲，從乾坤袋裏摸出一隻活蹦亂跳的蠱蟲來，撕開古長天的衣服，對準其心臟，一把按了下去。

那蠱蟲迅疾沒入古長天身體，再看時，古長天全身肌膚完好，並無任何痕跡。

「嘿嘿，古前輩，能與已失傳了兩百多年的愚心蠱合爲一體，算你老人家的運氣！」李無憂得意一笑，又自懷裏摸出一隻蠱蟲，朝宋子瞻走去，邊走邊笑道：「呵呵，宋前輩，你老人家也是魔門一脈，小子總不能厚此薄彼是吧？」

上前一把撕開宋子瞻外衣，卻驚奇地發現——讓大荒正道高手恐懼了百年之久的魔門第一高手宋子瞻，居然是個女人！並且還是個身材很惹火的超級大美女——李無憂輕輕揭去宋子瞻臉上的人皮面具，後者容顏看起來不足十八。

「奶奶的！是不是有句話叫寧可錯殺也不可放過？」李無憂嘻嘻一笑，將左手中蠱蟲慢慢朝宋子瞻左胸按去。

「你做什麼？」忽有一個聲音在背後響起。李無憂大吃一驚，手中蠱蟲頓時落在地上，鑽入地底，消失不見。

那個聲音正是謝驚鴻。

李無憂心頭大罵，但轉過身來已是滿臉堆笑：「哈哈！老不死的，你這麼快就醒了，真是可喜可賀，來，來，來，小弟請你喝酒去！」說時親熱地抓起謝驚鴻的手就往外走。

「改天吧！」謝驚鴻輕輕一揮手，李無憂霎時便被震開去，倒退好幾步才算站穩。

謝驚鴻卻不理他，徑直走到宋子瞻身旁，輕輕爲後者重新蓋上衣衫，掉頭冷冷道：「小子，你好歹也是成名人物，怎可做此下三濫的勾當？」

李無憂苦著臉道：「老大，這些傢伙動不動就想要我的命，上蒼有好生之德，我又不能殺了他，總得爲自己的性命找點保障吧？」

謝驚鴻呆了一呆，一時竟也不知道說什麼好，末了無奈道：「總之，如此有失光明磊落，我不希望你再有第二次！」

李無憂忙道：「不，不會，絕對不會再有第二次！」心中卻想：「沒有第二次，老子來第三次，第四百次行不行？」

謝驚鴻嘆了口氣，俯下身去，左手抱起宋子瞻，右臂夾住古長天，便要朝外面走去。

李無憂見此叫道：「謝老大，宋子瞻是你姘頭，你要帶走他我還無話可說，但古老兒乃是當今天下禍亂之源，他你不能帶走！」

謝驚鴻頭也不回，冷聲道：「古長天一代奇才，豈能喪生在齷齪人之手？你有本事就去練好武功，堂堂正正將他斬於劍下！」說完身影一閃，已然帶著兩人掠出帳篷。

李無憂追出帳來，謝驚鴻已然掠到了三丈之外，正自感慨驚鴻過眼身法果然名不虛傳，怕是無人能追上了，心頭一動，猛地運功大叫道：「來人啊！謝驚鴻帶著古長天和宋子瞻跑了！」

營中頓時呼聲四起，眾將士各自停下手中活計，朝李無憂這邊趕來，卻也有人發現了謝驚鴻，當即發箭亂射，但哪裏射得著，不過是徒然浪費箭石而已。但李無憂的目的卻已經達到——所有的人都看見了古長天和宋子瞻是謝驚鴻帶走的，可再與自己無關了。

眼見謝驚鴻消失在夜色裏，李無憂笑嘻嘻轉過頭來，卻發現神情複雜的寒山碧不知何時已然站在了自己身後。

李無憂心知這丫頭對古長天這魔皇依舊還存有幾分情誼，見自己被踢出後並不立刻返回，必然是爲了處理這古長天三人的事，即便剛才沒有謝驚鴻忽然甦醒這回事，自己要對付古長天怕也不能，不禁暗自長嘆：莫非當真是這老傢伙命不當絕？

次日清晨，士兵們已相繼傳送完畢，終於輪到了李無憂等人。

傳送陣一次能傳送的人數是十人，正好是李無憂加上五女，以及夜夢書、秦清兒、柳

隨風和糊糊真人，忠肝義膽的唐鬼本要留到最後才走，但被柳隨風以他生得太醜怕嚇壞眾美女爲由婉言謝絕了，後者大爲不服，不禁仰天狂嘯：「生得帥的男人難道天生就要遭人妒忌嗎？」

眾女皆狂嘔不止，奮起粉拳將這廝率先砸進傳送陣傳遞回去了。

唐鬼風波平息，眾人皆立到傳送陣上，唯有李無憂望著那傳送陣大是躊躇，眾人不解。唯有慕容幽蘭看似粗枝大葉，其實冰雪聰明之極，頓時洞悉他心意，笑道：「老公，別怕了，哪裏每次都會有那麼巧？傳遞了一萬多人，不是都沒有事嗎？再說了，即便有事，不是還有我們陪著你保護你嗎？」

李無憂心道：「小丫頭說得輕巧，要是被傳送回蠻荒時代，恐龍橫行，你我怕都得做了龍糞。」

但此時眾目睽睽，更關鍵的是眾美女正翹首以待，自不能失了面子，當即大步跨了上來，道：「小丫頭胡思亂想什麼，我只是在思索如何將這個傳送陣進行改良罷了！嘿嘿，以後要是能將這傳送陣建遍整個縹緲大陸，那我們就能夏天去雪蘭城度假，冬天去齊斯沙漠觀光了。」

眾人聞言都大叫有理。

說了一陣，慕容幽蘭叫諸人站好，十指結印，念動咒語，霎時靈氣引動天地之氣從四面八方彙聚，漸漸包圍整個大陣。

「走！」慕容幽蘭一聲大喝，眾人只覺得眼前一道刺眼的白光射來，下意識地一閉眼，隨即便覺得身體沉入了虛空。

下一刻，眾人再睜開眼睛時候，卻已經到了潼關城裏。

「怎麼樣老公，我說過沒……沒事……」慕容幽蘭嘻嘻笑著，抬手去拍身旁李無憂的肩膀，手落下時，卻覺得空空蕩蕩，並無著力之處，驀然轉頭，卻見本該立在她身側的李無憂已然不知去向。

「公子不見了！小蘭，快送我們回去找人！」若蝶迅疾檢查過四周，確定李無憂真的沒有跟著傳送過來，忙叫了起來。

慕容幽蘭正要點頭，忽覺得足下一動，忙叫道：「不好，大家快閃開！」

眾人剛依言飄出五丈，便覺得身體被一股熱浪不由自主向後一推，緊接著卻聽見一聲巨響——傳送陣爆炸了！

眾人面面相覷，齊齊望向慕容幽蘭，小丫頭臉色慘白，卻吐了吐舌頭，道：「純屬……純屬意外！」

第四章　天神訣

白光閃過時，李無憂也下意識地閉住了雙眼，但他才一陷入傳送通道，天眼卻自動地打開了，入目所見，卻並非上次那樣在一條黑色的狹窄通道裏穿行，而是「看到」自己等人是站在一條五彩斑斕璀璨奪目的星河上面，所有的星辰都在流動，彷彿一條條彩帶，而自己和其他人都站在這些彩帶上，順向流動，但這種感覺只持續了萬分之一剎那，原本輕若無物的身體卻彷彿忽地變重了千億倍，猛地朝星河裏沉了下去，其速之快，竟讓他在呼救的念頭剛剛升起時，人已然被無窮無盡的黑暗所淹沒。

入目盡是黑暗，連天眼都不能探測到分毫。

那種向下的巨力，幾乎沒有將他撕扯成萬千碎片，氣血彷彿在逆行，那種痛楚撕心裂肺。

下一刻，全身氣血猛地衝上腦袋，神智頓時一昏。

也不知過了多久，迷迷糊糊中屁股猛地一痛，似乎砸在了一塊精鋼鐵板之上，徹底昏死過去前，耳際似乎還聽到一陣脆響和一聲慘呼。

又不知過了多久，他忽然覺得身體說不出的熾熱，體內流動的彷彿不是血液而是火，身體不是肉而是炭，呼吸之間流動的也不是氣而是煙，他一個鯉魚打挺躍了起來，入目所見卻是一個紅色的山洞，洞甚微狹小，但四壁都是紅色的溶漿凝固後形成，洞中的空氣也異常炎熱，當即鬆了口氣，道：「還好，奶奶的，原來是做夢！」

但話一出口，卻發現無數的黑煙從口中噴了出來，他只嚇得哇哇大叫，但才一叫出，丹田一道熱氣頓時直沖喉嚨，出口時卻是一道烈火。

李無憂越發驚恐，剛要再叫，嘴卻被一隻手給捂住了，他頓時發現自己竟然不能動彈分毫，正自驚恐，忽聽耳畔一個低沉得有些鏗鏘的聲音道：「小子，又不是死了老爹，大呼小叫的幹什麼?這裏是烈火情天，四處都是不羈之火，不想死就給老子說話小聲點！」

下一刻，那個聲音落下，那隻手也隨即離開了。李無憂發覺自己能動了，忙轉過頭來，卻頓時再次驚呼出聲：「哇！太醜了吧！」

站在他眼前的卻是一個中年男子，讓李無憂驚奇的，卻是這傢伙非但一頭赤紅的長髮幾乎垂到了腰間，而全身皮膚也皆是火紅色，甚至連手腳的趾甲都是赤紅色。

那男子聽到李無憂的話，狠狠瞪了他一眼，忽然朝身後倒去，重重地摔在地上，身體

與地面相觸的地方火花四濺，一聲慘哼之後整個人一動不動。

「不是吧？只說一句你醜就被打擊成這樣？」李無憂嚇了一跳，誇張地叫了起來，口中再次噴出了一團火，喉嚨說不出的難過，忙自住口。

眼見那人紋絲不動，李無憂滿臉無奈，放緩語調，道：「哎呀，好了，好了，我收回我剛才說的話好了！憑良心說，你也就是一般醜了，跟唐鬼先生比起來還是很有差距的……」

那人卻依舊未動。

「靠！沒教養！」李無憂罵了句，搖搖頭，俯身去探這人的脈搏，卻發現一切正常，顯是真的氣暈過去了，當下也懶得理他，四下打量起來。

這是一個迴廊形的山洞，他和這男子所在的地方正是山洞的最裏邊。整個山洞除了熾熱，什麼都沒有！

回過頭來，卻詫異地發現自己的乾坤袋和無憂劍落在自己剛才起身所在。

怎麼回事？李無憂苦惱地搔搔頭，但手指才一觸到額頭，卻是立時蹦了起來——那三千煩惱絲竟不知何時已然不見蹤影，只剩個禿瓢。

他才一蹦起，目光落到身上，險些沒有再次驚呼起來。原來他全身上下早已沒有了一寸衣服，只是先前一直在關注自己身周物體，全然忘記了注意自身，是以沒有發現。

他呆了一呆，隨即明白衣服和頭髮顯然已被四周高熱的空氣給燒掉了，但爲何自己的身體卻沒有被燒掉？

呆了一陣，見迴廊的入口處似乎隱隱有光線傳來，他信步轉過迴廊來，才一過廊，陣陣刺眼的光芒便讓他睜不開眼睛，當即打開天眼，慢慢向前。

迴廊的盡處，卻是另一個拐彎，拐過這個彎，光線越加強烈，再轉過三處迴廊，一片更爲璀璨的光芒射了進來，天眼從光芒裏看出去，他頓時爲眼前景物所驚呆——從山洞向外望，是熊熊的烈火，但透過火幕，卻是一條燦爛的星河。與先前通道裏那條星河不同的是，這條星河的流動方式與先前完全不同。

無數流星在恆星和環繞恆星的行星間快速地穿過，帶起一條條美麗的光帶，千萬條光帶匯在一起，那是怎樣的一種燦爛得震撼的美麗啊！

天眼的力量從洞口蔓延出去，這才發現整個山洞的四周都是星海，這個山洞居然是在一個渾身都是烈火的巨大火球裏，陣陣帶著火色光華的熱風從火球上向四面八方飛射，與天空的星光相映成趣，而這個火球孤懸在星河的中央，任星辰來去牽引，卻一動不動，只是凡靠近這個火球的星星都未近體便全數化作了飛灰，同時迸發出絢麗奪目的巨大光幕。

這究竟是哪裏？其他的人呢？

「小子，不想死就趕快回來！你以爲你能承受多久的不羈星光照射？」赤髮人的聲音透過迴廊壁，一層一層地反射，落到李無憂的耳裏彷彿千萬個人在同時發聲，雄壯中自有一種說不出的威嚴。

不羈星光？

李無憂頓時想起那人說這裏是烈火情天，洞裏四周的空氣裏更隱藏著不羈情火。

這到底是什麼鳥地方？

果然，片刻之後，李無憂便覺得全身熾熱之感更增，並隱隱有些疼痛，當即按原路返回。

赤髮人已盤膝坐了起來，見到李無憂，兩隻火紅的眼珠裏神色很是複雜，但究竟是如何複雜，李無憂卻又說不上來，唯一可以使用的一個不大恰當的詞語大概就是：愛恨交織。

「坐！」赤髮人指指地。

李無憂微一遲疑，隨即在這人面前小心翼翼坐下。

「你我在此相遇乃是天緣！我知道你有很多事情要問，但在我解釋所有事情之前，我們還有一點小小的恩怨要解決！」赤髮人慢條斯理道。

「恩怨？」李無憂詫異地叫了起來，但隨即發現丹田熱意上湧，忙壓低了聲音，「大哥，我們好像不是很熟吧？」

「是！」赤髮人肯定地點點頭，「但這並不表示你欠我的債可以不還！」

「什麼？」

「就是這個！」赤髮人詭異地一笑，猛然一掌重重地拍在了李無憂的腰上，只聽三聲脆響，後者頓覺劇痛難忍，肋骨已然斷了三根。

「你！」李無憂大怒，便要動手，卻立時覺察出自己身體又不能動彈了，而赤髮人放在他腰間的手卻有陣陣熱氣透進，身體也漸漸沒有了痛楚的感覺。

赤髮人收回手，道：「先別那麼衝動，你打開天眼，先看看我的腰！」

李無憂又疑又怒，卻是屋簷下不得不低頭，當即打開天眼朝那人腰上看去，透過皮肉，頓時發現那人與自己同樣位置的三根肋骨的中間都隱隱有一絲白痕，顯然是新癒不久。

「明白了吧？小子！」赤髮人微微一笑。

李無憂頭搖得似撥浪鼓。

「裝什麼蒜？」赤髮人勃然大怒，幾乎沒有立刻站起來，「你掉進洞來的時候撞到了我的腰！撞斷了老子三根肋骨！」

「是這樣的嗎？」李無憂一臉懷疑，「如果是老子撞斷的，少說也得百八十天才癒合吧，但……」

後面的話卻再也說不出來，因爲一直內視關注自己傷勢的他，發現自己的肋骨已經恢復如舊了。

斷骨立癒！這赤髮人神通居然如此了得！

赤髮人輕輕咳嗽了一聲，將李無憂的神思拉了回來，方悠悠道：「誰說天上無甲子？小子！我在這烈火情天已等了你一萬三百年十個月零三天，可是清清楚楚呢！」

「等我？」李無憂只疑自己聽錯了。

「不用懷疑，我說的就是你！」

「大哥，我好像不認識你呢？剛才你斷我三根肋骨，說是因爲我昏迷的時候給你撞斷的，這還勉強可以接受，但要說我一萬多年前就欠你幾百萬兩銀子，這未免有點說不過去吧？」

「什麼幾百萬兩銀子？」

「既然不是我欠你幾百萬兩銀子，你把我抓到這烈什麼火什麼天的來，不會是吃飽了撐的吧？」李無憂一臉不屑。

「我想你搞錯了，不是我抓你來的！」赤髮人苦笑搖頭。

「不是你抓我？你別告訴我是我自己跑進來的！」

「哼哼，不是因為我正在經歷千年一次的天人五衰之際，你忽然闖進來，你以為憑你這肉體凡胎和一身三腳貓的功夫，能夠將本神的肋骨撞斷？」

「天人五衰？本神？閣下哪位啊？」

赤髮人緩緩站起，神色間驀然多了一種說不出的神威，淡淡道：「好說了，在下便是當今世上資格最老，功力最高，長相最帥，創世五神中唯一還存活於世的火神，你們管我叫赤炎！」

火神赤炎？大哥，你別唬我啊！

李無憂想驚叫，卻才發現自己已驚訝得嘴張得老大，再也合不上來。

上古五神的傳說在大荒已流傳了多年，李無憂博覽群書，自然沒有不知道的道理。傳說中，當年的創世神秦乾因為練功走火入魔，元神一分為五，這就是上古五神。因為上古五神分別掌管五行神力，所以也叫五行之神。五神分別是金神軒轅、木神蒼龍、水神夏

禹、火神赤炎和土神玄黃。五神之中的金神和水神是正義之神，土神代表了創世神心中陰暗一面，因此是邪惡之神，而古蘭的魔族便多信仰此神，而木神蒼龍和火神赤炎行事介於正邪之間，功過難以評述。

李無憂聽眼前這廝自稱是傳說中的火神，他第一個反應是想笑，但第二個反應卻是震驚。

自己所在的這個火球是在一條星河裏，而這個火球的溫度幾乎更是能融化星辰，如果這人不是神，如何能夠保住自己身體不被融化？只是自己好端端的，怎麼跑到火神的巢穴裏來了？

赤炎笑道：「就知道你不明白。打開你的包袱，看看有沒有少什麼東西！」說時一指點向乾坤袋，再一指點向李無憂面前，乾坤袋瞬間便移動了過來。

這招隔空移物凡大荒小仙位以上的法師都會，但能像赤炎這般舉重若輕，卻是連青虛子四人也未必能夠。

李無憂微微遲疑，隨即卻啞然失笑，搖搖頭，打開了乾坤袋。

才一開袋，一團白影卻猛地竄了出來，親熱地撲進他懷裏，咯吱叫了起來。

「聖神獸！」「小白！」赤炎和李無憂同時叫了起來。

那團白影是一隻白毛老鼠，正是本該在沉睡中的聖獸白虎。

當日在潼關的時候，李無憂曾讓小白送寒士倫去梧州與賀蘭凝霜談判，返回之後，小白卻立時又進入了休眠期，這讓李無憂覺得莫名其妙，卻也無法可想，只得將其重新裝入乾坤袋，以後行步間便只好辛苦自己使用御風術。萬萬料不到這傢伙居然會在這裏醒過來。

「到我這裏來！」赤炎朝小白招招手，後者似乎對他甚爲懼怕，咯吱亂叫，卻蜷縮在李無憂懷裏，死活不肯過來。

赤炎微微詫異，隨即卻點了點頭：「這傢伙連我的命令也敢違抗，看來是進入第二階了。」

「什麼第二階？」李無憂不解。

赤炎不答：「這些事以後你自然會明白。」

李無憂知道世外高人都有怪脾氣，而這位上古五神之一的傢伙，自然脾氣更怪，當即也懶得問，自將天眼打開，朝乾坤袋裏掃瞄過去。

乾坤袋本是上古一位異人所創的異寶，能將天地萬物納入其中而不增其重，其名便是納乾坤於一袋之意。是以李無憂自得袋之日起便裝了無數的東西進去，要取物自然方便，只需念咒即可，但要檢查到底有多少東西則是麻煩之極，是以即便是用天眼掃瞄，也是件極端耗費時間的事。

也不知過了多久，李無憂終於長出了口氣，道：「大神，如果我沒猜錯，我到這裏來，應該是和那張畫著白龍居去處的羊皮地圖有關吧？」

赤炎點點頭，道：「這張圖你怎麼得到的？」

李無憂當下將八年前楚誠到崑崙之事說了，末了道：「大神，莫非這張圖上所繪的地圖本身並無甚用處，但卻和時空轉移有關？」

赤炎嘆了口氣，道：「你果然聰明！這張圖便是昔年我親手所繪，也正是穿過不羈星海和烈火情天，到達這不羈之地的必需之物。還好，還好，在我將死之前終於盼到了你的到來。」

「這究竟是怎麼回事？」李無憂已隱然有悟，卻一時又猜不到詳細情形。

赤炎卻不答他，左手虛虛於空一抓，再張開時已然多了一張羊皮地圖，李無憂一眼認出，那東西正是白龍密盒裏的地圖。

赤炎問道：「李無憂，隨這張白龍居地圖現世的，應該還有些別的什麼吧？」

「有一張《大荒賦》！」李無憂點點頭，朗聲吟道：「巍我大荒，雄雄兮崑崙！東海木兮西閣雨，北溟冰兮南山雲，築我脊兮鍛我魂。天行健，古風存，五行之神佑群倫。一朝風起大江畔，江山嫋嫋入九輪。七印絕，五聖滅，天地蒼茫舊時別。」末了問道：「大神，這究竟是怎麼回事？」

「呵呵，大荒賦啊！」赤炎笑了起來，「這張圖要是落到古蘭，所配的應該就是古蘭賦了吧？罷了，罷了，前面幾句你們愛怎麼解釋都可以了。事情的關鍵是在後面幾句，讓我一一解釋給你聽吧。天行健，古風存，五行之神佑群倫，這句說的是我們五大神，你應該能理解。至於後面，一朝風起大江畔，江山嫋嫋入九輪，這一句話可就長了……你可知道何爲上古九器？」

「上古九器？哦，我昨天才剛剛聽人提過，說是上古流傳下來的九件神魔器，但那人卻沒有仔細地解釋過究竟是哪九件。」

「九件中你已經見過五件了。乾坤袋、倚天劍、蒼引琴、破穹刀和蚩尤刀，第六件你很快也會見到了，至於另外三件，有機緣你自己會見到，沒有機緣我說也無用。唉，這九件神器就是這段話裏說的九輪了，昔年秦乾就是在大江畔，被這九器聯手擊殺，不然以秦乾之強，天下又有誰能殺得死他……」

「啊！創世神是死於九器聯手？不是說他練功走火入魔分裂出你們五神嗎？」李無憂

驚愕莫名，心中亂成一團。

「狗屁的創世神！狗屁的走火入魔！世上哪有什麼創世神？即便有，那也是你們吹出來的！」赤炎冷笑。

一言既出，只如石破天驚，李無憂更是呆若木雞。

最初在他心裏對創世神和上古五神一直是懷疑其存在的，但見到小白變神，又在北溟的時候見到了大鵬神，見到了創世神身邊四大聖獸之二，又見到七大封印的逐次解封，此時更見到赤炎本人（神），對秦乾創世之說已是深信不疑，但萬萬料不到身為秦乾五大化身之一的赤炎自己卻第一個否定了這個說法。

赤炎看著他迷茫的眼睛，大笑道：「小子，我再告訴你吧！這世上根本沒有什麼神！天地無神！哈哈哈！」

天地無神？李無憂再次呆住，這個秘密實在是太過驚人，卻也荒謬絕倫，如果天下本來沒有神，那這個世界的秩序，究竟是怎樣的？那麼多神蹟，那麼多神物，眼前的神獸小白，赤炎本人，眼前這個火球，烈火情天，這一切，又究竟是怎麼回事？

「看來是我說得太模糊了。」赤炎淡淡笑了起來，「這個故事，咱們還是從頭說吧！我們所在的任何空間，最初都是一片混沌，亦稱太極或浩然或般若或大元。混沌存在了不知有多少歲月，靜極思動，其中自然滋生了陰陽兩種屬性完全相反的力量，兩種力量各不相容，卻各自增大，是以只得各自向兩端移動，終有一日兩者終於產生了大衝突。衝突的結果是勢均力敵，將混沌開出了一片大光明，我們稱之爲鴻蒙初開。鴻蒙之後，輕者上揚，是爲天，濁者下沉，是爲地。中間有一些天地所不能容之物，便是水。露出水上面的陸地，便是大家所叫稱的大陸，而大荒所處的縹緲大陸便是這眾多大陸中的一塊而已！」

「依你這麼說來……天地乃是自然生成，並非秦乾所創了？」

「廢話！」赤炎冷笑，「秦乾也不過是比我們所謂的五行之神的人力量更強大一些的人而已，又哪裏是什麼狗屁的神了？」

「啊！你不是人嗎？」李無憂吃了一驚。

「你才不是人！」赤炎重重敲了一下李無憂的頭。

「靠！那你們又怎麼變成了神？五行神力爲你們所掌控又是怎麼回事？」

赤炎的嘴角露出了一絲笑意，面上也露出緬懷的表情，悠悠道：「呵，這一切的一切，都純屬巧合罷了！」

赤炎嘆息一陣，慢慢舉起了雙手，在他和李無憂的左側，地面忽然顫抖了起來，李無憂嚇了一跳，慌忙躲到了他背後。地面顫抖之後，開始龜裂，陣陣耀眼的紅光從縫隙裏透

了出來。

過了片刻，縫隙越來越大，紅光也越來越盛，一隻形狀極端怪異的古鼎從裂開的土地裏浮了上來。

地面再次恢復平靜，但洞裏的紅光更盛，卻是因爲那古鼎內瞬間騰起了七尺高的純紅色火焰。

赤炎轉過頭，無可奈何地看了李無憂一眼，道：「李無憂，時間不多了，你先進鼎去，我再慢慢和你說故事。」

「開玩笑！瞎子也看見那鼎裏的火苗躥起有兩層樓那麼高，老子真要進去才時間不多了呢！」李無憂撇嘴。

「大膽！本神的話你也敢違抗？」赤炎勃然變色。

「少唬我！神又怎麼樣？你自己都說天地無神的！不行你殺了我，反正老子現在離死已經不遠。」

「老子活了萬多年，還從來沒見過你這樣的憊賴人物！」赤炎搖搖頭，暗自卻也佩服這傢伙的膽氣。

但隨即李無憂卻想起一事，當即驚呼起來：「你……你怎麼知道我的名字？還……還有，你怎麼知道我那麼多事，我見過幾件神魔器你也知道？」

「這還要我說嗎？」赤炎搖搖頭，「當然是趁你昏迷的時候，從你腦袋中獲取的資料了！」

「不……不是吧！你……你……我，我……」李無憂一時目瞪口呆，他再也想不到世上居然還有人能夠在他腦中直接吸取資料。

「不過說起來，你這小子也真是怪異！」赤炎搖搖頭，「我的攝神大法萬年以來從來沒有失敗過，但在你身上竟然未盡全功，我只知道了極小一部分記憶，其他大部分記憶居然無從找起。」

李無憂暗自得意，自己所創的心有千千結心法真可謂古今第一奇功，連上古五神之一的赤炎都無法攝取自己的記憶，說出去可真是夠有面子的，但他表面卻是一副打死不信的神色，當即怒道：

「老王八蛋你少騙老子，醜事做都做了，還說這樣的鬼話來安慰我，太也沒意思了吧？」

赤炎皺眉道：「小子，老子還用得著騙你嗎？再說了，我雖然盜取了一部分你的資料，卻也對你的記憶施下了關心鎖，從此之後，即便有人能劈開你腦袋，也再沒有任何人

能竊取你半絲的記憶了！」

「咦！那我不是還得謝謝你了？」

「不用！這是我應該做的！」

「靠！」李無憂罵了一聲，忽地笑了起來，「老大，這關心鎖聽上去很有意思的樣子，能不能教我？」

「待會我自然會教你，現在麼……給我滾進鼎裏去！」赤炎話音才落，李無憂已經身不由已地飛起，落到那古鼎之內。

鼎內卻並不像李無憂所想的那麼熾熱，相反周身被烈焰包裹下，那種直透骨髓的舒服感讓他全身都覺得懶洋洋的，微閉上雙眼，恨不得立刻就睡上一覺，只是可恨這鼎不夠大，並不能讓他平躺下來，只能斜倚在鼎沿打盹。

正自迷迷糊糊，卻聽赤炎的聲音在耳畔響起：「小子，我警告你，一會兒這九陽火會越燒越旺，你也會越來越舒服，但你千萬別睡著了，否則可就元神俱滅，永世不得重聚了！」

李無憂嚇了一跳，慌忙睜開眼來，卻見赤炎已經站在了鼎旁，正自疑惑，赤炎卻忽出一掌，重重擊在了他額頭，正要大罵，猛地見到無數影像湧入他腦海之中。

下一刻，赤炎收掌，那些印象卻如刀刻一般深深地印在了他心中。

正自疑惑，卻見赤炎已頹然坐到地上，臉上淡淡的皺紋忽然變得刀削斧刻一般深邃，赤色的頭髮也忽然變紅，皮膚開始有了皺褶，堅實的胸肌竟也變小變鬆——他整個人竟是在刹那間變老了。

李無憂想說話，卻發現自己的口鼻已被那純紅的火焰所籠罩，自己一開口，丹田那股熱氣便要躥上喉嚨來，忙自閉住了呼吸，但才一閉息，身體卻彷彿是忽然掉入溶漿之中，忙自又張開了嘴，卻再不敢亂出聲。

赤炎道：「小子，這是我畢生所學，剛剛已徹底印入你腦海之中。唉，本來是想細細給你解釋一番的，可惜時間已經不多，只好出此下策了。不過，這些東西我也不知你這輩子有沒有機會練……算了，死馬當做活馬醫吧！聽著，現在你搜索其中的煉心篇，找到關心鎖一篇，再找到結氣章，這是天神入門章，也是你目前唯一有可能修煉成功的一章，如果你借九陽火之助，能在這裏練成的話，日後將少走無數彎路！」

李無憂細細檢索赤炎灌入他腦中的資料，果然很快找到了結氣章，於是按照這章所說，細細修煉起來。

赤炎默察他運氣路線，不禁點了點頭，這小子的悟性倒是很高，看來自己這萬年苦

等，終究沒有白費，當即又道：

「時間不多，你邊練功，邊分出一道心意來，什麼也不要問，只聽我說。你們大荒的紀年歷史只有三千多年，其實人類的歷史一直可追溯到一萬八千載之前，而秦乾和我們五人，其實都是最早的古人而已，不同於其他人的是，我們都領悟了天地奧秘，修成了《天神訣》——就是我剛剛輸入到你腦子的那些東西。」

李無憂恍然大悟，難怪赤炎說他和秦乾都不是神，而是人。只是修煉成神了的人，難道還不是神嗎？

卻聽赤炎又道：「《天神訣》是秦乾所悟，當時最早修煉成神的也是他，我們能成神也是得到他無私傳授，從這個意義上來說，你們這些後世小子尊他爲創世神倒也並不爲過。」

說到這裏，他語速慢了下來，眼光迷離，顯然是神思已回到了萬載之前，「繼秦乾之後成神的，便是我們所謂的五行之神，而繼我們之後又有三百二十一人成神，只是這些人的力量比我們五人要小，是以我們和秦乾被尊爲大神，而他們被叫做小神。本來修爲到了神之後，精神境界都已極高，對世俗的看法和名利早已沒有想法，人怎麼看我們，我們都已經不在乎了，只是居住在秦乾以無上神通開闢的異空間——天界裏修煉，努力提升自己的境界，期待與天地同壽與日月同輝，而更多的人也在努力修煉，期待能和我們一樣擁有驚天動地的能力，而誰也料不到這個時候發生了一件大事，這件事直接導致了眾神的毀滅。嘿嘿，你所想不到的卻是，這件事正是因爲眾神的領袖秦乾而起。」

秦乾？李無憂呆了一呆。

「就是秦乾了！」赤炎難得地嘆了口氣，「誰也不知道怎麼回事，某一天早上起來，秦乾忽然發瘋，連殺了九名小神，並且兀自不肯甘休。眾神大恐，在我們五神的率領下奮起反擊……秦乾實在是太強了，我們所有的人加起來也不過和他戰成平手而已，我們最後不敵，逃離了現場，之後我們雙方各自廣收門徒，開始了持續三百年之久的眾神之戰。邪不能勝正，連秦乾也不例外。這場大戰的最後，秦乾召集了七魔獸，而我們也集齊了那九大神器，結果是我們在大江這個地方重創了秦乾……眼見勝利在望，只是誰也料不到的是，這個時候，玄黃這狗崽子忽然背叛了！唉，結果不言而喻，我們戰敗。所有小神全部被殺死，我們五行大神也死了兩個，就在我和蒼龍苦苦頑抗的時候，誰也沒有料到的是玄黃再次叛變，襲擊了秦乾！」

啊！李無憂驚了一驚，難道玄黃剛開始是假意叛變，也玩起了臥底？但隨即他便否定了這個想法，因爲如果是那樣，赤炎也不會罵他狗崽子了。

果然，赤炎又道：「我們正自高興，只道他迷途知返，卻萬萬沒有料到他再次襲擊了蒼龍，後者當場元神被打散。」

李無憂點點頭，看來玄黃才是這次事件的最後策劃者。兵不厭詐，玄黃倒是深得其中三昧，只不過氣節就未免有點太虧了。

赤炎果然又道：「到此時玄黃才露出了他的真面目。原來一切的一切都是他在後面搗鬼，他的目的就是要殺死秦乾，統治天地兩界。嘿嘿，正當他得意的時候，卻沒有料到秦乾忽然恢復了正氣，將他元神打散！這一戰之後，人間受七獸九器的合力所波及，死傷無數，人口不足先前的萬一。而秦乾所受之傷也太重，最後終於還是形神俱滅。死前他將七大魔獸削弱力量，並將其通通封印，而九大神器卻不幸流落人間。這就是所謂的『一朝風起大江畔，江山嫋嫋入九輪』了……」

「那『七印絕，五聖滅，天地蒼茫舊時別』又是什麼意思？」李無憂忽然插口問道，話一出口他卻是一驚，自己居然可以開口說話了。

「你的進步倒是很快。這麼快就練成了第一道神氣。」赤炎大是詫異，隨即卻似想到什麼，輕輕點了點頭，又道：「至於最後一句嗎，卻是他的預言，說是將來一旦有人解開了七大封印，而五行之神也全部死絕的話，舊有的秩序就會徹底顛覆。此次大戰之後，天下就只剩了我一個神，我不想再重蹈秦乾的覆轍，不再收徒，獨自隱居到這片烈火情天。過了萬載，隨著功力的精進，我越發的相信自己不會死，這個預言也只是個狗屁的笑話。只是有一年，我忽然發現自己的臉上居然有了一絲皺紋，直到此時，我才相信秦乾所說的天人五衰真的會發生。於是造了這張白龍圖，並且將預言抄錄了一份流傳於世，其中的廢話顯然是後世得圖之人按自己的理解牽強附會所成。」

「難怪了……」

李無憂徹底大悟，只是一時卻又不知該說什麼才好，末了問道：「我依然搞不清楚的是，我是怎麼到這裏來的？」

赤炎道：「你已經知道了，所謂天界，其實只是不同於你們所在的一個異空間而已。你們所使用的傳送陣為何能夠將人從一個地方瞬間挪移到另一個地方，正是因為傳送之時，你們穿越了諸神所在的異空間，自天下諸神只剩下我一人之後，世上所有的空間轉移法術都是經過我的烈火情天而達成的。至於這份白龍地圖本是進入你現在所在的不羈星的鑰匙，但要進入此地，持圖者還需會天眼，因為只有天眼所發出的神光才能穿透不羈星光，我才能夠將持圖之人吸進來。這三千年來，得圖者如過江之鯽，持圖進行空間轉移的人也不少，只是可惜罕有人練成天眼，是以除你之外，根本沒有人能進入此地來。倒是你

所說的那個楚誠也是難得的無意中開了天眼的人，可惜終究是無意中練成的，所以當我要將他吸進來的時候發生了意外，他才被甩到了兩百年後的時空。」

「哦！老子明白了！」李無憂大叫，「原來上次我被拋到一個月之前，也是因爲我當時天眼剛剛練成的緣故是吧？」

「孺子可教。」

「基本上全瞭解了！」李無憂也點了點頭，「還有最後一個問題，你老人家一身赤紅，這鳥不拉屎的地方也大概和什麼白色扯不上關係吧？我不明白的是，爲何你那張破圖爲什麼要叫白龍居？」

「哦，是這樣的！我的長相算是眾神中最帥的了，他們都稱我爲玉面小白龍，白龍住的地方取名白龍居，這也合情合理吧？」

「你……哈哈……就你……玉……什麼面什麼飛什麼龍……」李無憂只笑得喘不過氣來。

小白本自李無憂被打入鼎後一直趴在地上睡覺，此時也伸出短腿搔臉，咯吱咯吱地叫了起來，鼠眼裏面也明顯都是笑意。

「切！沒禮貌，本神當年的臉真的很白的嘛……不扯這個了。小子，練得怎樣了？」

李無憂默默察了一遍身體，道：「只練成了第一道神氣，聚在丹田之內，但走不通經脈！」

「不會吧？元氣和神氣是不會起衝突的啊！」赤炎大奇，瞬移過去，兩根手指搭在了李無憂左手脈門之上，細細查看起來。

片刻之後，赤炎收回手指，道：「原來是龍筋！或者你真是上天挑選的救世主也不一定！」

「什麼？」

「小子，你曾經服食過五彩龍鯉是吧？這樣的奇珍千年不遇，不世奇緣啊！龍氣入體之後，一直在慢慢改換你的經脈和手足之筋。經脈的改換讓你可以修煉所有的五行法術，這是顯而易見的。而手足筋的改換卻是緩慢而不明顯的，到如今，終於已經大成。換言之，你現在的經脈已經不是原來的經脈，而是龍筋了。元氣走脈，神氣行筋，龍筋比人筋強千倍，這自然可讓你力氣比常人大千倍，但有其利必有其弊，你要讓神氣行走手足筋，卻也要比常人難千倍。」

「靠！那就是沒得玩了？」李無憂手一攤，便要跳出鼎來，卻不想意念才一動，赤炎的手已然拍到了他身上，全身頓時失去知覺，唯有心中清明。

小白似乎覺察到某種危險，便要衝上來，卻也被赤炎虛虛一抓給定在了地上，只能咯吱咯吱地亂叫，卻分毫不能動彈。赤炎左手再虛虛一抓，手心已握了一把三尺長的火焰刀。

李無憂正覺不好，一股熱力直透腳心，身體已經不由自主地飛出鼎來，赤炎右手腕再一翻，他懸空的身體已經平躺在了大鼎上方，與鼎沿相平。

「老傢伙，你要幹什麼？」

眼見火焰刀朝自己胸口劃來，李無憂大驚失色，如殺豬一般大叫起來。

「剔骨！」赤炎淡淡答了一聲，火焰刀已經正中李無憂胸口，隨即沒入肉中，消失不見。

李無憂微一愣然，隨即便覺得胸腔骨變作了無數根燒紅的鐵條，那種由內而外的燒痛，直痛得他汗如豆落，卻連罵人的力氣都已沒有了。

「嘿嘿！鼎火煎得皮焦肉黃，剛剛好！」赤炎說這話時看自己的專業眼神，讓李無憂覺得再熟悉不過——饑餓時，他看一頭烤乳豬時通常就是這樣的眼神。

「媽的，完了！」他暗自悲呼一聲，「這老傢伙跟我說那麼多廢話都是騙人的，原來是想讓老子安心的在鼎裏邊被火烤。」

支持他這個想法的理論依據是，他看書的時候，知道古蘭那邊有一種活烤鯉魚的做法——被烤熟的魚端上桌子時，依然是活蹦亂跳的。

下一刻，赤炎一掌按在李無憂胸口，如撫琴般用力一撥弄，那三根鐵條頓時化作了三條融化的鐵水，一條向上，兩條向下，霎時走遍了他全身每一寸骨骼，李無憂再也忍受不住，昏死過去。

再次醒來的時候，痛楚已經成爲過去，李無憂覺得全身軟綿綿的，沒有半絲力氣，而赤炎正雙手在他的全身游走，而他每經過一寸地方，自己的身上便有一道白氣射出，而身體便又多軟了一分。

「好了！」赤炎手一揮，甩出最後一絲白氣，拍拍手，神情很是輕鬆，「好了，小子，試試坐起來！」

李無憂莫名其妙，但還是依言用力試圖坐起來，但這個想法才一付諸實踐，一種前所未有的巨大恐懼感覺陡然籠罩了他全身——他本來想坐起來，但身體的反應只是像蠶一樣蠕動了一下。

他想喊，卻發不了聲，想哭，眼皮卻垂下來遮住了眼珠，只見一行清淚自眼角淌了下來，掉到鼎裏，激起騰騰的火焰。

「哈哈！」赤炎卻得意地笑了起來，「萬多年沒用這招，居然還是如此成功，一根骨線都沒有留下！好，好，哈哈哈，赤炎你真是了不起。」

什麼？骨線！李無憂自驚恐中迅疾回復過來。一根骨線都沒有留下的意思是……

他正自沉思，忽然聞到了一陣奇特的臭味，赤炎卻突然身體一軟，委頓在地，頭髮忽然又紅變黑，隨即迅速變白，皺紋霎時從額頭一直延伸到了足尖，渾身肌肉彷彿在瞬間被抽去了水分，皮膚鬆弛下來，如枯皺的桔子皮，上邊還慢慢滲出一種髒兮兮的渾濁的液體。

他整個人已從一個壯碩中年變作了垂暮老者。

「天人五衰，唉，天人五衰！」赤炎的滄桑聲音也霎時變得沙啞而低沉，看向李無憂的眼光也漸漸暗淡，「小子，我能爲你做的就是這些了！將來的事，這場亂局能否收拾得了，就看你的造化了。離去之前，我有一言相告，如果忍受不了寂寞，千萬不要……不要……」

語聲漸漸軟弱，終於沒有說完最後一句話就此戛然而逝。

下一刻，赤炎的屍身上騰起陣陣透明的火焰，霎時將他整個肉身燒了個乾淨，只剩下一具白森森的骸骨。

小白不知何時已醒了過來，見此咯吱咯吱地叫了兩聲，身形忽然開始膨脹，迅速化作了白虎形狀。

眼見赤炎肉身燒滅，當即撲了上去，虎吼一聲，翅膀對著那具白骨一撲騰，白骨頓時立地飛起，直撲李無憂。

「喂！小白你做什麼？」李無憂才一呆，那具骸骨卻已然近體，並化作了一道白光自他眉心射入。

下一刻，李無憂忽然覺得全身充滿了力量，啊地大叫一聲，自鼎上飛了下來。

剛才還威風凜凜的小白頓時蜷縮在地，驚恐地看著他，神色甚至比剛才忽然見到赤炎還要驚恐，但敬畏中卻自然的流露出眷戀和親近。

「原來這就是第六件神器天神之骨！」在白骨入體的刹那，李無憂已然明白了一切。

因爲赤炎將這件經過他鍛鍊了萬年的上古神器經白虎注入他體內時，注入的更有關於這片烈火情天的秘密以及已知的九器的說明。

上古九器同具神力，但各件又有不同特點。破穹長於破壞，吹羽在於平衡，蒼引在於吸引，乾坤善於包容，而神骨的特異之處卻是在於其高潔，因其高潔故萬法難汙，萬毒難侵。

有了神骨替換了李無憂之前的骨骼後，他從此再也不懼任何法術和毒藥邪物的侵蝕，換言之，以後他就是天下所有邪魔的剋星。

更重要的是，只要他能將神氣成功通達筋絡，就能引出蘊涵在神骨裏的天火，控制天下所有的火力，此後他就是新一代火神。赤炎先用九陽火給他化骨，然後吸取他的已融化的骨氣，最後替他換上天神骨，如此的不惜神力以致加快天人五衰而自毀，其用意也正是如此吧。

只是要貫通龍筋，自己有生之年能不能成功，實在是難說得很。

小白看了他良久，最後終於確認眼前這人依舊是李無憂，當即飛了過來，親熱地舔他手心。

李無憂拍拍牠的頭，不無感慨道：「小白啊，現在連赤炎都死了，從此天下可就再沒有神了。這以後的路，可就要靠我們自己走了，誰也幫不上誰了！」

小白嘶吼連連，竟是聽懂了他的話。

李無憂哈哈大笑，末了卻想到那副「縱笑今古，天地鬼神盡虛妄故可恃唯我；橫眉乾坤，聖賢哲達皆糞土而君子自強」的對聯，心中暗想，莫非冥冥中一切竟然是早有定數麼？

「好吧！秦乾已死，五神俱滅，奶奶的，從今往後，就看我李無憂如何創世吧！哈哈！」李無憂哈哈大笑，整個不羈星似乎也在顫抖。

悲哀的世人們完全不知道自己即將面臨怎樣可怕的命運，唯一幸運的是，這件事暫時還不會發生。

當下李無憂根據赤炎留下的資料將洞內隱藏的東西掃蕩了一遍，連帶那個古鼎和小白一起收入乾坤袋中，御劍飛出不羈洞。

根據赤炎所留資料顯示，烈火情天雖然是片幾近無限的星域，但有天神之骨的說明後，他再也不懼不羈星光的高溫，而在這片星域裏，他的御劍速度便可以提高上億倍，換言之，這裏對他而言也與方寸之地並無不同。

只不過剛出不羈洞時，他亦不敢一下子將御劍之速提高太多，否則一不小心撞到某顆星上或者被流星擊中，未來的救世主因此一命嗚呼，那就太搞笑了。

也不知飛了多久，離不羈星已漸漸遠了，回顧過去，卻將李無憂嚇了一跳，這顆碩大的火球從遠處看來竟然有些像平日裏見的太陽。難道老子之前竟然是在太陽裏住了這麼久？

只是太陽不是一直在天上嗎？我目前所在的星域應該是另一空間才對，又怎麼會見到

太陽？

另外，太陽的屬性不是金嗎，怎麼成了火神赤炎的巢穴？但此時赤炎已死，他所留下關於不羈星本身的資料幾乎等於零，這一切也就無從問起。李無憂搖搖頭，加快了速度。

在熟悉了天神之骨的效用之後，他的御劍之速度慢慢增加，此時怕已比尋常時快了百倍。

人在星域之中，亦無法用尋常的方法來定義時間。於是李無憂默默計算自己的脈息流動速度來確定時間。

在未得天神之骨前，他的飛行十丈需要三息，此時速度成倍增加，脈息所需時間也就成幾何速度地遞減。

當他數到一萬息時，速度已增至平時的千倍，而身上卻忽然多出了一層純紅的透明的薄光罩，他知道是天神之骨的自然防護在幫自己抵消速度提高帶來的不適，正自一喜，忽聽一聲清脆斷響，足下猛地一個踉蹌，便朝附近一顆恆星直撞了過去。

他此時天眼已達可直透千丈之力，立時便知發生何事，暗暗嘆息一聲，意念一動間，倚天劍已從乾坤袋裏飛出與他合爲一體，堪堪穩住身形，同時雙手虛抓，將已經斷裂爲兩截的無憂劍抓到手中，長長一聲嘆息：「人力有時盡，連物力卻也是如此啊。」

第五章　無明之火

倚天劍乃是上古神器，其力量自非無憂劍可比，此後無論他如何催動速度，劍身都並無任何過熱反應，當他默數到三萬息時，速度終於展至神骨所能至的極限，亦即平時御劍的萬倍。

在這一刻，他只覺得自己彷彿已經化作了一道光，到千丈之外的距離不過是動念之間的事，將來天眼威力增加，但凡「目力」所至，皆是一念可至，此後速度次第增加，達到億倍於此時之速，從而如赤炎所說能真正控制時空之間的穿梭，想來也並非不可能。

只是要練至那一境界，卻必須是天神訣練至巔峰時才能夠，而且即便練成之後，這裏面牽涉了無數的時空秘密，就算是昔年鼎盛時期的秦乾也未敢嘗試，顯然是凶險之故，說起來，無論是楚誠還是自己在穿越時空後居然能分毫無損，怕是燒了幾萬輩子的高香了。

但他此時速度雖快，但要從不羈星到達烈火情天的出口處怕是需要萬年的時光，好在赤炎曾在這片星域留下了七個傳送星，只要到達七星之一便能直接傳送到任何一個出口，而最近的一顆天機星離此極近，以目前速度三日即可到達。

如此飛掠，耗費的元氣實比常時消耗快了實在太多，如在平時早已力竭。好在星域之中，每一顆星所散發的星光都具有無窮的星力直接射到了他身上，此時他彷彿就是在元氣的海洋裏遨遊，自然不會缺能量。他漸漸發現，星域裏並非如同尋常時在天空飛行一般，要克服下墜之力，而是要應付來自四面八方的星辰都有牽引之力，而靠星越近，那牽引之力越大。

而之前遙遙看來小如彈丸的星斗，卻一個個都是直徑過萬丈的圓球！若非親自目睹，有人告訴自己星斗居然是圓的，怕是打死他也不肯信的，而如非有動念千丈的絕技，自己便是窮一生之力也休想出得這片星域，當即大生「造化無窮，人果然只是滄海一粟」之感，心胸大爲開闊之餘，暗自對開闢天界的秦乾敬意更增。

飛了約莫一日之後，天眼的最遠可見距離居然增長了一倍，達到了兩千丈。

此時他體內元氣的總量剛好夠使用兩次千丈瞬移，既然發現了四周都是元氣，大喜之下，當即決定將速度提高一倍。但奇怪的是，他才一衝出，立時覺得周圍的壓力陡然增加了十倍不止，這一次全力發勁，所飛距離居然不足百丈。

他又驚又奇，卻不得要領，只得維持原速前進。

有一次，他天眼「看見」一顆小流星以超越自己極速十倍的速度射入眼前星域，卻才一進入星域立時速度就驟減，片刻後就慢如蝸牛一般。他心中一動，忽發奇想：若能將這些星辰都換成人，每一人都傳與他們強橫實力，也如星辰一般，是不是也能產生如此奇效？

這個念頭一發不可收拾，一時間他倒不急著飛去傳送星，而是邊飛邊默察各個星辰的彼此牽引平衡之力。

越是研究，他越是心驚。光自己眼前這片星域的星辰就以萬計，每一顆星星的牽引力都各自不同，若如赤炎所說烈火情天只是天界六大星域之一，怕所有的星辰加起來豈非不下億萬？如此龐大的一個陣勢自己憑什麼模擬下來？

更關鍵的是，自己即便悟透其中奧妙，又哪裏去找億萬人來布陣，布成這樣的大陣又有何用？至此他終於知道神力之無限，而更明人力之窮。

但他隨即便想到人力既然有限，自當盡分內之事即可，既然不能全部類比六大星域的星辰布橫，但如能模擬一片上萬的小星域，如此陣法豈非也是無敵嗎？連他自己也不知道，自他動這個念頭開始，失傳萬載的上古神陣星羅天機陣便將重現人間，並將爲他創立無數的輝煌。

天機星的直徑大概有十萬丈，星體呈純藍色，而星體周邊更是有一道彩虹樣的星光，使其看上去異常美麗。

自不羈星到達天機星已然是三天之後。第一日之後，李無憂對於各星辰之間如何牽引和平衡已經有了初步的瞭解，已然基本有了陣法的雛形，但此陣要想發揮威力，少則萬人，多則十萬，要這麼多的人各自的行事位置和方式都要完全類比星辰運轉，此事當真是比登天還難。

想到此處，他不禁失笑，自己不是已經在天上了嗎？

但到第二日時，李無憂再發奇想，自己自創的心有千千結之法，按照自己的推算練至極限時應該可以分出千個千結，亦即十萬心意，自己要是能分出十萬道真氣，每一道真氣模擬一顆星辰，豈非是同樣可以達成星羅天機陣的效果？

這個念頭產生之後，李無憂此生自創的第一門劍法星羅天機劍也已宣告破鞘而出。而到達七傳送星的天機星時，這門劍法已然有了模樣，只是限於此時功力上限的限制，還不能真的分出十萬道心意，只是勉強能如當日十八羅漢陣一樣分出十八個人影，但卻比之由真靈氣合鑄成的十八羅漢威力自非同日而語。

見到天機星如此的巨大，李無憂頓時頭疼不已。

赤炎留下的資料中說，五大天界的出入口和七大傳送星上都有一個由秦乾引動星辰之力製造的傳送陣。人間的古傳送法陣之所以能發揮威力，就是因為施展法術的人吟唱的咒語和靈力配合所發出的獨特力量穿越到了天界入口處，入口處的傳送陣便將人吸引進來，之後經過七大傳送星，最後傳送到天界的出口，最後送入人間。

整個過程雖然複雜，並且涉及上億萬的星辰，但因為秦乾事先已經規劃好的緣故，被傳送的人只覺得一剎那即到，全不知其中有如此多的波折。

但此刻李無憂頭疼的卻是那個由秦乾親自設計的傳送陣，與人間所用的一般大小，方圓不過一丈，要在一個直徑就上十萬丈的大圓球上尋找一個如此大小的古陣，即便他此刻已有瞬移千丈之能，怕也是如大海撈針，最鬱悶的當然是赤炎並沒有任何指示。

李無憂無奈下，只得將身形降到離天機星百丈距離，然後放緩挪移速度，圍繞著星球查看起來。

只是這依然不是個法子，他找了三日，依舊沒有任何的發現，反是因為天機星表面的元氣沒有外界的充足，每次挪移之後都需要重新聚氣，搞得他筋疲力盡。

無奈之下，李無憂只好落到天機星上，找點食物，同時休息一下。

但很可惜，這個顆星看來美麗異常，百物和人間並無不同，上面也有不少他認識的植物，但卻偏偏沒一種能吃的，而動物卻連影子都看不到。

「他媽的，原來天神都是不吃東西的。」李無憂查看了《天神訣》之後，終於得出了這個結論。

無奈下，只得取了些乾糧吃了，坐到一塊石上休息。

閒來無事，便將小白召喚出來。

小白自甦醒後，每日躲在乾坤袋裏早悶出病來了，一旦得出，頓時化作虎形，虎吼三聲，飛上高空，四處亂飛，任李無憂怎麼叫都不肯回來。

李無憂搖搖頭，苦笑道：「奶奶的，這年頭連老虎都靠不住，看來老子最少還得寂寞幾個月。」

正自嘆息，忽聽身後一個軟綿綿的聲音接道：「不知有了奴家，小冤家你還會不會寂寞呢？」

李無憂嚇了一跳，忙自轉身。身後卻並無一人！

「難道是老子的幻覺？」李無憂呆了一呆，隨即啞然失笑。

自己此時天眼已然大成，除非是赤炎，否則便是大鵬神接近自己也斷斷沒有發現不了的道理，看來多半是自己寂寞下產生的幻覺了。

「會不會寂寞，冤家你倒是發句話嘛！」隨著這個軟綿綿的聲音，一雙玉手已然纏住了李無憂的脖子。但隨即那雙手卻如觸電般顫抖了一下，忙不迭收了回去。

李無憂猛地再次轉頭，才發現身後不知道何時已多了一位嬌滴滴的大美女。

美女，李無憂實在是見得太多，各種氣質容貌都是頗有見識，但見到這個美女時，心仍然忍不住跳了一跳。

只因爲，這個女人實在是太野了！

她全身只有要害被一片火紅的羽毛象徵性地覆蓋住，其餘地方俱露出古銅色的完美身材。一張臉，亦如大理石雕刻一般，稜角分明，使得她女子的柔和美中自然而然地多了幾分陽剛。

身材和臉相配合，加上一頭不羈的火紅長髮和一雙綻放著對自由強烈嚮往的眼睛，便組成了一種前所未見的狂野風情。

只不過這個女人此刻臉上卻帶著幾許的詫異，隨即卻又點了點頭，道：「你身具天神之骨！原來你就是赤炎大神找的傳人啊！」

「啊！你知道那老傢伙？」李無憂大喜。

這下總算找到一個赤炎的熟人了！

「老傢伙？」女人呆了一呆，隨即卻臉色驟變，猛地一飛沖天而起。

但她才一飛起，空中卻頓時狂風大作，又有一片遮天蔽日的白影猛地撲了上來，其間還夾雜著陣陣虎吼聲。

李無憂認得那白影正是小白。

此刻小白比之前大有不同，雙翅展開，竟然達到了兩百丈之長，而身軀也比之前大了二十倍不止！

那女人似乎對小白甚為恐懼，一見白影撲了上來，便不再直衝，而是迂迴而下，緊貼著地面低飛，但卻依舊無法擺脫小白的糾纏，最後眼見要被追上，忽然惱怒地叫了一聲。

李無憂站在地上，從不同角度欣賞著這個完美身材，嘖嘖讚嘆不止，忽聽這聲驚叫，這才反應過來，當即便要喝止小白，忽覺這一聲叫竟不似人類所有，便有了微微的遲疑。

便是這一遲疑，空中那美女卻又連叫了兩聲，身上忽然燒起了熊熊烈火。

烈火迅速將這一片天空都燒成了火紅色，那美女卻陡然化作了一隻全身帶著烈焰的巨大火鳳凰。

「四大聖獸的火鳳怎麼會出現在這裏？」李無憂頓時呆住。

小白見此竟似嚇了一跳，猛地身形變小，朝下飛來，落到李無憂身邊。

火鳳凰也似呆了一呆，顯然是沒有想到這傢伙來勢洶洶，怎麼還未交戰就先落荒而逃，當下無奈搖搖頭，再次化身爲美女，落到李無憂身前，指著小白道：「剛才不是要找我打架嗎?過來啊!」

小白虎頭亂搖，發出一聲虎叫，躲到李無憂身後，死活不肯過去。

那女人又是好氣又是好笑，道：「還聖獸白虎呢!怎麼看怎麼像一個欺軟怕硬的無賴!」

李無憂乾咳了兩聲，道：「失敬失敬，原來姑娘就是火鳳!難怪小白見了你會忍不住小小地試探你一下。」

「姑娘嗎?」那女人笑了起來，「我的名字叫金烏!」

「金……金烏?」李無憂張大了嘴，再也說不出話來。

傳說中金烏是住在太陽裏邊的神鳥，但聽名字就知道牠應該也是一隻烏鴉，怎麼此刻卻變成了一隻鳳凰，而且還是四聖獸之一的火鳳?

金烏笑了起來，道：「剛才還一副色迷迷的樣子，現在怎麼變成了一個白癡?」

李無憂笑道：「姑娘有所不知了，色鬼做到極致其實就是白癡。不是有句老話叫『色令智昏』嗎?」

「色令智昏?老話?」金烏搖搖頭，忽然有些黯然，「我在這裏也快八千年了。你所謂的老話怕對我來說都是新詞吧！」

「八千年！」李無憂呆了一呆，「姑娘你別唬我好不好？你們聖獸的平均壽命不是五百年嗎？你居然活了八千多年？連玉都老了！真是的，現在怎麼人人都愛說笑！」

「你還真是個白癡哦！」金烏又咯咯笑了起來，「這裏是天界，只要不經歷天人五衰，就不會死，也不用轉世！」

「哦，是這麼回事啊！」李無憂點點頭，卻立刻又想起許多疑問，「轉世究竟是怎麼回事？當年的眾神大戰，你們四大聖獸爲何都沒有參加？還有……」

「這些問題我都不知道。你問我我又問誰去？」金烏搖搖頭，有些意興蕭索。末了，她聳聳肩，又道：「時間差不多了，咱們走吧！」

「走？」李無憂茫然。

「我帶你去傳送陣。再不走，天界的出口可就關閉了！」金烏說完飛上了天。

「不是吧？出口關閉？」李無憂不解，帶著小白追了上去。

「天界最後一個大神都死了，難道你以爲憑我的力量可以維持這裏的運轉嗎？」金烏苦笑著，飛得卻更加快了。

一人兩獸，或者說是兩人一獸飛了約莫半個時辰，終於到達傳送陣旁。

落定之後，金烏似乎頗爲遺憾，對李無憂道：「好了，小子，到地方了，你上去吧！記住，因爲天界出入口的關閉，以後人間的傳送陣也不能再用了，除非你能成神，重新打通出入口。」

李無憂點點頭，落到傳送陣上。

但小白卻似乎還不想走，蹭著金烏的衣服，一副依依不捨的模樣。

金烏笑道：「放心吧，我可不比你，我在這裏已經待了八千多年了，哪裏還會怕什麼寂寞？倒是你，雖然護主之心可嘉，但也要分清對象，剛才我確實是想讓你主人拜倒在我膝下，但他有天神之骨護體，你以爲我敢找他快活嗎？」

李無憂這才恍然大悟，暗想難道連火鳳凰這樣的神鳥也玩採補之術不成？

小白吼了兩聲，看那神情倒似乎頗有些不好意思。

末了，牠舔了舔金烏的手，飛到傳送陣上。

「等等！」金烏忽然想起一事，也飛到了傳送陣上，一把抓住了李無憂的手。

「不是吧？難道你想和我一起走？」李無憂叫了起來。

「美死你小子！」金烏嘻嘻一笑，輕輕在他額頭點了一下，後者不疑有他，並未避讓，但覺得一點若有若無的熱氣陡然從眉心鑽了進來，忙叫道：「美女，你對我做了什麼？」

「這是我修煉多年的無明火，希望將來能對你有所幫助。」金烏的神情忽然顯得有些疲憊，說完這句話，她飛下傳送陣，在地上一點，已是消失不見。

無明火？什麼東西？難道比九陽火還厲害？

李無憂正覺茫然，足下傳送陣已然發動，下一刻，人又已在星河中穿梭起來。

彷彿是過了一刹那，又彷彿是過了千萬年，李無憂發覺自己已經落在了人間。

但入目所見，卻並非潼關，而是……

月河村。

幾十名村民正對著傳送陣焚香禱告，見了李無憂和一頭帶翅膀的白虎忽然出現，都是大驚失色，繼而慌亂不堪，四散奔逃。

卻有一人沒有逃跑，反是大喜叫道：「師父！你終於回來了！」

李無憂認得正是小三，微微有些愕然。

小三卻歡喜地跑了上來，拉著李無憂問東問西，甚至伸手去摸小白的頭，後者茫然地望著眼前這小孩，暗想自己難道和他很熟，卻爲何一點印象都沒有？

李無憂茫然了片刻，隨即反應過來，當即問道：「小三，你們在這裏幹什麼？」

小三愕然道：「師父你自己反而不知道嗎？」

「笨！老子知道還問你做什麼？」李無憂狠狠敲了一下這傢伙的頭，「還不快說？」

「哎喲！別老打我頭，那樣會笨的！」小三雖然不滿，卻還是不得不一五一十地說了出來。

原來此時竟然是月河村之戰的次日！

眾村民剛剛醒來便發現這邊有異常，一路找來，發現神廟被毀，而地上一片狼藉，都是異常驚恐。隨即有人發現了由許多磚石堆砌起來卻不時閃閃發光的傳送陣，都以為是神靈發怒，降下災難，於是紛紛拿香燭來拜。

李無憂想起自己在天界至少待了四五日，回到人間竟然和自己離開的時間相去不遠，莫非在天界裏的時間相對人間而言竟然是靜止的嗎？但古人有謂「天上方一日，人間已一年」，難道竟然是反過來的嗎？

任他聰明絕頂，卻也想不透這裏面的秘密，好在此後傳送陣已然不可用，而白龍圖也已隨赤炎而逝，在自己練成天神訣之前怕再也不會有機會進入天界了，而到那個時候，怕自己也已能明白這時空之秘了。

「師父，你在想什麼？」小三的聲音打破了李無憂的沉思。

「沒什麼！」李無憂搖搖頭，「我要走了！你……」

「我要和你一起離開這裏，去闖一番大事業！」小三說這話時的意氣飛揚，讓李無憂愣了愣，這樣的表情，自己似乎也曾擁有過吧？

想到這裏，他笑了：「呵呵！好吧，只不過你要做好心理準備，你師父我可是個大人物，將來別丟了老子的臉！」

小三大喜，隨即卻疑惑道：「大人物啊！有多大？比我們村村長還大嗎？」

李無憂笑笑不答，將他抱起，一起坐到白虎身上。

白虎騰空飛起，直朝潼關飛去。

到此時，李無憂才真的明白小白升爲二階神獸的意義。

這傢伙翅膀完全展開時近二百丈，在天界的時候李無憂是見過的了，但卻沒有見過牠認真飛行過一次，但此時一到人間，這傢伙才彷彿如魚得水一般，直上百丈之後起風飛起，竟是帶起陣陣大風，只刮得村裏房屋倒塌無數，牛羊被刮上天來。

李無憂大恐，忙叫這傢伙飛到千丈上空，這才免去了造成更多的傷害，而小三已經是嚇得面無人色。

李無憂出天界時正是凌晨，而小白飛過月河村到潼關的千里路途卻只花了不到三個時辰，正是日正當中時候。

既到潼關之上，李無憂讓小白飛旋下落，才一近潼關上方，立時便如遮天蔽日一般地讓潼關城頭多了一片巨大的陰影。

城中軍民何曾見過如此龐然大物？霎時亂箭齊發，舉城驚叫。

小白翅膀一揮，那些勁箭立時如風中落葉一般被吹了個乾淨，片羽不能加身。

李無憂暗叫聲糟糕，只得無奈站到虎背之上，朗聲喝道：「我乃雷神李無憂，爾等不必驚惶！」

這話他運功發出，連喝三次，滿城的人都聽得清清楚楚，隨即卻是歡聲如雷。

隨即人群中便有人大叫老公，接著六條人影飛了上來，李無憂識得正是慕容幽蘭五女和多日不見的唐思。

諸女落到小白身上，都以各自的方式向李無憂問長問短，嘰嘰喳喳的，好不熱鬧。

李無憂雖然口齒伶俐，但一張嘴如何能答得過這麼多問題來？而眾女都是熱情高漲，紛紛拉著李無憂的肩膀胳膊什麼的，非要他先答自己的問題不可。

李無憂望著六張同樣寫滿憂慮和關切的臉，一時六面爲難，正不知如何是好，忽覺胸

前一痛，人已如斷線風箏一般朝下墜去，同時耳邊傳來寒山碧咯咯笑聲：「相公，奴家一腳爲你解決了難題，今晚是不是該請我吃烤白虎肉了？」

此言一出，小白頓時嚇了一跳，猛地一翻身，將諸女和已嚇傻的小三甩脫，直上九霄而去。天空中八道人影如星丸般次第墜了下來。

這一奇景正好被某個閒得無聊，正吃飽了倚在城牆一角打嗝的欠揍傢伙所目睹，也不和李無憂打招呼，當即跑回駐地，揮筆潑墨畫了一幅《雷神天降圖》，此後竟成大荒十大名畫之首，讓某人聲名大振，並爲其贏得了大荒第一風流才子之譽。

而鮮爲人知的是，在這張畫的贗品在市井都以高價流通的同時，柳隨風丞相大人卻日日飽受一種叫憔悴掌的美麗刑法折磨得痛不欲生，真是耐人尋味……

多日不見，潼關風物依舊，人物依舊。

從天而降並僥倖保得一條小命的李無憂受到了舉城軍民的夾道歡迎，石枯榮、趙虎等人見了李無憂都是熱淚盈眶，並無一人有些許生疏，而滿城百姓載歌載舞以歡迎英雄的禮儀迎接他。

小三這沒見過世面的鄉下孩子只驚得目瞪口呆，直到此時他才終於隱隱有些明白李無憂究竟是何樣的大人物。看到李無憂淡然自若地接受眾人的歡呼，小小的心靈裏卻也終於滋生了對英雄的仰慕，熱血沸騰。

但旁邊的百姓卻見這孩子癡癡呆呆不發一語，不免胡加揣測，於是第二日就有人傳說，這孩子是無憂王殿下的私生子，並且極有可能是近親結合的產物，於是第三日便有人開始考證李無憂身邊六女與他存在的可能的親緣關係，並以火箭速度完稿了一部長達十萬字的專著《你究竟有幾個好妹妹？——無憂王身邊女人親緣考》。

雖然不久後，李無憂親自澄清了關於小三的流言，但並不影響這本後來被列為無憂王朝十大禁書之一此刻在大荒諸國的暢銷，一時洛陽紙貴。

回到軍中，諸人問起李無憂行蹤，後者來時已思量半晌，決定將發生在天界之事隱瞞，只說是自己也不知道怎麼回事就被傳送陣彈了回來，多虧小白及時醒來，這才能夠趕了回來。眾人不疑有他，各自唏噓不已。

李無憂終於得到機會問起當日自己離開秦州後的事。

柳隨風遞過一面聖旨。李無憂接過一看，頓時大驚：「張承宗元帥成仁！」話音落時，卻見張龍趙虎二人頓時臉上都露出了悲色，慕容幽蘭更是失聲痛哭起來。

李無憂知道她初入伍時就是在張承宗軍中，張承宗因為慕容軒的緣故對她頗為照顧，加

上她天真可愛又作戰勇敢，甚得張承宗以及斷州軍上下愛護，一老一小感情甚篤，忙仔細安慰，心頭想起當日在斷州時張承宗對自己也多加照顧，一時也是悲從中來，哀傷無限。

用過晚飯，讓諸女陪著慕容幽蘭，李無憂獨叫了柳隨風上月華軒議事。

問起前事，才知秦州大會之後，李無憂失蹤，張承宗接了前線兵權，本要帶上無憂軍一起攻打雲州，但王維據旨反對，張承宗考慮到柳隨風遠在雅州，無憂軍群龍無首，只得依了。

雲州大戰，王維年少氣盛，不聽張承宗之言，中了老謀深算的蕭如故的誘敵之計，孤軍深入，張承宗不得已親自率軍去救，不想連敗陳西兩軍的蕭如故忽然帶著破穹刀奇兵突出，斷州軍潰敗，張承宗也被蕭如故斬於刀下。

此後蕭如故本想一鼓作氣殲滅斷州軍殘餘和王維部，卻遇到寒山碧出現，楚軍主力才得以保存，但糧草已被蕭如故奇兵燒毀，陳西兩國已然退兵，楚軍不敢孤懸敵境，王維不得已令餘軍全部撤回雷州，與蕭軍隔鵬羽河相望。

十日之後，四國遣使會盟雲州，蕭國分別割雷州、夢州和滁州，與楚、陳和西琦，四國達成和議，聯軍北伐宣告結束。

李無憂聽完嘆了口氣，道：「王維能直接放棄已經占領的煙秦等地，直接退守雷州，敗而不亂，倒也並非一無是處！反是蕭如故明明有破穹刀之利，占據優勢，卻甘願割地求和，看來這次蕭國確實是遭受了重創，沒個十年八年我看是恢復不了了！蕭如故再強，也不過是在江湖稱雄罷了！」

柳隨風深以爲然。李無憂當即又問起自己爲何到現在已然是無憂軍名正言順的元帥，這才知道原來當日靖王被殺消息傳到京師之後，楚問雖然給除蕭國之外的大荒四國都下了幫助通緝自己的國書，懸紅十萬黃金，好似不捉拿到李無憂絕不甘休一樣，但在楚國國內，卻只是象徵性地在各州的首府貼了一張頭像模糊的通緝令，不過十天卻又被另一張頭像更加模糊的告示所取代，到得九月初一，各州的官府更是收到一張楚問的罪己詔，說是李無憂並未殺害太子殿下，一切都是蕭國人嫁禍陷害，朕險些錯殺忠良，現在迷途知返，特將其官復舊職，請李無憂不計前嫌，速速進京面聖。也正是憑藉這道聖旨，柳隨風才敢光明正大地調動軍隊前往月河村救人。

兩人又閒話一陣，分別敘述各自別後情形，除開一些極端私人的細節和天界之事，李無憂並無隱瞞，一一說了。

柳隨風聽到李無憂自己說出功力只剩下十分之一，感動之餘卻也皺眉不已。末了，柳隨風道：「無憂，眼前最緊要的事，其實還是皇上召見你上京之事！」

李無憂笑道：「你那麼鎮定，顯然是妙計在胸，你說怎麼辦？」

「抗旨！」

「抗旨？」

「是！抗旨不遵，擁兵自重！」

「這個時機，怕是會引發內亂！」李無憂長長嘆了口氣。

「我也知道。但如真去航州，很可能是死路一條！」柳隨風也嘆了口氣。

靖王的死，是宋子瞻下的手，而宋子瞻的另一個身分卻是黃公公，楚問的親信。

楚問最初並不是要殺李無憂，只是想削他的兵權，以觀後效，但算到靖王會想趁機殺了李無憂，是以派來了宋子瞻。

靖王雖然不知道宋子瞻的真實身分，但卻知道他是楚問的親信，最後才會在秦州大會上不得不先放了李無憂一馬。

但這一點卻全在布局的牧先生掌握之中，放了李無憂之後，他更是幫助李無憂療傷，卻扣留無憂軍眾人以誘惑後者回營自投羅網，之後布下局，讓李無憂背上弒太子的罪名，然後將他在無憂軍眾人面前殺了，如此一來，不僅可以殺了李無憂，更可讓楚問和無憂軍眾人無話可說，之後再宣稱靖王因神跡而復活，更能加深靖王的威信，穩固朝中權位易如反掌。

但這些在宋子瞻看來實在是小孩子的把戲，最後非但救走了李無憂，更順便讓靖王真的掛了，牧先生的謀劃徹底成了竹籃打水！

但這裏邊實在是有太多的不可解。宋子瞻既然奉命要救李無憂，爲何救出又將他扔到了月河村，直到蒼引之局爆發才又來救人？

牧先生的立場實在是很曖昧。如果他的立場和葉十一一樣，是站到蕭如故一邊，是要逼反無憂軍，引起楚國內亂，爲何又不肯真的殺了靖王？如果他是站在靖王一邊，爲何又不肯只削李無憂的兵權而非要其身敗名裂置於死地不可？

另外就是楚問自己，靖王之死，無論宋子瞻怎麼回報他，都絕不會說是李無憂殺的，那楚問的一連串舉措實在是也太奇怪。現在更是召喚李無憂回去，是福是禍，實在是難以預料得很。

與其受制於人，還不如擁兵自重，靜觀其變，反正將在外軍令有所不受，楚問也拿李無憂沒有法子，待將來搞清楚狀況後，是進是退也有依據。這就是柳隨風的主意。

但李無憂卻認爲該去京城將事情搞清楚。後世的研究者在論及無憂王朝的三大兵家時，曾說三大家雖然都善於用奇兵，但柳隨風的奇卻是基於對全局的細緻把握，絕不打無把握之仗，而李無憂更善於奇中帶險，以用兵使計天馬行空匪夷所思而著稱，至於另一個人……

「算了，商量了這麼久也沒結果，聽聽老寒的意見吧？」李無憂最後道。

「自秦州回來後，他一直躲在房間裏誰也不肯見，我看上次的事……」柳隨風有點遲疑。

「我想他應該已經走出了陰影！」李無憂自信滿滿，「我不會看錯人，就好像我從來沒有看錯你！」

柳隨風笑，心中卻似有熱血翻騰。

寒士倫果然沒有讓李無憂失望。多日不見，風采依舊，自信如昔，只是經過秦州的挫折重新站起，明顯多了種浴火重生後的內斂，眉宇間更多了成熟的滄桑，有了一種真正的名士風範。

看來這月餘平靜的閉門思過，其實是一種冰與火的煎熬，並不遜於沙場血與火的千錘百煉。

「呵呵，許久不見，寒先生是越來越瀟灑了，看來男人果然是越老越有味道！」李無憂話入正題前不忘調侃。

「元帥是想問進京事宜吧？」寒士倫微笑過後，單刀直入。

李無憂和柳隨風同時點頭，目中都露出欣賞之意。能猜透李無憂叫自己來的目的不過是謀士的基本功，但他這麼問，正是顯示他已然有了自己的計畫並且對此頗有自信。

寒士倫道：「元帥，以屬下之見，不如反了！」

「反了？」李柳二人同時吃了一驚。

這兩人也都非拘泥之輩，全無半點忠君愛國的心思，吃驚的並非是造反本身有什麼不對，只是覺得現在就造反實是一步險棋，對這件事全無一點心理準備。

這也是後世將無憂三大兵家中寒士倫的用兵評價爲「險中帶奇」的直接體現之一，即他愛劍走偏鋒，用兵使計無一不是險峻異常，偏又每一次都是於盤根錯節的複雜中直中要害，其偶爾按常理出牌的正鋒於別人而言也都可稱爲奇兵。

「不錯！」寒士倫肯定道：「陛下雖然英明，畢竟老矣，身體孱弱，顯然春秋不久。靖王死後，諸皇子中再無一人足以輔助，加上朝中各派勢力鉤心鬥角，將來無論是誰繼位，都只會對元帥多加限制，元帥要想抵抗蕭陳入侵皆是吃力，更別說與天下英雄爭雄了！到時元帥唯一出路，必然造反自立，而晚反不如早反！元帥現在名義上還是前線指揮官，掌握著附近三州二十七城的兵權，加上又是力抗外侮的大英雄，威名之盛，可說一時無兩。只要說出皇上鳥盡弓藏派靖王殺你的真相，自然一呼百應，而大荒其餘諸國皆是戰

後受損，都希望看到一個內亂的楚國，不會有人橫加干涉。此誠元帥建立千秋基業的不二良機。如果元帥現在優柔寡斷，坐失良機，等新皇子登基，諸國恢復國力，再要反就比現在艱難百倍了！更別說京城之行實在是險阻太多，變數太多，即便陛下無殺你之心，但此次你立有大功而全無一絲過錯，難免引起朝中眾人妒忌，到時諸黨糾纏，你應對稍有差池，很可能會舟覆人亡。」

李無憂和寒士倫互望一眼，都輕輕點了點頭，很是深以爲然。但李無憂迅疾又搖了搖頭，道：「鳥盡弓藏固然是個好藉口，但有些牽強，再說楚問手裏還有宋子瞻這個絕頂高手在，要想個法子先對付他才成。若不能擺平他，即便我舉起反旗，也是寢食難安。」

寒士倫愕然，李無憂簡略將自己丟失功力的情形作了說明，只是隱瞞了天神之骨一節。

寒士倫聽完先是一呆，隨即感激道：「元帥連如此機密都不瞞屬下，實是明主之資！」

李無憂聞言微微笑了一笑，月河村大會那麼多人都聽到了謝驚鴻的話，此事早晚會露光，還不如現在早點說出來，更能博得手下人的信任，看柳隨風和寒士倫的反應，證明這步棋走對了。

柳隨風笑道：「元帥，『上古逐於道德，中世逐於力氣，今世逐於詭計』，這可是蘇慕白的話。其實亂世爭雄，是以國本為根基，說到應用，道德和武力固然重要，但詭計才是成功的不二法門。四大宗門，天下武術翹楚，何等風光？這次還不是被陳羽殺得雞飛狗跳幾乎全軍覆沒？謝驚鴻功力超絕，有天下第一人之譽，還不是死於暗算之下？便是元帥自己，之前何嘗不是神功蓋世，最後還不是一招不慎，落得在神像上任人魚肉之局？寒先生不要誤會，柳某並無半點怪責先生失策的意思，只是就事論事，希望元帥能夠明白，個人的武力不過是次要之事，一國之武力加上詭譎的智謀，才是征伐天下的利器！」

李無憂和寒士倫聽得心悅誠服，同時點了點頭。

寒士倫躬身行禮，真摯道：「柳兄胸襟過人，寒某一向是佩服的。如今坦誠相見，直說在下的過錯，為的是之後大家更能精誠合作，寒某若是連這點胸襟都沒有，也實在是枉為謀士了！」

柳隨風起身謝了一禮，很是欣然，和聰明人說話比和笨人說話實在是愉快得多。

寒士倫又道：「元帥，以我軍近千無憂箭再加上若蝶、朱盼盼諸位姑娘的實力為依據，憑元帥和我等的智謀，便是有十個宋子瞻百個古長天也是不夠殺的。」

李無憂苦笑：「想不到我李無憂也有淪落到要靠女人來爭奪天下的一天！」

「元帥恕罪！」寒士倫和柳隨風同時拜倒。

「罷了！起來吧！」李無憂擺擺手，「成大事者不拘於小節，我不怪你們！只是將那許多千嬌百媚的美女捲入殺伐不斷的血腥之中，當真是一種罪過！」

寒士倫和柳隨風對望一眼，都是啞然失笑。

元帥冷酷起來殺人如麻，卻也有如此婆婆媽媽的時候。

李無憂長長嘆了口氣，道：「現在舉旗實在是個很有誘惑的事！但我認爲此次京城之行並沒有你們想的那麼凶險，這裏邊隱然有很大的變數。如果我這次不去京城，定然會後悔終生！」

寒柳二人聽他說得如此肯定，都是大大地詫異：「何以見得？」

「直覺！」李無憂一臉肯定道。

「切！」兩人大是不屑。

「相信我，沒錯的！」李無憂信誓旦旦。

轉頭，天際一顆流星劃過，月華軒前一片燦爛。

後世史書因此有云：

三八六五年秋，有紫微落於月華，帝因是大悟，天下福祉因此開啓。（《大荒書・無憂本紀》）

定計之後，李無憂並未立即起程，一來是要對無憂軍進行重組，二來他需要借機療傷，調整一下經脈。

雖然他此刻只剩下以往十分之一的功力，但憑藉精通五行法術和對以前大仙聖人級的經驗，雖仍不是三仙四聖宋子瞻謝驚鴻一級高手的對手，卻依然能躋身江湖中的一流高手行列，如能善加利用這點僅存的功力，依然能收到奇效，而天神之骨以及神氣的修煉也是不能放緩。

重組無憂軍的進程很順利。原來的十萬無憂軍在去蕭國轉了一圈回來後已經成了十五萬，其中三分之一是蕭人，這個事實讓李無憂寢食難安。全數放歸的話，也太不甘，若要全部殺死又太過殘暴，對今後招降很不利，最後還是寒士倫建議將這五萬人再次打散了重新編制到各軍中去，李無憂這才算是鬆了一口氣。

當即將原無憂軍命名為無憂忠勇軍，編制十萬人，由李無憂親自率領，不設軍師，駐紮在梧州、憑欄和潼關一帶。雅州投降的十五萬馬家軍則命名為無憂忠義軍，由王定統領，柳隨風為軍師，駐紮到雅州和揚州一帶。原來的二十萬斷州軍在雲州一役後只剩十萬，李無憂也受命接管，更名為無憂忠信軍，由趙虎統領，寒士倫任軍師，依舊駐紮斷州。五萬蕭軍平均分散到了各軍各營之中。

之所以每支軍隊取名時都帶一個忠字，是要向楚問傳達一個自己時時牢記忠君爲國的意思。

另外將負責情報的鳳舞軍的編制增成了兩萬人，由秦鳳雛統領，獨立於三軍之外，直接向李無憂負責。就這樣，日後縱橫整個縹緲大陸的無憂四軍終於形成雛形。

但很可惜，李無憂功力恢復方面雖有進展卻很緩慢，幾不可覺，以這樣的進度來看，要恢復到以前的十分之二，起碼要五年時光，而之後每增加一倍，時間還會遞增，要完全恢復昔日功力，果然非得六七十年苦功不可。

倒是因爲得到天神之骨的幫助，他的挪移速度和距離都強得不像話，凡天眼所能見的兩千丈距離，他此時拚盡全身功力亦是一念可至，這與先前的小虛空挪移已是大大不同，是以被他命名爲大虛空挪移，有了這門絕技和天眼配合，雖然並非天下無敵，但逃命功夫卻已是天下無雙。

這日黃昏，他剛練完功，正自苦惱神氣穿透龍筋一事毫無進展，秦鳳雛來報說太虛子傷勢痊癒，希望在離開之前見他一面。

李無憂點點頭：「那你安排一下，在月華軒擺下酒菜，我給他餞行。」

秦鳳雛遲疑道：「元帥，需要安排若蝶姑娘等作陪嗎？」

「這個……」李無憂遲疑了一下，想起自己已然練成大虛空挪移，便搖了搖頭，「太虛子終究是一代宗師，不會自失身分，再加上如今他有求於我，不必了，就我一人去吧！」

秦鳳雛點頭離去，臨出門時，卻忽地回身笑道：「元帥經歷大難，損失了一些功力，胸襟氣度卻反比以前更進了一步，屬下慶幸沒有選錯主公！」

送走秦鳳雛，李無憂細細回思他的話，心頭也大覺奇怪，怎麼經歷了這麼多事，自己的氣質與以前竟是大大的不同，昨天甚至做出將自己功力衰退的事通告全軍的蠢事？

到達月華軒的時候，太虛子竟是早已恭候多時，這搞得李無憂很是不好意思，後者卻不以爲意，笑道：「你貴人事多，比不得我老人家清閒，能準時到達已算不錯，不必太過苛求自己！」

李無憂連忙告罪，兩人坐下。

說了一陣閒話，太虛子笑道：「無憂，不知你對當今時勢有何看法？」

李無憂心道來了，卻也不想迂迴，認真道：「雲州一役，蕭國損失最慘，國力大損，其次爲西琦，再次爲你們陳國，而我楚國受損最小，國力已經遠超其餘三國，若無內亂和外力干涉，理想的話，半年後即可出兵滅了西琦，之後蕩平陳蕭，也是指日可待。但蕭如故有破穹刀，陳羽有蚩尤刀，又爲此局加了太多變數，使我國沒找到克制之法前並不敢輕易出兵。至於河東兩國，平羅積弱，文九淵又包藏禍心，一旦古長天重新掌權，平羅滅亡便指日可待。是以我敢斷言，以後一至兩年，大荒將大致進入各國外部和平內部動盪期，新舊勢力的交替將在這兩年完成，之後便是狂風暴雨。」

「英雄所見略同！」太虛子點點頭，「便以陳國而言，三大皇子爭位，怕也要在今年有分曉，三皇子陳羽如今再不藏拙，盡現鋒芒，顯然是羽翼已豐。唉，可惜我玄宗門世代都是支持正統，絕不能更改，這次怕是一場大亂了！」

李無憂點點頭，家家有本難念的經。

太虛子又道：「楚國朝中本是權勢三分，如今靖王已死，只剩司馬青衫和耿雲天，局面反而明朗些，你一旦入京，怕會引起兩派的聯手攻擊，你要多加小心。」

李無憂直覺到他話裏真摯關懷的味道，身上莫名地一陣溫暖，點點頭：「我理會得。」末了忽道，「對付陳羽，你有把握沒有？」

太虛子傲然笑道：「我玄宗正宗之氣乃是天下諸魔的剋星，他雖有蚩尤魔刀在手，也不過多增加幾分勝算而已，如今我功力盡復，他未必是我對手！再加上我玄宗門人才濟濟，這場仗我至少有八成勝算！」

第六章　吸星大法

李無憂點點頭，蚩尤魔刀雖利，但使用之法早已失傳，陳羽並不能徹底掌握其法門，而太虛子身出玄門正宗，一代宗師，百年修爲，並非浪得虛名，單打獨鬥，鹿死誰手果然是未知，但他還是叮囑道：「前輩還是當心些好。蚩尤魔刀在於平衡，若是全部參悟透了，陳羽可說是立於不敗之地。更重要的是，他最擅長的並非以武力殺人，而是陰謀詭計！」

太虛子神情凝重地點了點頭，看來陳羽在月河村大會的表現讓他很是警惕。

李無憂忽又道：「前輩約我到此，不會只是爲了大家互相安慰寂寞的心靈和空虛的肉體吧？」

「靠，什麼和什麼嘛？」太虛子頓時被這小子誇張的口氣逗笑了，但隨即卻沉靜下來，「我想自己做主將秋兒許配給你，但你必須要答應我一個條件，否則一切免談！」

李無憂微微不快，但還是肅然道：「前輩請說！」

「他日若你揮軍北上滅了陳國，務必要保我玄宗上下周全！」

李無憂頓時鬆了口氣：「原來是這個！前輩儘管放心，別說我和玄宗的淵源極深，即便不是，也斷然不會損害玄宗。國界只是區域，道魔消長才是天下大事！呵呵，其實前輩也太過慮了，禪林領袖江湖已久，若是連存個玄宗的氣量都沒有，早該衰敗了。」

太虛子卻搖了搖頭：「自古有正邪之爭，卻也一直伴有佛道之爭。佛盛則道衰，道昌則佛敗。其實未有禪林寺之前，天下未嘗沒有佛寺，而我道家更是自鴻蒙初開便已存在，只不過兩家之間的鬥爭傾軋和興亡都已湮沒於史冊，不爲人知而已。其實即便禪林建寺之後，我道家也曾創立過武當、青城等派，均是盛極一時，最後卻還是被佛門和皇權的雙重打壓下而滅亡。世俗的權力經常影響精神的修道，真是一種悲哀！」

李無憂精通上古文史，對這些歷史，自然是知道的，聞言只是嘆了口氣。

太虛子幽幽道：「青虛祖師學究天人，開創我玄宗門，薪火相傳，至我這一代，已是兩百年。這固然是因爲玄宗武術皆有獨到之處，另一個原因則是因爲天下分割，禪林寺雖然厲害，卻也鞭長莫及，不能將勢力延伸到陳國的緣故。若是天下一統，這後一個依據就要破滅。禪林寺這百年來韜光養晦，從不輕易展露實力，我懷疑雲海和雲淺是別有所圖。如果天下由你楚國一統，禪林便是國教，到時我玄宗存亡可就懸於你手，是以我才不惜卑躬屈膝，甚至卑鄙的以秋兒作要脅，也希望你能許下此諾言！無憂莫要怪我才好！」

李無憂聞言暗自點頭。人人皆說今日玄宗已然不復當日創派祖師時的盛況，而太虛子放蕩不羈，懶於理事乃是主因，只是誰又想得到此人暗地裏卻是苦心孤詣，處處皆在爲玄宗存亡奮鬥，端的是了不起。

但他此時斷斷不能一時衝動寫下書面文字之類的憑據，只得安慰道：「玄宗立派兩百餘年，自有其存在之理，又豈是人力所能撼動？前輩不必太過憂慮！其實說不定是你陳國滅了楚國，玄宗壓倒禪林也未嘗不可能，你說是不？」

「壓倒禪林大可不必，正如你所說，各派都有各派的存亡之理，人力滅掉一派，實在是有傷天和，必遭天譴！」太虛子搖搖頭，似乎覺得話題太過沉重，話鋒隨即轉到另一件事上，「破穹長於破壞，吹羽在於平衡，蒼引在於吸引。那秦清兒到底是什麼人，居然懂得這麼多！」

「但願我能知道！」李無憂苦笑起來，「連夢書都只知道她來自異大陸，至於她師父是誰更是神秘得讓人難猜！怎麼追問都沒結果！還有就是那個和她似乎認識的糊糊真人，功力高深莫測，行事卻瘋瘋癲癲，雖然沒闖什麼大禍，卻帶著那三個丫頭搞得軍中天天雞飛狗跳，再讓他們這麼搞下去，老子肯定要減壽百年！」

慕容幽蘭、葉秋兒和秦清兒本都是萬中挑一的淘氣寶貝，再加上一個瘋瘋癲癲偏又本領極高的糊糊真人，想到那種空前盛況，太虛子也不禁宛爾，卻不忘叮囑道：「秦清兒和糊糊真人來歷很是神秘，你自己小心些吧！」

一起用過晚飯，太虛子連夜便要離開潼關，甚至連葉秋兒也沒有再見一面，李無憂見他如此匆忙，知他表面不在乎，其實暗地裏對陳羽還是異常重視，忽地心中一動，自懷裏掏出一本書遞過去，道：「我想前輩對這件東西也許會有興趣！」

太虛子見那書封皮嶄新，上面卻並未題字，茫然不解，打開一看，神色卻漸漸凝重，隨即是說不出的驚訝，最後卻是狂喜。

李無憂解釋道：「這本書是我前天才寫就的，裏面包含了玄宗門全部由淺入深的法術和武功，本來是打算送給秋兒修煉的，現在先送給前輩，一來也許對前輩對付陳羽會有用處，二來便算作我娶秋兒的聘禮吧！」

太虛子深吸一口氣，道：「這裏面有很多本門已經失傳的武術！大恩不言謝！貧道將來必有一報！」

李無憂擺擺手：「區區小事，不必掛齒！」

太虛子笑笑，也不再廢話，正要告辭，忽地又想起一事：「無憂，你的武術當真是從四聖遺書中得來的嗎？」

李無憂哈哈大笑：「當然不是！四聖遺書不過是我被你們逼急了胡扯的！」

「啊！」太虛子大驚，「那當日臨走時，你卻對文九淵說……」

「哈哈！你仔細想想，我幾時和他說過那是真的？」李無憂反問。

太虛子愕然，隨即想起李無憂當日果然是對文九淵說「我什麼身分？還會騙你不成？」果然是沒說是真還是假，只是自己和文九淵一廂情願地以爲李無憂說的確有其事罷了！同時想到文九淵若是固執地認爲那些遺書字跡裏有秘笈，輕則浪費時間，重則走火入魔，心下不由大凜：「這小子果然陰險，他送我這書裏該不會也有機關吧？」

李無憂似乎猜出他所想，淡淡道：「前輩多慮了，我害誰也不會害自己的妻子不是？」

太虛子慚愧地點了點頭。

大荒三八六五年，九月初九，重陽。

月河村事件後五日，柳隨風回雅州整頓忠義軍，寒士倫隨張龍、趙虎前往斷州，而李無憂留下石枯榮鎮守潼關後，自己則帶上寒山碧、若蝶、慕容幽蘭、唐思和朱盼盼諸女以及朱富和唐鬼兩大活寶一起奔赴航州，王定率領五千忠勇軍精騎沿途保護。

有鑒於秦清兒和糊糊真人也是禍胎中的禍胎，新任參贊夜夢書先生因此也當仁不讓地隨軍上京領賞。小三本也想同去，但被李無憂幾本武功秘笈一砸，立時乖乖地留了下來。

本來李無憂是不願意帶兵入京師的，但柳隨風和寒士倫卻堅持認爲此行太過凶險，若無一隊士兵隨行，實在是沒有安全保障，而按他們的意思，最少該帶十萬人，李無憂聽得直冒涼氣：

「他媽的，京城防禦加上禁軍也不過五萬，而且大半是新兵，你們讓老子帶十萬人，這不是告訴全天下老子要造反嗎？」

但經不住二人軟磨硬泡，最後只得帶了五千人上路。出城之日，除開眾百姓歡歌載道外，就只有隨行的五千人興高采烈，而城中剩下的十四萬五千士卒均是鬱鬱不樂，面帶愁容。

李無憂大惑不解，問身邊人，朱富嘿嘿笑道：「如今戰亂重起，軍中皆敬勇士，而人人皆知我忠勇軍兄弟戰力爲三軍之冠，便都多番詢問，終於得知忠勇軍士兵有今日，皆拜元帥當日來潼關前的奇特訓練所致，尤其得知訓練方法的詳情之後，大家都是不勝嚮往。再加上石將軍治軍嚴謹，而京城地大物博，昨晚消息放出後，前來向王定將軍請求參加這次京城之旅的士兵和將軍便絡繹不絕，但王將軍鐵面無私，親自去各營挑選精壯，未能入選的人自然是一個個愁眉苦臉，快活不起來了！」

李無憂聞言大笑，問王定道：「此事當真？」

王定回道：「末將受命保護元帥安危，自當挑選最忠心最精銳的士兵，是以此次除開無憂箭營外，其餘四千士卒皆是屬下親自挑選，而五位千夫長，葉青松、韓天貓、勞署和玉蝴蝶，都是自願從萬夫長降格到千夫長統領軍隊的，如此陣容，屬下擔保萬無一失。」

「玉蝴蝶這廝也當上萬夫長了？」李無憂聞言更是大笑，笑了一陣卻忽地想起一事，不可覺察地微微皺了皺眉。

一路行軍，李無憂果然沒讓跟隨自己的士兵們失望，五千餘人白日行軍，招搖過市，夜晚休息，輪流留宿青樓訓練，手下士兵簡直是如登仙境，對元帥大人的感情又加深了，王定看在眼裏，卻是皺眉不已，本想私下和元帥商議一下，但李無憂一路之上都和眾女混在一起，頗爲不便，只得先忍著了。

走走停停，一路花天酒地。

其間李無憂終於有了閒暇，問起唐思行蹤，才知道這丫頭前陣一直和蘇容在驅動金風玉露樓找自己的行蹤，直到自己回來的前一日才返回潼關。

說到蘇容，此次在潼關居然忘了去見她一面，當真是有些說不過去，好在唐思和朱盼盼經常去找她，應該不至於生疏了吧？

李無憂又問朱盼盼關於朱如的事，後者竟是奇怪得臉帶羞澀，支吾著說「娘依舊還在北溟，詳情我自己也不清楚，等娘從北溟回來你問她好了」，再問，卻依舊是同樣的答案。

李無憂大大的奇怪，卻也無可奈何。倒是慕容幽蘭的事，果是謝驚鴻親自上國師府說服了慕容軒和慕容幽蘭，問起具體的情形，慕容幽蘭也不肯說，只說是「我已知你真心，其餘瑣碎何必在意」？

李無憂直接收了兩個悶葫蘆，很是鬱悶，但想起紅袖所說「世上之事，若是盡皆通透明白，未免太也無趣」，漸又釋然，心想老子聰明絕頂，難道還找不到機會套出話來不成？頓時興致盎然，一路上以不著痕跡地套問諸女的過往為樂。

只是最後甚至連月紅週期這樣的高難度問題都搞定了，卻偏偏朱蘭二女對那兩事頗為一致地以口不漏風對付他的旁敲側擊，撞了個頭破血流的李無憂屢敗屢戰，漫漫旅途，倒也因此平添了許多樂趣。

一路無事，這日再次經過珊州，老熟人總督谷風再次出迎，當即花天酒地。

腐敗之後，各人都是酒足飯飽，谷總督本想邀請無憂王殿下蒞臨青樓高屋建瓴地指導一下珊州青樓事業的方向性發展，但隨即發現李無憂身邊六大美女（秦清兒由於與小蘭和秋兒太親近被誤會為李無憂的女人）簡直任何一人都比醉花居的花魁出眾數倍，而諸女中任何一人都明顯絕不是善主，特別是曾經收復蓮花山盜匪的慕容幽蘭將軍更是讓他印象深刻，於是極其識趣而不想成爲烤兔子的谷總督，只得乖乖地將王爺和準王妃們送到早已準備好的香滿園休息。

香滿園坐落在珊州城的西邊，依山傍水，建築美輪美奐卻不失田園風情，端的是度假休閒的絕好去處。

帶著諸人遊逛一圈之後，谷風推開一間大房，笑道：「王爺，諸位夫人，裏邊請！」推門進去，一件物事頓時映入眼簾，眾女一陣驚呼。

谷風似乎很滿意這個效果，諂笑道：「這張梨木巨床是小人知道王爺和諸位夫人要光臨，叫工匠們連夜打造地，不知王爺和諸位夫人是否滿意？」

李無憂見那床長約三丈，寬約丈五，幾乎沒將整個房間堆滿，床上糕點茶水一應俱全，更難得的是中間的枕頭下更是露出一本書的一角，依稀就是《玉蒲團》，當即不動聲色道：「我很滿意，但諸位夫人嘛……」

「謝王爺，但不知諸位夫人……」谷風滿臉堆笑。

「我們非常……不滿意！」眾女齊聲叫畢，可敬的谷總督只覺耳際生風，身體已經毫無意外地飛出了房間，同時耳邊還傳來李無憂的一片嘆息：「這個豬頭！也不打聽清楚，爲了表示對夫人們的敬重，未成親前絕不越軌，一路行來老子都是一個人睡的，居然安排這麼大張床，不是自己找死又是什麼？」

「原來坊間皆是誤傳，王爺高風亮節，遵禮守法，實是我等楷模，下官佩服得五體……撞地！」谷總督話音方落，人已摔了個四腳朝天。

「切！你會那麼乖？還不是因爲碧姐姐不讓你進來，而你又打不過她？」慕容幽蘭卻毫不留情地一語道破了事實的真相。

「傷自尊啊！」李無憂悲呼一聲，奪門而出。

「哎喲！我的臉！王爺腳下留情……」谷風大叫。

諸女一片嬉笑。

「呼！」李無憂一口氣跑出香滿園，躲到一條小胡同裏，拍拍胸口，長長地喘了口氣。

媽的，要不是老子機智過人，今晚又得孤家寡人的過了！該死的阿碧，你給我等著！

看成親之後老子怎麼蹂躪你！

「長夜小巷，大人赤裸狂奔，果然興致匪淺，貧道佩服！」一個笑嘻嘻的聲音忽然在他身後響起。

「誰？」李無憂大驚，轉身過來，身後卻空無一人，他頓時嚇了一跳，知道遇到了高手，但表面卻不動聲色，也嘻嘻笑道：「老子明明穿著衣服，你卻說我裸身狂奔，不是老眼昏花就是發育不全，我要是你就找個洞將自己埋了，省得出來丟人現眼！」

「嘿嘿，你現在當然沒有裸身，但我要是一會兒將你直接從妓院裏抓出來扔到大街上，封了你功力，然後讓一隊瘋狗在你後面追趕你，不知道算不算是裸身狂奔？」那人的聲音又在後面響起。

「我靠！原來是老糊糊！」李無憂聽清楚了那聲音，一轉頭，頓時就看見了糊糊真人。

不同以往的是，這老傢伙一張皺巴巴的臉上今天居然抹了不少胭脂，李無憂一見下頓時捧腹大笑。

「笑什麼笑？難道沒見我老人家今天塗了胭脂後又英俊了幾分嗎？」糊糊真人大怒。

「好，好，不笑，不笑！」李無憂強忍住噴飯的衝動，「老大，你那麼英俊，大半夜的，你沒事不躲在房裏修煉玉女心經，滿街亂跑幹什麼？拜託，你不知道這樣會讓很多未成年少女為你瘋狂的嗎？」

「哼！這我可管不著！」糊糊真人頗為傲慢，「我只知道你現在所在的地方正是前往醉花居的必經之路，我的責任就是跟著你，然後趁你雲雨的時候將你拉出來，放狗，然後召喚全城的百姓來觀賞！」

「靠！不用說了，這一定是秦清兒那婆娘的惡毒主意！你打賭又輸給她了，對不對？」李無憂恨得咬牙切齒。

「靠！一猜就中，未免太也沒懸念了吧？」糊糊真人愕然。

「拜託！除了秦清兒這狗拿耗子多管閒事的惡毒婆娘，誰還會接受小蘭要求，羞辱自己的相公這麼無理的請求？除了你這個老糊塗，誰又會輸給秦清兒那個弱智婆娘？」

「這倒也是！」糊糊真人摸摸頭，「既然都猜出了真相，那元帥大人這就請跟我回去吧！」

「不！」李無憂堅決搖頭。

「啊！你……莫非我看錯了，難道閣下當真喜歡午夜狂奔？」

「沒錯！」李無憂點頭，「不過我有個要求！」

「什麼要求？」

「你記得抓我出來之前要記得先去城中打個廣告，並且要將來看我狂奔的人每人收費一百兩，哦，不，一千兩！所得利潤咱哥倆對半分，你看怎樣？」

沉默！

片刻後。

「我靠！」有人大叫，「李兄弟，你難道是我肚子裏的蛔蟲，怎麼知道老道我心中是這麼想的呢？」

「乓！」一人倒地。

月光如水，長夜無風。

李無憂和糊糊真人上了一間民宅的屋頂。

李無憂正色道：「行了，老糊糊，這裏沒有外人了，您老這大半夜地找我究竟有何要事？」

糊糊真人一收頹氣，面色嚴肅：「無憂老弟，這些日子以來，你對我一個來歷不明的外人全無提防，任我和三個丫頭在你軍營中胡鬧，我很感激！」

「得！老人家你也別向我臉上貼金，你我都很清楚，不是我不想提防，關鍵是你武功太高，我根本無從提防。老子功力要是還在，被你這王八蛋這麼戲弄，早抓住你一頓狠揍了！」

李無憂看看自己只剩下一條內褲的赤裸身體，狠狠地說。

「嘿，我就喜歡你這年輕人的坦白！要不怎麼那麼多人裏，我偏偏就挑中了你呢！」糊糊真人乾笑。

李無憂見這廝眼光色迷迷地在自己身上亂瞟，神情很是曖昧，頓時打了個冷戰，他該不是有那種嗜好吧？

「別妄想了小子！」糊糊真人似乎看出了他心中所想，不勝惋惜道：「那都是五十年前的事情了，你是沒有機會了！」隨即眼睛一亮，「不過看在你這小子樣子還過得去，身材又那麼棒的分上，你要真的有這個強烈的要求，我也不是不可以考慮一下破戒，你確定真的有這個需要嗎？」

「停！我鄭重聲明，我沒有這個要求！謝謝！」李無憂趕忙澄清，生怕這廝在這個問題上糾纏，忙岔開話題，「老傢伙，你大半夜的究竟有什麼事，非要讓我脫得清潔溜溜地在這屋頂商議不可？」

「是這樣的！」糊糊真人總算正常起來，「我很欣賞你！湊巧見你功力受損，想幫你復原！」

「不是吧？」李無憂大吃一驚，見糊糊真人神色凝重，全不似開玩笑，當即決然道，「老大，既然你這麼見義勇為義厚雲天，我還能有什麼話說？那快點開始吧！」

糊糊真人沉吟道：「不過我有個條件！」

「靠！我就知道天下沒有免費的午餐！行了，大家明白人，瞭解！只要不危及我和我五個老婆，不傷害我和各國人民的友好感情，不妨礙縹緲人民大團結，有什麼條件你儘管提！」

「我想讓你答應我一件事，但這件事你現在還不會遇到，但等你遇到的時候，你一定要按我說的去做！」

「靠，又是空頭支票！你讓我去打家劫舍當然是沒什麼問題，但你要讓我傷害家人可不行。」

「呵呵！放心吧，這件事於你而言不過是舉手之勞，而且也不會傷害你和你的老婆們。」

「哦，那還好！」李無憂鬆了口氣。

「呵呵！有趣的小子！」糊糊真人拈鬚微笑，忽地臉色一變，「他來了。咱們走，一會兒按我說的去做！」

兩個人掠下房頂，迅疾投入黑夜。

九月的蒼瀾平原，隨處都覆蓋著依舊瘋長的馬草，長約七尺的草身隨著夜風起伏，星垂平野而下，月色洶湧，整座平原彷彿是一片波瀾壯闊的大海，處處平靜，卻又處處激流。

兩條黑影踏著草尖瀟灑飛行。

雖然來時曾經過這片平原，但在穿過了珊州城郊的山區之後，乍見這樣一片廣闊的天空，李無憂和糊糊真人都是胸懷大暢，很是愜意。

但有個關鍵的問題是——

「他媽的！老糊糊，你不是說他來了嗎？怎麼老子飛得都快真氣枯竭了，別說人影，連鬼影都沒見半個……」

「靠！你不說我還真差點搞忘了，年紀大了，記性就是不好……」

「你這老小子什麼時候記性好過了？哎喲……」

抱怨聲最後化作了一聲淒厲的慘叫劃破了長夜。天上的月亮彷彿也是不忍聽聞，陡然躲進了雲層。

「你奶奶個大西瓜！還好是野外，否則你這樣不負責任地亂丟人，砸到小朋友摧殘了國家的花朵壓壞了天下的棟樑，你賠得起嗎？」李無憂邊呻吟邊破口大罵。

功力大減的他之前一直是被糊糊真人牽著手帶著走的，但剛剛他話音未落，後者忽然自草尖落下，猝不及防的他也被帶得立刻從草上跌下，慌急下運氣平衡，但不想體內真氣已然接近枯竭，忽然間轉向，立刻就有了一滯，人頓時失去平衡，摔了在地，而無巧不巧的是，二人落地的地方正是草間一塊約莫丈許方圓的鵝卵大石上，直搞得他屁股開花，痛得齜牙咧嘴，頓時氣得破口大罵。

「丟人？啊，不好意思，其實貧道只將你當一件東西，不小心扔到地上，應該不犯法吧？」

「老子不是東西！」李無憂大怒，話一出口才覺失語，趕忙捂嘴。

「你說的……」糊糊真人指著李無憂的嘴，蠢蠢的臉上露出一絲狡猾的笑。

「老子說的就老子說的嘛！」李無憂覺得很惱火，「你這老不死的，一大把年紀好幾百歲的人了，還和我討論是不是東西這樣的幼稚問題，你真不是個東西！」

「哈哈！說得好，這老糊糊本來就不是個東西！」忽聽一人大笑道。

笑聲落時，大石的另一端上已憑空多了一個風姿綽約的美嬌娘。

李無憂一望之下，頓時神爲之奪，眼睛再難離開。那女人約莫二十七八歲，一襲月白色曳地長裙掩映之下，一張瓜子臉更是楚楚動人，只讓人懷疑其柳眉含情，鳳目解語。

這女子與慕容幽蘭等女一樣是萬中挑一的絕世美女，而其語笑凝香的成熟女人氣質，卻只有若蝶才堪比較，但卻多了一分淡漠。慕容幽蘭、葉秋兒和秦清兒與之比起來則多了三分清純，少了三分韻味；而寒山碧與之相比卻多了一層妖媚少了一分清雅，唐思則多了一分冷酷而少了一分柔和，朱盼盼則是多了一分出塵的仙氣而少了一分讓人親近的煙火氣。

「待會兒按我說的做！」糊糊真人對李無憂傳音囑咐一句，嘻嘻笑著朝那美嬌娘迎了上去，邊走邊張開雙臂，同時大笑道：「哈哈，快一百年沒見了，四妹你還這麼風騷，真是可喜可賀，來，讓二哥抱抱！」

「去你的！老糊塗！誰是你四妹了？奴家是三娘！」美嬌娘嬌笑著朝旁邊一閃，糊糊真人頓時撲了個空。

「哦！原來是三妹，不是四妹啊！」糊糊真人似乎愣了愣，隨即卻又抱怨起來，「三妹別見怪啊，二哥認錯你也是情有可原的啊！這都怪你們公孫家那老頭子厲害得離譜，劍法比別人強也就罷了，居然在生女兒這項偉業上也比別人強，一生就是四個，要不是老大和老么都掛了，我要分清楚你們倆可真是難如登天了！哈哈，不說這個了，三娘，來讓哥哥抱抱！一百年不見了，哥哥可是想你得緊！」說完又自撲了過去。

「可奴家一點也不想你呢！」公孫三娘咯咯一笑，又自朝旁邊輕輕一閃身，但這一次勁才傳至纖腰，身體已被一股巨力鉗住，難動分毫。

李無憂覺察出自己也立時不能動彈，同時身側剛剛被夜風吹落下去的馬草再也沒有起來，而遠處卻草舞蹁躚，自己刹那間不能呼吸，顯然是周遭空氣停止了流動，當即閉氣，將後天呼吸轉爲先天呼吸，同時明白糊糊真人這虛虛一抱間，竟然已將這方圓兩丈範圍全數籠罩在了他的無形真氣之下，當即大罵道：

「老牛鼻子，沒想到你人老心不老啊！但你想上那騷娘們將她鎖定就是了嘛，幹嘛連老子也一併鎖了，難道非要老子品評一下你們床上的專業程度不可？」

公孫三娘身形僵了一僵，最後卻還是足下一旋，在間不容髮間避過了糊糊真人這一撲，同時一掌朝他後背拍去，半真半假地笑道：「二哥是想和小妹較量一下嗎？」

公孫三娘咯咯嬌笑，玉掌翻飛，便要迎敵，忽聽腦後風響，顯然是有人以掌力偷襲，正自詫異，糊糊真人竟已轉到自己身後，卻覺身前一道更加雄渾的勁風又已攻上。

是那個小鬼？

公孫三娘正要避開，忽地覺察出這股掌力非但雄渾之極，其中更是不帶任何寒熱氣息，先是驚了一驚，隨即大喜：「這小子居然也已練成萬氣歸元？」

覺出掌力近體，身形猛地一轉，在兩股李無憂和糊糊真人勁力交鋒前的間不容髮之際避了過去，同時雙掌高舉虛虛朝中間一合。

被她這輕輕地一引，李無憂和糊糊真人發出去的勁力便如脫韁野馬再也收不回來，「砰」的一聲撞到了一起。

李無憂慘叫一聲，口吐鮮血，如箭倒泄，但公孫三娘看似急中生智，卻是謀定而後動，算準時間和落地方位，身形一閃，在他身體落地之前，已一把將他抓在手中，霎時勁力透出，李無憂全身經脈穴位頓時被封了個乾淨。

糊糊真人卻也被李無憂全力發出的一掌給震得身體微微一滯，再要搶上救人卻已然慢了一步，想起剛才變故，臉色頓時大變：「你居然已練成了陰陽分合術！」

「略有小成，用得不好，讓二哥見笑了！」

糊糊真人臉色又變了一變，隨即笑道：「三娘，你抓一個小毛孩子做什麼？難道還真想老牛吃嫩草？得了，快放開我徒弟，想要我來滿足你！」

「這是你徒弟？難怪年紀輕輕地就練到了萬氣歸元之境！嗯，雖然功力淺薄，卻能化掉我輸入他體內的九九歸元氣，資質實是百年難見。我若吸盡他的功力，然後再吸光他精血，功力應該可以增加一甲子左右！二哥如此美意，小妹真不知該如何報答才好！」公孫三娘說時，輕輕在李無憂脖子上吻了一吻。

後者本已聽得毛骨悚然，被她這麼一吻，頓時全身雞皮疙瘩，顫抖不止，一張臉立刻變得紅彤彤的。

李無憂全身要穴被封，口不能言，正自叫苦不迭，聽到這妖女如此說，立時想起自己翻閱古籍時提到的《玉女心經》正是有如此功效，駭然之餘更覺晦氣不已。只因剛才在房頂上，他還在調笑糊糊真人夜裏無事爲何不躲起來修煉這門女人才能練的神功，眨眼間，自己卻真的要領略一下其中的精妙之處，怎能不讓人感慨萬千？

糊糊真人見公孫三娘的左掌已抵在了李無憂的靈台，微微一吐掌力就能叫李無憂腦漿迸裂而死，當即住了手，苦笑道：「三娘，我百年來好不容易收了這麼一個根骨奇佳的弟子，能不能給我個面子，放他一馬？」

「要是別人，自然不行，但二哥你親自求我，這個面子……更不能給了，哈哈哈！」

「你……」

「我？我就這樣，你又能怎樣？好二哥，別怪小妹不提醒你，你若是不上前呢，我還會考慮一會兒只吸盡他功力不要他命，沒了功力又不會死人，而且可以再慢慢修煉恢復，若是你一定要上前來，我肯定是毫不客氣地將他一掌劈了！活屍毒的威力我想你是知曉的，一旦沾上一滴，咱們兄妹倆百年未分勝負的情形可就要在今日畫個句號了！」

利誘威逼，果然妖女。

糊糊真人哈哈大笑道：「這孩子能被三妹看上，享受欲仙欲死的樂趣，實在是他的福氣，我又怎麼會干涉呢？實不相瞞，這小子根本不是我徒弟，是我專門找來進貢給三妹的，你即便真想將他精肉吸光我也懶得管你！」

「哦？你會這麼好心？沒什麼好處，你會白白便宜我？」

「嘿嘿！這個當然不會了！直說了吧，我聽說三妹最近得到了《白首太玄經》，練了有返老還童之效！你也知道了，二哥我當年練功走火入魔，雖然學道多年，再不能越練越年輕，所以想向你借這本經書一觀！」

「哈哈！原來是這樣！我無意得到這本經書的時候，立刻就想到了如何敲詐你，沒想到你自己送上門來！但如今這小子已然在我掌握之中，我憑什麼還要給你經書？」

糊糊真人淡淡道：「三妹自信能在我糊糊真經之下保住他性命並全身而退？」

公孫三娘愣了愣，半信半疑道：「他真不是你徒弟？」

「咱們不妨試試？」糊糊真人淡淡一笑，「只不過我提醒你，這樣千年難遇的奇才若是被我一劍殺了，於我而言不過是少個潛在對手，於你而言卻是少了功力更進一層的爐鼎！」

說時，他右手掌心頓時隱隱有光華閃動，那光華彷彿被羈絆的神劍，隨時都會脫鞘而出。

「行了！別出歸藏劍。我相信你！」公孫三娘臉色微微變了一變，手上不知何時已多了一本古舊的竹簡，一把擲了過去，「不用還了，這上面的東西我已全記下了！」

糊糊真人右手虛虛一抓，那竹簡在近他身體七尺處頓時止住，手掌再一翻，那竹簡迅疾展開，露出上面的金文來。

「二哥也未免太小心了點吧？」公孫三娘微微冷笑，低頭時，卻不經意間觸到了李無憂的目光，頓時臉上露出了詫異神色，「小子，你眼神冰冷，強烈的憎恨中卻似又透出一種重重的悔意，莫非糊糊老道出賣了你，並且之前還許諾過你什麼天大的好處不成？」

「當然有天大的好處了！」糊糊真人已驗證過那本《白首太玄經》無錯，已然收入懷

裏，聞言頓時大笑起來，「這小子功力不小心失去了十分之九，我告訴他，你是昔年江湖上有名的魔頭，只要他趁我二人交手進入比拚內力的膠著狀態時，用吸星大法將你的功力吸盡，那他就可恢復功力了。嘿嘿，天下哪有這麼便宜的事？你跟我什麼交情，我憑什麼甘冒奇險爲你去死拚？」

李無憂眼裏幾乎要噴出火來，但內心裏的憤怒和悔意卻遠遠沒有表面看來那麼深刻。原來未到這裏之前，糊糊真人告訴李無憂，一會兒他和老對手交手，必然又是昏天黑地日月無光，勝負難分，他會設法逼公孫三娘硬拚內力，然後李無憂就乘機跑到三娘身後，利用吸星大法將後者的功力徹底吸過來，因爲三娘也已練至萬氣歸元之境，兩者自然相融並不會消失，如此一來，李無憂自己的功力便能徹底恢復。

利令智昏下，從不輕易信人的李無憂終於上了生平第一大當。

但在剛才，他身不由己地被糊糊真人的功力拖著向公孫三娘進攻的時候，他已然明白自己中了糊糊真人的計，只是還不知道這老雜毛暗算自己的目的而已，而此刻真相大白，他所表現出來的怒火和悔意卻是半真半假，腦子其實已在高速運轉，苦苦思索著脫身之計了。

「吸星大法？這小子是李無憂！」公孫三娘微微驚了一驚，隨即嫣然笑了起來，「我的好二哥，你可真是夠狠的啊！你明知這小子身邊有千年女妖，蒼引傳人，大仙的女兒，又是宋子瞻要找的人，集萬千寵愛於一身，這些也就罷了，最重要的是，秦丫頭現在可是站在他那邊的，你將他送給我，不是送了個燙手的山芋給我嗎？」

「怕了？怕了就乖乖送他回營去好了！不過我可提醒你，他身邊那些丫頭，一個個可都是厲害得很，小心醋罈子翻了將你淹死！哈哈哈！」糊糊真人大笑。

「胡老二，百年前你我亂魔盟分離，就是因爲你和老五忽然良心發現，看不慣我們行事卑鄙，要改邪歸正，去當你們的大俠，想不到百年之後，你胡二俠行事居然比我們還卑鄙百倍不止，當真是風水輪流轉了！」公孫三娘語氣也不知是諷刺還是感慨。

「哈哈！正義是狗屁，利益才是一切！這是過了百年的大俠生涯之後，我終於領悟的道理。好了，不扯這個了，放不放他隨便你，我先告辭了！等我恢復容貌之後，大家再一起切磋切磋床上術吧！」

糊糊真人說罷驀地沖天而起，人在草原上一陣飄忽，迅疾消失不見。

公孫三娘鬆了口氣，輕輕撫摸李無憂的臉頰，咘咘笑了起來：「人言李無憂是當今江湖數一數二的美男子，甚至風流比之昔年的蘇慕白有過之而無不及，三娘我初時還不信，親自見了，才知道空穴來風究竟有因啊！」

李無憂先是怒目而視，隨即眼波卻溫柔起來，似乎很享受她的撫摸。

公孫三娘見狀又是一笑：「小鬼倒也頗知情趣，姐姐還真是不忍心殺了你呢！但白白放了你，一來太可惜，二來也未免太便宜那臭道士了！你說我到底是放了你好，還是吸盡你的精元增加一甲子功力好呢？」

李無憂口不能言，聽她說到「放」字時，雙眼忙自朝下看，而聽她說「吸」字時，卻左右亂轉。

「呵呵，臭小子居然懂得用眼睛表示點頭和搖頭，當真有趣。姐姐我可真是越來越不捨得殺你……不過可惜，暴殄天物實在不是姐姐的作風，來吧小鬼！」公孫三娘說時纖手一揮，李無憂頓覺一道電流自頭頂降落，迅疾走遍全身，自雙足流到石上消失不見。

下一刻，李無憂正自驚詫，忽聽「哐噹」一聲，同時眼前已飛舞出無數的藍色和白色的蝴蝶，方覺得那些蝴蝶眼熟，身體卻是一涼，眼光下瞟，無憂劍和乾坤袋已躺在足下。

顯然剛才那一聲響便是長劍墜地之聲，而那些白藍蝴蝶竟然就是他身上衣服的碎片！

這女人好深的功力！

白藍蝴蝶隨風飄出，忽地燃燒起來，散發出紅黃色的明亮火焰，但那點點火焰飄入馬草叢裏，卻並未引燃馬草，只有那衣服碎片化作輕煙，嫋嫋上升，頃刻不見。

李無憂再抬眼時，眼前卻是一亮，眼珠隨即定住，再不能移開分毫——月光下，公孫三娘肌膚滑如錦緞，白皙勝雪，完美的胴體處處都散發著迷人的魅力，青絲隨風亂舞予人飄逸之美，彷彿是墜入凡塵的仙子，而楚楚動人的流轉眼波卻讓她宛若清純少女，但自雙眸之下，略帶幽香的鼻息，誘人的紅唇，微微起伏的玉頸，起伏的峰巒，如柳纖腰，修長如白玉般的雙腿，每一處地方都彷彿蘊藏著被冰封了千年的烈焰。

這時，公孫三娘目光卻落到了無憂劍和乾坤袋上：「連我的九轉欲火都焚毀不了，看來這把劍和這個袋子倒是希世奇珍了！」

她張手一吸，二物立刻到了手裏，但乾坤袋她卻打不開，一指虛虛點在了李無憂的脖子上，「說！小鬼，這究竟是什麼劍，這個袋子又是怎麼開的？」

李無憂張張嘴，覺得自己忽然能說話了，眼珠一轉，嘻嘻笑道：「這個袋子，普天之下唯我能開。呵呵，除非你殺了我，否則我絕對不會告訴你打開乾坤袋的法子，而裏面那柄倚天劍，你是永遠也別想得到的了！」

「是嗎？號稱神器中的神器的倚天劍居然在你手裏？」公孫三娘淡淡一笑，「你不肯說，我自有法子讓你說出來！」

「喂！你幹什麼，男女授受不親……喂，你……」卻是話音未落，公孫三娘已然蛇一

般纏住了他的身體，嘴也被香唇封住。

下一刻，一波接一波的銷魂滋味隨即席捲而來，直沖上他腦門。

月色下，草叢裏，幕天席地間，這個女人竟然毫無徵兆地就地將李無憂捲入了一片溫柔纏綿裏。

與葉秋兒有過前緣的李無憂並非新手，但覺得此女和葉秋兒又自不同，渾身上下彷彿是一個巨大的漩渦，欲將他的精元吸盡，但靈台的清明並不足以抵抗肉體的欲望，雖然他苦苦支撐，將這妖女想像成一堆白骨，拚命想岔開念頭，但身體幾乎完全受制，根本無法抵抗噬骨銷魂的快感。

「倒想不到你這麼厲害，在我玉女心經之下居然堅持了這麼久！」忽然一個聲音鑽入他腦子裏，細聽下卻是公孫三娘。但此刻二人全身糾纏一處，公孫三娘一條香舌兀自在他嘴裏興風作浪，她又怎能說話？莫非竟是失傳已久的借物傳音之術不成？

「看你眼中疑惑消失得如此之快，顯然是猜到了我施展的是借物傳音之術，通過你我身體接觸將我心意傳遞給你，見識過人啊，姐姐還真不想殺你了！」公孫三娘忽然將舌頭自他嘴裏縮了回來，「你要肯乖乖地將這袋子的解法告訴我，裏面若真有倚天劍，我非但不吸你的功力，還會借靈藥給你恢復真元，讓你功力恢復如初，你看如何？」

李無憂心知自己最後一絲活命希望已然懸在公孫三娘相信乾坤袋裏有倚天劍之上，卻深明弄虛不如作假，當即大笑道：「我哪裏有什麼倚天劍了？逗你玩的！你一把歲數的人了，我隨便說說你就信啊？」

公孫三娘果然中計，聽李無憂忽然否認，越發肯定這小鬼真有倚天劍在手，當即嫣然笑道：「不肯說也好！那姐姐先將你功力吸盡，再讓你享受享受逍遙指的滋味好了！」

「喂！又來……」李無憂話音未落，公孫三娘又已將舌頭伸進他口中，但這一次與先前的銷魂感覺又已不同，彷彿伸進他嘴裏的不是一條美女香舌，反是一道微型龍捲風一樣，五臟六腑都被提起，拚命地向喉嚨湧，全身元氣也順勢湧了上來。

更糟糕的卻是說這些話的時候，公孫三娘依然不斷運動，陣陣吸力發出，李無憂覺察出道道微弱元氣已然不自覺地湧向公孫三娘。

李無憂銷魂之餘身體陣陣發起軟來，他知道再不阻止，怕自己立刻就要成個廢人了，猛然心中念頭一閃，猛地上下頷一合，逮住一個機會，牙齒猛地咬住了公孫三娘的舌頭。

「啊！」李無憂心裏叫了一聲，牙齒所觸之處酥麻之極，陣陣奇異的熱氣卻自公孫三娘的舌頭裏湧了過來，幾乎沒將他牙齒磕掉，但他立刻覺察出公孫三娘陣陣不安，身體為之一軟，雖然不明所以，儘管牙床流血，卻也不敢放過那條小香舌。

原來天下萬物皆有最強處和至弱點，而玉女心經的至強至弱正是修煉者的舌頭，公孫三娘一時托大，料不到李無憂在她上下夾攻下依然能保持靈台清明，霎時竟被李無憂反制住，可說是冤枉之極。

陣陣元氣反流回李無憂丹田，公孫三娘拚命想阻止，卻不料全身勁力狂泄，手足麻軟，哪裏還使得出半絲力氣？只覺得體內真元源源不絕湧入李無憂體內，卻並無絲毫辦法阻止！

月光如水，風過草原，也不知過了多久，李無憂覺得經脈中一陣暴響，狂湧進身體的元氣已然衝開了他被封的穴道，這一下他更是如魚得水，由被動變爲主動，當即氣走全身，運上了斗轉星移之術，剎那間後者體內元氣更是如波濤一般狂湧了進來。

公孫三娘幾已陷入迷失，玉女心經的威力奇大，其反噬之力卻也更加的大，她神智雖然迷失，但肉體卻不由自主地聳動，配合著李無憂的吸取。

隨著真元的瘋狂湧入，李無憂直覺出自己的靈覺再一次靈敏起來，周圍二十丈內的風吹草動、蟻爬蛇走無一不盡上心頭，心知此刻功力已然恢復如初，當真是大喜過望，更加毫不客氣地吸取公孫三娘殘餘的功力。

正自酣暢，忽覺從遠處傳來的風聲中有細微的破空聲和足點草尖的細微傳來，天目打開，三條倩影頓時跌入眼來。

「盼盼、若蝶，秦丫頭，我在這……」李無憂大喜過望，頓時張口大叫，但牙齒才一鬆動，他立覺不好，卻已然遲了——公孫三娘似乎一直在等待著這個機會，他牙齒才一鬆，公孫三娘的舌頭頓時脫口而出，無數勁力霎時以迅如雷電的速度迅速攻入他體內，鬱積在他全身要穴，剎那間再次封鎖了他全身氣息在經脈內的流轉，丹田真元卻再次湧了出去。

「小鬼，看來你命裏注定要死在姐姐手裏，卻也怨不得天怪不得人了！」公孫三娘咯咯笑了起來，李無憂頓時覺得足下一軟，已不由自主地陷入地上鵝卵石中，正自驚駭，卻覺眼前一亮，足下又已踏上實地。

入目所見，卻是一片人間仙境。海天一色，人在一孤島之上，身畔芳草蘭芷，奇花異卉不計其數，海風微濕，吹在臉頰之上說不出的舒服愜意。與周遭環境的美好形成鮮明對比的，是李無憂惡劣的心情。

此次公孫三娘更加謹慎，運氣補指，將他全身所有大穴再次封了一遍不算，舌頭卻再也不深入他口裏，單以妙處的奇妙真氣形成的奇妙吸力吸取功力。

李無憂覺察出剛剛得到的功力得而復失，幾乎沒將腸子都悔青了，卻半點法子都想不出來，只能由得真元倒泄。

心頭懊悔之時，卻忽地想起去北溟時，任冷說過的一句話「如果不能抵抗，還不如認真享受」，頓時苦笑不已。

過了片刻，他才有機會打量周遭環境，頓時被眼前這海天奇景所吸引，想起離大荒珊州最近的北海少說也有三萬里之遙，暗道公孫三娘難道是神仙一流人物，居然能在如此剎那間便將自己二人轉移到海裏？

正自詫異，忽聽一個空靈的聲音道：「真人明明說公子就在此間，怎地除了這塊鵝卵石，連半個人影都沒有？」

卻是若蝶。

「若蝶救我！」李無憂想張口大叫，才又發現自己啞穴已被封，這句話卻是怎麼也叫不出來。

第七章　三生石囚

「小子，別費力氣了！難道你沒聽過天涯海角有異石曰三生嗎？剛才我們所在的那塊大鵝卵石就是這種奇石了！你我現已在石中仙境，與外界雖然只隔了不到三尺之距，嘿嘿，但這三尺卻有三生之遠，你以爲你的叫聲她們能聽見嗎？」

公孫三娘最後一句話卻是運功高聲說出，幾乎沒將李無憂耳膜震破。

但如此巨大聲音，石外的若蝶果然是沒有聽到，不解道：「我剛才明明察覺到有人的靈覺掃上了我們，並依稀聽到公子叫了我一聲，應該是這裏不錯的！」

卻聽一人接道：「那多半是你的幻覺！李無憂功力只剩下以前的十分之一，如何能夠隔了二十丈之遠就掃到你？我看這邊鵝卵石如此之多，多半是那老糊塗記錯了！你們也知道那老傢伙能記清自己名字已算不錯了！我真搞不懂李無憂那小子精明厲害得很，怎麼會打賭輸給他？」

卻是秦清兒。

李無憂終於相信自己是在一塊神奇石頭裏面了，自己能聽到外面人說話，但外面人卻聽不到裏面人的聲音。

「若蝶姐姐，據小妹揣測，多半是無憂打賭贏了道長，道長小孩心性，惱羞成怒下頓時出手將他制住拋在這裏。事後才又想起不妥，卻拉不下臉，才通知我們來這裏找人吧！」

如此斯文說話的，自然只能是朱盼盼。

李無憂只聽得一愣，糊糊真人既然已將自己賣給了公孫三娘，爲何又要做好人叫眾女來找自己？

但這個問題他只轉了一念，卻立刻和公孫三娘一起想明白了：「這個臭道士，當正派的時候正氣凜然，姐姐我拔根牛毛他都要數落我半天，現在終於想通了要入我魔門，一陰險起來卻比我們任何一人都狠。你們還沒來此之前，他就算準時間，派人暗自通知了你的夫人們，好嫁禍給我！哼哼，任他千算萬算，卻萬萬沒有想到這塊他踩了千萬次的石頭就是奇妙的三生石，而石頭下卻是我的幻海仙境！來，乖弟弟，這筆賬姐姐日後自會幫你找回來，咱們繼續快活吧……」

她聲音才一落，李無憂頓時覺得吸力更加強了，而真元外泄的速度卻也再次加快，與之相反的是神智卻越來越模糊，耳邊三女的談話聲也漸漸弱去……

也不知過了多久，李無憂再次醒來，直覺體內最後一絲元氣也徹底地被公孫三娘吸了個乾淨，而公孫三娘卻同時發出一聲淒慘的尖叫，但此刻身體幾如虛脫，陣陣倦意襲捲上來，這次短暫的清醒後，再次陷入了深深的昏迷中。

又不知過了幾許歲月，李無憂忽然覺得胸前陣陣不暢，伸手去摸，卻覺得濕滑中自有一陣黏糊的液體，放到鼻尖一嗅，卻是一陣血腥味，驀然驚醒，一個鯉魚打挺想直立起來，剛一落下卻覺足步虛浮，一個踉蹌，正要摔倒在地，卻覺身體一輕，一股莫名的熱氣透入，這才立穩了腳跟。

入目之處，卻是一個富麗堂皇的山洞。

山洞的上下四周都是一片白中帶綠的玉石，卻被人鑿成了平平的四壁，四壁上都有斗大的明珠，與玉石相映生輝，整座山洞一如在朗朗乾坤之下。

他雖然醒來，但神智卻依舊不是很清醒，見對面石壁上有一白玉雕成的飛舞仙女形象，頓時忘了摔跤之事，便要上前查看，卻不想足下又是一個踉蹌，跌倒在地。

「公孫三娘！」李無憂再站起來時立即失聲大叫，忍不住後退了一步。

只見足下躺了一具美女，正是公孫三娘，而與之前不同的是，左胸上赫然多了一個顯然是劍造成的清晰傷口，血正汩汩冒了出來，流到地上，迅速滲入石中消失不見。

「沒死前你尚且不怕她，怎麼死了後你反而怕成這樣？」一個調侃的聲音忽然在他背後響起。

李無憂驀然轉身，卻見身後早立了一個著破爛道袍的老道士，正是糊糊真人。

「哦！死牛鼻子，老天有眼，總算讓老子找到你了！」李無憂頓時大怒，跳將過去，抓住糊糊真人的衣領，便是一頓狠揍，後者直被打得慘哼連連，老淚縱橫，最後更是口吐白沫，一把鼻涕一把眼淚地求他住手。

李無憂卻是除惡務盡，絕不心慈手軟，直打得虛汗淋漓，雙手抽筋也依然沒一點要住手的意思。

糊糊真人忽地停止哭泣，笑道：「就算我們真的仇深似海，你就不能休息一下，等會兒再打嗎？」

「什麼叫就算真的仇深似海？老子跟你說，我們這仇是傾東海之水也洗……」李無憂說到這裏忽然愣住，他這才發現事情很有些不對勁，此刻自己功力全失，如何能夠抓得住玄功通神的糊糊真人大揍特揍？

但要說是做夢，爲何那拳頭打到這廝老骨頭上的痛快觸感卻真實異常，而且這老不死的身上那股大概一百年沒洗澡的汗臭味也是真實無比，這究竟是怎麼回事？

糊糊真人嘻嘻一笑：「哪哪哪，小子，現在是你自己打夠了的哦！現在咱們倆扯平了，可別跟那些丫頭說我老人家欺負你！」

「等等，什麼玩意兒嘛？你害得老子連僅存的那點功力都給抹殺了，老子只是搔癢似的打了你一頓，這怎麼能算是扯平了？再說，你要殺公孫三娘，卻找老子做餌，這筆賬又怎麼算？」

「小子倒也不笨啊，這麼快就明白了！」糊糊真人笑了起來，「不錯。我是要殺公孫三娘，但我功力雖然比她高那麼一點點，也還是無法將她殺死，而根據我這些年來所得到的資料得知，凡是修煉過玉女心經的人，她的功力都會在達到最興奮的時候衰減至最低點，這個時候要殺她便比平常容易了百倍。所以呢，我老人家就打算給你一個爲民除害並且假公濟私大爽特爽的機會，沒想到你真的立此大功將這妖女幹翻在地！真是英雄出少年，可喜可賀！」

「滾你媽媽個蛋吧！」李無憂一把撥開這廝伸過來拍他肩膀的髒兮兮油膩膩的手，很有些沒好氣，「你爲了一己私仇，犧牲了我最後的功力，也滅了我最後的希望，這也就罷了，老子反正功力淺薄，有和沒有差別不是很大！但老小子，我跟你說，你一邊將我送到別的女人懷裏，一面卻又去叫我老婆來看戲，用心之惡毒，行事之卑鄙，簡直是人神共憤，必定要遭五雷轟頂的！」

「無憂，你誤會我了！」糊糊真人雙眼含淚，一臉的委屈，彷彿自己比竇娥還冤枉。

「少來這套！」李無憂不屑一顧，「這套把戲老子三歲就已經不用了，省省吧你！」

糊糊真人一抹眼淚，頓時露出比陽光還燦爛的笑臉：「好兄弟，你真是誤會你老哥哥了！我叫那幾個丫頭來絕非是爲了看戲！我知道這妖女得到你之後，一定迫不及待地會將你帶入巢穴裏行雲布雨吸取功力，但我雖然知道她的巢穴就在這附近，具體位置卻不是很清楚！爲了能及時救出你並殺死妖女，我在來之前，已在你身上種了千里靈犀術，並在假意離開現場後，迅速化作了一根草躲在你們附近，因爲靈犀相通的緣故，這妖女就一直將我當做你留下的氣息而未曾察覺，但這個法子卻有個弊端，就是以我老人家的功力也不能長久支撐，所以才在未來之前就算好時間找這幾個丫頭來吸引妖女的注意力，我好換氣！好在如此，不然今日差點功虧一簣！這妖女居然是將自己的巢穴建在了這希世奇珍三生石裏，倒也虧她有這份毅力跑那麼遠去採石頭。」

「是這樣的嗎？」李無憂冷笑，「老子看你更多的是垂涎這妖女巢穴裏邊的珍寶吧？」

「切！她能有什麼好東西？除了一把風華刀，也是女人用的玩意兒！我有歸藏劍，更不希罕！」

說到這裏，糊糊真人眼睛忽然瞇成了一條縫，「真要尋寶，我也會選你那把倚天劍啊！」

「哈哈！」李無憂放聲大笑，「老牛鼻子，你怎麼也這麼蠢，那不過是我說來騙公孫三娘別殺我的，這你也信？」

卻聽糊糊真人淡淡道：「你說的我當然不信！但崑崙山那四個老怪物說的，我又怎能不信？」

「什麼四個老怪物？」李無憂直嚇得聲音一顫。在月河村的時候，糊糊真人就曾很隱諱地提到他知曉李無憂的來歷，但事後李無憂發現這老傢伙整天瘋瘋癲癲的，也未在意，此刻終於瞭解到這廝居然也是個深藏不露的絕世高人，聽他如此說，頓時嚇了一大跳。

「小鬼！你謹慎有餘，智慧卻未免不足！」糊糊真人搖搖頭，拋過來一件東西，「你自己看吧！」

「什麼玩意兒？」李無憂嘟囔著接住，卻是一個信封，信封上三個龍飛鳳舞的大字：小鬼啓！

那熟悉得不能再熟的筆跡，親切的稱呼，淡淡的墨香，正是紅袖的筆跡。

李無憂手微微發抖，輕輕撕開信封，一張白紙自動飄了出來，懸浮在他眼前一動不動。

「四姐！」李無憂輕輕叫了一聲。那張白紙聞言動了一動，白紙的中央忽然多了一個紅點。

紅點慢慢變大，最後閃了一閃，露出一個美女頭像來，卻不是他四姐紅袖又是誰來？

紅袖似乎正自一場春睡中醒來，臉上還帶著一抹倦意，但隨即便展顏笑道：「小鬼！在外面混得怎樣啊？有沒有想你姐姐啊？（李無憂：想，當然想啊！每天做夢都夢見你！）呵呵，可別說每天都夢見我哦（李無憂撇嘴：連我說什麼話你都猜到了，真是服了你了），那可太也沒出息了，要多想想江湖上那些美女嘛，我和大哥他們都還等著你帶弟妹回來呢！吶，我可先申明啊，一個兩個是絕對不夠的，庸脂俗粉也是不行的！我紅袖的弟弟怎麼也該集萬千寵愛於一身嘛，是不是？糊糊這個老道士是我們以前的朋友，功夫雖然比不上你四姐一根指頭（糊糊真人大怒：胡扯！起碼能比上兩根指頭），是，是是，兩根就兩根，就知道你也只能在這級別上混了！（李無憂失笑，糊糊真人一張臉頓時漲成了紫色）總之，這傢伙的武功呢還算過得去。他呢，本來一直住在南山的，最近不知道發什麼瘋，說要來拯救蒼生，我們就告訴他說有你已經夠了，但這老傢伙聽說你得傳倚天劍後，便死纏爛打地向我們毛遂自薦，說要來助你一臂之力，我和你大哥他們一商量，覺得這傢伙功力是差了點，人也很糊塗，但牽牽馬啊扛扛行李，當個跟班還是綽綽有餘的，就准了他的請求了！呵，你有什麼見不得光的事儘管找他去幹，不用和他客氣！啊！（紅袖輕輕打了個哈欠）好了，四姐我還要去小憩一會兒，你們慢慢交流感情吧！記得了，好好幹，別丟了我們大荒四奇的臉。哦，對了，爲了怕你空手而歸，我昨晚連夜給你寫了本《泡妞秘笈》讓糊糊帶給你，呵呵，記得用心研讀啊！」

說到這裏，紙上的紅袖擺擺手，畫面一閃，人又已縮成一個紅點，並迅疾消失不見，而那張紙隨即燃燒起來，不時化作一片灰燼。

「老子還需要泡妞秘笈嗎？四姐未免太也看不起人了吧？」李無憂哭笑不得，將信封丟進乾坤袋裏，拍拍手，對兀自一臉不服的糊糊真人躬身行了一禮，道：「前輩原來是我四姐他們的朋友，之前晚輩多有得罪，還請恕罪！」

糊糊真人嚇了一大跳，慌忙閃到了一邊，擺手道：「喂，喂，別再叫我前輩啊，不然我翻臉的啊！」

李無憂不解，卻聽他又已補充道：「袖兒還比我大一個月呢，你都叫她姐姐，憑什麼我就是前輩？以後叫我五哥好了！」

「袖兒？五哥！」李無憂張大了嘴，如同吞了一隻蒼蠅，他實在無法將眼前這廝同風華絕代的紅袖聯繫起來。

但糊糊真人只道他答應了，一本正經地點了點頭：「嗯，小弟乖！」

「靠！」遇上這樣的鳥人，李無憂只能大嘆晦氣。

「好了，好了，要靠以後還有機會，咱們先說點正事！」

「你都搞得老子一點功力都沒有了，抹殺了我最後的希望，還談個屁的正事啊！」李無憂覺得很鬱悶，一把從乾坤袋裏將倚天劍拽了出來，「哪，你既然是四姐他們的朋友，老子這就將倚天劍交給你，伏魔衛道的責任你就一肩承擔吧！老子要閃人了！」

「靠！收起來吧！」糊糊真人將這把鏽跡斑斑的鐵劍推了回去，「你當我不想要這劍啊？只不過神劍擇主，豈是任何人都配使用倚天劍的？」

「五哥！」李無憂重重加重了鼻音，讓五哥這兩個字聽起來很像蜈蚣，「你既然也算是有見識的人，知道這個道理，還把我搞成廢人？」

「呵呵，少安毋躁！我的好弟弟！」糊糊真人笑了笑，「你也不想一想，我既然知道你是倚天劍的傳人，又怎麼捨得讓你功力全失？」

「你……你是說？」李無憂呆了一呆，眼前一亮，頓時有了柳暗花明的感覺，精神抖擻，「呵呵，五哥就是五哥，行事果然是世外高人，小弟之前多有誤會，還請見諒，哈……哈，五哥你看你真是不小心，怎麼鞋上多了這麼多灰塵，小弟幫你擦擦……」

「我什麼也沒說！」糊糊真人笑了一下，卻不理他，蹲下身去看了看地上公孫三娘的屍體一眼，忽道：「聽說你會使三昧真火？」

李無憂點點頭。

「那化了她吧！」糊糊真人嘆了口氣，一掌拍在了李無憂肩膀上，後者頓時覺得有一股暖流直入丹田，當即念了個法訣，一指點向公孫三娘。

頓時明亮的火焰燃起，卻沒有煙。頃刻間，一代妖嬈就此消散，甚至連灰燼都未留下。

對此糊糊真人很有些感慨：「想當年我們五人結義，創立亂魔盟，三娘純真無瑕，巧笑嫣然，當日種種如在眼前，誰也料不到最後她居然是死在我的真氣之下。」

對此，李無憂也很有些感慨：「可惜了，這女人那麼風騷，以後再沒機會領略她床上功夫了……」

這話立刻引來糊糊真人怒目而視，但李無憂卻只當沒看見，「人是你殺的，這會兒卻在那貓哭耗子。又想當婊子又要立牌坊，天下哪有那麼便宜的事？」

糊糊真人苦笑搖頭，卻不得不承認李無憂說得有理。

李無憂最見不得別人一張苦瓜臉，當即奶聲奶氣道：「親愛的五哥哥，你到底有什麼法子讓小弟恢復功力，趕快說嘛！」

「怕你了！」糊糊真人頓時渾身雞皮疙瘩，打了個冷戰，「本來一個人連真元都失去了，是不大可能再恢復功力的了，但是對於已經練成萬氣歸元的人來說，這實在不是個問題。我這有四句話，你記住了：天地開合問陰陽，五行生剋何茫茫！萬氣本自同源出，小子糊糊強短長？只要你弄懂了，就可以明白如何恢復功力……咦，什麼聲音這麼吵？哈哈！是秦丫頭她們，你先等著，我去找她們！」

「喂！別走！」李無憂剛伸手去抓，糊糊真人卻已一飛沖天，撞到上空石壁迅疾消失得無影無形。

「奶奶個熊，老王八一把年紀了還是那麼衝動！」李無憂只得搖頭苦笑。

他話音剛落，耳畔已是一聲巨響炸開：「喂！朱丫頭，你相公在這邊，快點過來啊！」卻是衝到三生石外的糊糊真人運功長嘯，因爲三生石奇特的功效，傳到李無憂耳裏便更如天雷轟鳴，當即捂住了耳朵。

還好嘯聲很快止息，接著是一陣破風之聲傳來，接著便聽見朱盼盼驚奇的聲音道：

「糊糊前輩！你都跑哪去了？無憂呢？」

「在這塊石頭裏！」糊糊真人道。

「前輩！」朱盼盼微微有些怒意，「我們姐妹都找了他三天三夜了，人人都快急瘋了，你卻還有心情開玩笑？」

老子昏迷三天三夜了？李無憂愣了一愣，隨即卻是一陣感動，有這麼多真心在意自己的紅顏知己，這一生可算不枉了。

「哎呀！我老人家德高望重，日理萬機，哪有時間和你開玩笑哦？」糊糊真人誇張地叫了起來，

「哪，這塊石頭雖然露出地面的只有與地相齊的一塊平面，但丫頭你博覽群書，難道就沒看出什麼端倪？」

「這塊石頭？」朱盼盼似乎冷靜了下來，「看來和普通鵝卵石並無兩樣，但似乎真有什麼地方不一樣……」

「當然不一樣了！嘿嘿，不過別說是你，就是我老人家先前都沒看出來。這塊就是取自東海天涯海角的三生之石！」

「啊！這就是三生石？」朱盼盼叫了起來，「你說無憂就在石頭裏？那前輩你快點讓

他出來啊？」

「好嘛，好嘛！小ㄚ頭就是大驚小怪的！」糊糊真人似乎有點掃興，隨即用力拍了拍石頭，石下的李無憂頓如被炸雷轟頂，趕忙捂住耳朵。

糊糊真人又道：「無憂小弟，我現在教你出石之法，你聽好了！你先放出一縷元氣，探測一下周圍石頭的質地，然後將元氣繞走全身，將自己化成和玉石一般模樣，然後拿頭撞石就可以出來了！」

過了半晌，石頭卻沒有動靜。

溫婉如朱盼盼也終於急了，懷疑道：「前輩，你教他這個法子我聽都聽不懂，會不會太高深了，無憂也不懂呢？」

「切！當今天下，練成萬氣歸元本來是有三個人，但此刻就只有我和他了，你聽不懂是正常的！」糊糊真人不屑地擺擺手，「這個穿石術別人練來自然是難如登天，但對於他來說，實在是輕而易舉！」

「既然輕而易舉，那為何這麼久他還沒出來？」朱盼盼很是懷疑。

「你問我，我問誰？大概是這小子在裏面看石壁上的仙女圖看得入神，捨不得出來呢？」糊糊真人搔搔頭，也是大惑不解。

「前輩！」朱盼盼臉色一紅，微微嗔怒，「你說會不會是無憂功力不足，這塊石頭太厚，穿不出來呢？」

「啊！」糊糊真人一拍屁股跳了起來，「對啊！我怎麼沒想到？這小子現在是功力全失！穿紗布還差不多，穿石頭……」

「怎麼功力全失了？不是……」朱盼盼大驚，「那前輩你進去將他帶出來吧！」

「進去？好！」糊糊真人點點頭，隨即卻又拍了拍腦袋，大聲叫了起來，「慘了！我剛才是趁妖女不注意，尾隨老弟一起進去的，現在妖女死了……三生之石出則隨意進則難，沒有其主人靈氣開道，我……我也進不去了！」

「那……那無憂豈不是永遠出不來了？」朱盼盼大驚。

「理……理論上是這樣的！」糊糊真人像個做錯事的孩子，臉色漸漸變苦，驀地放聲大哭，「老子怎麼這麼命苦啊！袖兒一輩子都不會原諒我了！我……我一頭撞死算了！」

說時當真一頭朝三生石撞去，多虧朱盼盼眼明手快，一把將他拉住。

「死也不讓我死，你這丫頭到底想怎樣嘛？」糊糊真人對朱盼盼怒目而視。

朱盼盼淡淡道：「晚輩不是不讓前輩死，但於情於理，前輩也該讓我先知道事情的真相，並幫我救出無憂再死不遲吧？」

「這個……好像是這個理！」糊糊真人摸摸雜草一般的腦袋，點了點頭。

當即這廝夾雜不清地將事情的經過詳細講了一遍，當然關於李無憂和他自己的出身來歷無關大事也就一一略去不提。

朱盼盼越聽臉色越是難看，最後聽糊糊真人揚揚得意吹噓地說著自己對時間的把握是如何精確，再差一秒李無憂就要被吸盡血肉寸骨不留，更是生平第一次地衝冠大怒，一笛指向後者：

「糊糊真人，枉你身爲前輩，爲了對付你的仇家，居然讓無憂去做那等齷齪之事，還害得他差點屍骨無全，你羞也不羞？」

「不是，我是……」

「你還要狡辯？」朱盼盼怒氣更盛，作勢便要動手。

忽聽一人道：「盼盼怎麼如此大的火氣？」

「若蝶姐姐，公子……公子被他永遠囚禁起來了！」

見到若蝶到來，繞是剛強如朱盼盼，也不禁珠淚奪眶而出。

一旦被情絲纏繞，便是百煉鋼也會化爲繞指柔，更何況朱盼盼終究只是個女子啊！

經歷了千年世情的若蝶見此也不禁嘆了口氣，一面柔聲安慰，一面問糊糊真人究竟發生了什麼事。

「三生石啊！」淡漠如若蝶，臉色也終於漸漸變了。

朱盼盼急道：「若蝶姐姐，你千年修行，見多識廣，難道連你也沒有法子，只能坐等公子餓死在裏面嗎？」

若蝶搖搖頭，道：「何為三生？前世、今時和來生！三生之石，本就不屬五行之內，如今公孫三娘已死，這塊靈石再次失去主人，重歸混沌狀態。即便修煉到萬氣歸元境界的人，也是能出不能進。我的情絲雖不在五行之內，但也自認沒有法子穿進此石。糊糊真人，這次你可是闖下彌天大禍了！」

若蝶千年修行，比糊糊真人的輩分高出無數倍，後者功力雖然高出她一截，卻也不敢強辯，一時也是汗顏。

朱盼盼忽道：「姐姐，我用蒼引劈開這塊石頭如何？」

「不可！」若蝶和糊糊真人齊齊叫道。

朱盼盼不解。

若蝶解釋道：「這樣一塊彙聚了過去未來和現在力量的石頭，又豈是說劈就能劈開的？蒼引雖是神器，但其終極力量不在破壞而在吸引，你若硬以吸引之力去破壞三生石，石未開，石中的公子怕先被蒼引的吸力拉扯得筋骨碎裂。唉！其實即便是有號稱能斬斷一切羈絆的破穹刀在手，也是不能硬劈的，要出石，只有讓公子恢復功力才是唯一法子。」

「但無憂已被他害得真元全失，憑什麼恢復功力啊？」朱盼盼急道。

「是啊！」若蝶長長嘆了口氣，心道：「難道我等了一千年，最終依舊是一場空嗎？」

「哈哈哈！」糊糊真人忽然大笑起來。

二女正自煩惱，看他笑得如此放肆，頓時都是怒目而視。

糊糊真人被她們瞪得頭皮發麻，忙道：「別這樣看著我。我是想到我在臨走之前，曾留了四句口訣給那小子，以他的智慧，必然能夠參透。恢復功力實在是指日可待之事！放心吧，少則三天，多則一月，我必然還你們一個活蹦亂跳的老公！」

「什麼？一個人真元全喪，也能在這麼短時間恢復功力？」二女大驚。

「別人當然不行！但萬氣歸元，呵，萬氣歸元啊……」糊糊真人負手望天，神情似是傲然又似寂寞。

天地開合問陰陽，五行生尅何茫茫！萬氣本自同源出，小子糊糊強短長？這四句話聽來似乎很簡單，但要從中推出天道至理並領悟出恢復功力的方法，可就難上加難了。

糊糊真人果然是秉承了他一貫大事精明小事糊塗的風格，在外邊半句不提這四句話的意思，反與若蝶和朱盼盼狂吹這萬氣歸元是如何如何厲害，公孫三娘死後，當今之世已只有他和李無憂才懂這門心法了，而李無憂是誤打誤撞，他自己卻是名門正宗循序漸進所得，言下之意卻似乎是說自己已是天下第一高手，但當朱盼盼認真詢問這個問題的時候，他卻言語含糊模稜兩可，李無憂心知他雖然練成萬氣歸元，卻依舊不是青虛子和紅袖等人的對手，不禁放聲大笑，可惜外面人聽不到他說話，使得老糊糊可以繼續大吹特吹。

不久之後，收到朱盼盼煙花傳信的慕容幽蘭諸女和珊州總督谷風也帶兵次第趕到，一時間馬嘶人叫，蹄聲如雷，好不熱鬧，但這些聲音被三生石放大後落到李無憂耳裏，卻不啻於山呼海嘯天崩地裂，只嚇得他趕忙自乾坤袋裏取出一塊東海神泥，揉成兩團分別塞到兩隻耳朵裏。

這種神泥極端珍貴，乃是昔年青虛子去東海捕捉飛魚時意外得到的療傷聖物，江湖中人萬金難求一錢，卻被這小子拿來塞耳朵，青虛子知道了不知要作何感想。

聲音一止，那地動山搖的感覺也隨即平息，李無憂終於長長地舒了口氣。不管糊糊真人是真的糊塗還是有苦衷裝著假的糊塗，那四句話的意思是怎麼也不肯說的了，要出石看來還是得靠自己。

這四句話應該是一問一答。天地開合問陰陽，五行生剋何茫茫，這兩句是互問句，上下意思串到一起，就好似一人在問：自天地初生以來，天地間就存在著陰陽五行之氣，但這陰陽五行屬性爲何可以相生相剋？萬氣本自同源出，小子糊糊強短長？答的那人卻並未直接回答，而是獨闢蹊徑地反問：天地間任何一種氣息都是同源而出同源而生，你這糊裏糊塗的小子爲何非要牽強地說什麼誰強誰弱呢？

「莫非……莫非這話是糊糊這老傢伙當年和他師父的對答？哈哈！糊糊真人，不就是『真是糊塗的衰人』嗎？對極，對極，老傢伙的道號糊糊大概就是這麼來的！」

李無憂一念至此，忍不住又放聲大笑起來。卻不想這傢伙窮極無聊下居然猜對了。

原來糊糊真人天生奇才，卻無師傳授，機緣巧合下得到了一本殘缺的內功秘笈，同時練成了九陰真經和九陽真經兩種陰極和陽極的內功，一者極剛一者極柔，齊頭並進，卻並無妨礙，後來武學精進，聽人說陰陽二氣應該調和而不該分離，自以爲大悟，卻不想因此心有障礙以致走火入魔，功力全廢。後得以向一位異人問道，那異人便吟了這四句話。糊糊真人當即有悟，之後便自號糊糊。

此後糊糊真人撇棄江湖恩怨不理，精修猛進，終於在三十年後練至萬氣歸元之境，將體內陰陽二氣徹底調和成一種內功，學成天眼，但當他回去找那異人時，異人卻說他只是練成了狹義的歸元，若能領悟到廣義的歸元，便是天地萬物都能任其馳騁。

糊糊真人問，如何才能達到廣義歸元，異人道：「破而後立，你要想達到廣義歸元，便需先自廢全部功力，然後再重新領悟那四句話。」

糊糊真人猶豫半晌，最後終於不肯自廢武功，因此一生都不得領悟。

此後遇到李無憂，正巧見他功力大減，便想到了利用公孫三娘將其功力徹底吸盡，讓他去領悟廣義的萬氣歸元，只不過這一招置之死地而後生，若是先講給李無憂聽那就絕對不靈光了，他這才行險設了這個局。

只是他所沒有想到的卻是，公孫三娘的巢穴會是一塊三生石，一時不察，終於弄巧成拙。

這其中因由李無憂當然不知，但他天賦極高，於猜度人心方面極有心得，居然被他從這四句話裏猜了個八九不離十。

猜到了裏面可能的因由，李無憂非但沒有明白，反而更加迷惑。萬氣歸元，陰陽真氣和五行靈氣都是同源而生，這一點他早就知道，而糊糊真人也知道自己知道，為何還要說這四句話給自己？

折騰了良久，他本已困倦之極，想了一陣怎麼也搞不清楚這裏面的深意，終於沉沉睡去。

再次醒來卻是被餓醒的。自乾坤袋裏取了乾糧胡亂吃了，又自沉思這四句詩句，卻依

舊毫無進展。他知道這類至高心法的參悟最重機緣，當下也不再強求。心情一鬆，目光頓時被對面石壁上的圖畫所吸引，不由自主地走了過去。

走到近前，他這才發現那個大大的飛舞仙女圖，其實是由無數個稍小的仙女圖雕成。仙女們面容莊嚴，栩栩如生，但奇怪的是，她們的姿勢，或靜坐懸空，或撅臀匍匐，或張腿飛騰……自大仙女的髮絲一直到足尖，全是由姿態各異的仙女組成。

李無憂本非正人君子，遇到如此絕世好圖，自沒有放過的道理，霎時細細觀賞起來，一時神采飛揚，全忘了參悟那四句詩脫困。

初時還不覺如何，但越向下看，呼吸漸漸急促，他只道是正常反應，不以爲意，但越向下看，身體漸漸沉重，呼吸越來越艱難，漸有一種泰山壓頂的膨大壓力自頭落下，他這才驚覺不好，但此時已是不能自拔，而一直看到最後一張第一千零八張圖時，汗濕浹背，全身脫力，委頓在地。

「這是什麼鬼畫，居然差點要了老子的命……」李無憂只嚇出一身冷汗，指著壁圖大罵起來，但罵聲未落，眼光不小心又落到了第一張壁圖之上，霎時那種壓力再次自他頭頂貫自腳尖，再次不由自主地又向下看了下去，神智漸漸模糊。

看到第一百九十三張圖時，李無憂忽覺心脈一震，喉頭一甜，一口鮮血噴了出來，頓時神智一清，趕忙閉眼。

但眼皮才一合，丹田忽地升起一股熱意，霎時走遍全身，那壓力不減反增，霎時只壓得他連坐立都是不能，只得倒在地上。

倒地之後，那股熱氣陡然變大，霎時電走了全身每一處穴脈，眼睛再也離不開那壁畫分毫，而鮮血更是狂噴不止。

他心知如此噴下去，自己必然最後失血而亡，但卻全無辦法，丹田那道霸道之極的熱氣威猛無匹，而從頭到底的壓力更是無從抵抗。

「這一次是徹底沒救了！」李無憂一面瘋狂噴血一面苦笑不止，「媽的，紅顏禍水，但沒想到幾張春宮圖也是禍水！老天啊，只要你能保佑我脫得此難，老子發誓以後再不碰《玉蒲團》了！」

「不要胡思亂想！」一個聲音忽然厲喝道，「氣走督脈，分重樓，復歸丹田！」

「老子功力全失，哪裏來的氣？」李無憂大怒。

「萬氣歸元！一元在心，天下何物不是氣？」那人冷喝。

「啊！」李無憂如遭雷擊。

天地開合問陰陽，五行生剋何茫茫！萬氣本自同源出，小子糊糊強短長？這四句詩原來的意思竟然是反過來讀的——萬氣本自同源，五行之氣歸元，陰陽之氣也歸元，一直推到最初的天地，也是同源，那麼天下萬物皆是來自天地這個源頭，天地萬物皆是你的氣，皆可爲你所用！

這道熱氣固然無形無質，不可捉摸，但卻依舊是天地之間的物體，亦是同源而出，爲何不能駕馭？

一明此理，李無憂頓覺眼前豁然開朗！

自古以來，人體內的真靈氣皆是以調息之法將體力化爲真氣。但在北溟的時候，他卻機緣巧合下將體內真靈氣融合爲一，已能自體外慢慢吸取天地間無所不在的浩然正氣化爲自己本身的元氣，不啻開闢了另一條習功之法。但自真元損折之後，這種吸取元氣的奇能便大大減弱，而且因爲真元上限的限制，即便吸滿，全身功力也只有原來的十分之一。這便好比一個水壺被打破之後，殘壺只能裝原來的十分之一的水，無論你如何注水，水壺能得到的依舊只是十分之一的水。

但此刻一聽這人的話，李無憂頓時如醍醐灌頂，猛然醒悟，既然萬氣歸元，那萬物也可歸元，真元作爲一種存在，便也可歸元，有了這個覺悟，便可將天地任何一物化爲真元，自己的功力豈非是無窮無盡？

只是這個道理是不是正確，就要到以後去驗證了。李無憂一面心如電馳，一面卻按照原來的元氣搬運之法順著那人說的行功路線去移動那股熱氣，一試之下，身體先是一次劇震，緊接著，那道熱氣便異常規矩地順著他的意念運行，情形竟和當日初入崑崙時的水潭之畔一般無二。

他眼睛雖然依舊離不開那些仙女壁畫，但卻再也沒有吐血，那道熱氣也逐漸變粗變強，但這個時候，奇怪的事情發生了，到李無憂將那圖像看到第八十一遍時，那熱氣卻漸漸弱了，最後化作一線游絲，最後自雙足游出體外，消失不見。李無憂頓時一驚，眼睛再看那圖畫時再無任何反應。

他猛然站了起來，只覺神清氣爽，全身從來沒有這麼好過，但運功向丹田提氣，除開那道並未被公孫三娘吸走的神氣之外，便再空空蕩蕩，渾無半絲反應。

他頓時皺起眉頭，按他的想法，既然萬氣歸元，萬物歸元，那這絲熱氣應該已被自己化為本身真元才對，難道是自己領悟錯了？

「萬物歸原自是不假，但要想將外物化為你本身真元卻是要刻苦修煉才成。另外，剛才鑽入你體內的那道熱氣，乃是自天地混沌初開便已存在的混沌之氣，自你體內走一圈已經有天大的好處，你還妄想將它也化為真元，簡直是不知天高地厚！」先前那人忽然大笑道。

第八章　前世今生

「誰？你在哪裏？」李無憂覺得這個聲音耳熟之極，但一時卻又記不得在哪裏聽過，當即四處尋找。

「蠢材，我不就在你身後嗎？」那聲音又道。

李無憂驀然轉身，頓時驚得呆住，隨即大喜：「前輩，怎麼是你？」

身後那人白衣勝雪，長髮散亂未羈，雖正自持著倚天劍微微嘆息，卻手神俊朗，飄逸出塵，正是李無憂當日在天地洪爐中所見那白衣奇人。

「怎麼？看你的樣子似乎不想見到我啊！」白衣人笑道。

「不！不！」李無憂慌忙擺手，「小子是沒有想到會在這裏見到前輩，太過高興，胡亂說話，請前輩莫怪！」

那人雖是在笑，但身上卻自有一種凜然不可抗的神威，便是李無憂這樣的人一時竟也是說不出的局促，應對失措。

「呵呵！不用如此！」白衣人淡淡一笑，「我明白！」

李無憂鬆了口氣，道：「前輩你怎麼才從天地洪爐裏出來？可是想煞小子了！」

白衣人道：「之前機緣不到啊！這次如非是爲了破穹刀出世，我也是不會來找你了，不過也只能待半個時辰。」

李無憂失望道：「半個時辰啊！何以如此匆匆呢？」

白衣人微微皺眉：「你這小子怎麼也這麼多廢話？你若再問這些無關緊要的事情，這半個時辰眨眼即過，你若不能恢復功力，可別怪我！」

李無憂忙道：「好，好！廢話不問了。但晚輩卻有幾個重要的問題想問！」

「你可是想這三生石究竟是什麼，壁上的壁畫是什麼，那一道熱氣又是什麼？」白衣人連問三次，李無憂連連點頭。

白衣人道：「這塊三生石來頭可大了！傳說當日創世神元神分裂，新的五大元神未成之前，九州大神黃帝與魔神蚩尤的前世共工大戰，共工戰敗，怒觸天柱不周山，因此天裂。幸虧有女媧煉了十萬巨石補天，但最後只用了九萬九千九百九十九塊，獨獨遺漏了一塊於大荒山！直到兩千多年前，琴劍仙子遊歷至此，見此石能斷前世今生，因此彈琴飛劍，歷時百日終於自那巨石上取下了這一小塊，隱居於天涯海角。公孫三娘倒也厲害，居然最後將這石頭給搬到這裏來了……」

「啊！他奶奶個大西瓜，這麼大一塊石頭居然只是從那塊石頭上割下來的？太誇張了吧！但是前輩，那個黃帝、共工和女媧的名字，我怎麼從來沒聽過？不周山是不是現在的天柱山？大荒山又在哪裏？琴劍仙子是一個美女還是兩個正妹啊？」李無憂連珠炮似的一連串發問。

白衣人看了他一眼，似笑非笑道：「很好，倒沒想到你這孩子如此勤學好問，好啊，你還有什麼問題儘管問吧，我一併答了——半個時辰應該夠你問很多了！」

李無憂知趣地閉了嘴。

白衣人見此微微點頭，又道：「至於這壁上的壁畫嘛，是後來琴劍仙子刻上去的黃帝內經圖解。公孫三娘的玉女心經便是自此而來，只不過她領悟有錯，誤入歧途罷了！至於那道混沌氣乃是昔年女媧所留，有莫大功效……」

李無憂忍不住又插嘴道：「有什麼神奇的功效？」

「易經伐髓，脫胎換骨！」

「能不能通俗一點？」

「就是讓你徹底功力全失！」

「撲通！」有人倒地。

片刻之後，李無憂站了起來：「前輩，聽說你是來幫我恢復功力的？」

「沒錯！」

「那你幹嘛眼見那熱氣化了我最後一絲真元也不理啊？」李無憂怒氣勃發。

「蠢材！破而後立，破而後立，不破怎麼立？」

「破而後立？」李無憂隱然有悟，但一時卻不得要領。

「不錯！就是破而後立！自古聖賢皆是要歷經坎坷，博採眾家之長，之後去蕪存精，然後自成一家，但武學之理，萬變不離其宗，終究會殊途同歸！至於像你這樣修煉多門武術的，看似比別人占便宜，其實是更多雜質，得不償失！好在你誤打誤撞，進入了萬氣歸元之境，可算是因禍得福，只是可惜你是自己入門，無人指點你，才讓你境界一直停滯不前。其實這萬氣歸元是第一步，萬物歸原是第二步，至於第三步才是萬道歸真！」

「萬道歸真？」李無憂大喜，只覺眼前忽然開啓了一道武學的大門，一時竟是高興得手足無措。

「不錯！你學會了萬氣歸元，懂得了五行靈氣陰陽真氣皆是同源同生，可以互相轉化，也可以吸取少量天地浩然正氣爲己用。唉，古來多少英雄，非要強練幾種五行靈氣或是要將陰陽同步，卻不懂這萬氣歸元之理，任他驚才羨豔，也只有枉送性命。但練到萬氣歸元，也不過是將五行陰陽化合一處，剛剛跨入這無上天道的第一步，便如立山望雲，雖然離地面不近，但離雲卻還是很遠。只有練到第二境界萬物歸原，才算是真的離山乘雲了！但要到此境界，便需破而後立，許多聰明傑出人士，都是突破了第一境界，到得這第二境界便難以爲繼，終生無望天道。到了這一境界之後，天地間的五行萬物皆可化爲你體內元氣，自此境界，你的元氣便無窮無盡，無論如何使用，和人動手時斷然不會有真氣不繼的現象！至於第三境界，就是化天地萬物爲真元，至此你的功力就只增不減，與天地日月同輝！」

「啊！」李無憂聽得如癡如醉，一時沉浸在白衣人所說的三種境界，作聲不得。

「你想要直接跳過第二境界，進行第三境界的化萬物爲真元，自然是空中樓閣了！」

「但是前輩，爲何公孫三娘能用玉女心經直接吸取真元，難道她早已練成第三境？」

「當然不是！她也只練到第一境。只不過黃帝內經神妙無比，她誤走邪路取了捷徑而已！」白衣人嘆了口氣。

雖然對他尊敬之極，看在眼裏，卻不免暗自嘀咕：「好好的又嘆什麼氣嘛？難道你也妒忌別人取巧？要不就是遺憾沒有親自試試公孫三娘的玉女心經？」表面卻是恭恭敬敬道：「還好有前輩指點，否則晚輩也要在邪路上走下去了！」

白衣人看了他一眼，嘻嘻笑道：「要是沒前輩我指點，你連走上歪路的機會都沒有呢！」

「是，是！前輩所言甚是！」雖然受了斥責，李無憂反而高興起來，因爲他發現，與之前那個淡逸如仙的形象相反，這個時候的白衣人才確切地像個人，而且詼諧幽默，和他很有些臭味相投。

白衣人卻搖了搖頭，自己壓抑了這麼多年的本性，居然還是在這小鬼面前展露出來了，雖說是緣分，但也大失威嚴，以後想教訓他可就難了，忙自收斂笑容，正色道：「廢話不多說了！我現在說說你恢復功力的事吧！」

李無憂忙正色點頭。

白衣人道：「自古以來，其實想到破而後立這一層的人不是沒有，只是他們不知道破了後如何立罷了！」

「是啊，既然全身真元都已消散，難道當真要從頭練起？」

「蠢材！一個人正常情形下要練到萬氣歸元，少說也得一百多年的時間，到時盡散功力，已是個垂垂老朽，別說散功後性命不保，即便能保住，即便又有不畏艱險的雄心壯

志，因為根基已失，嘿嘿，要想練到原來的功力，起碼得三百年時光！你以為一個普通人能活到四百歲以上嗎？」

李無憂點點頭。太平時候，大荒人士平均壽命也不過六七十左右，像太虛子、古長天等人這樣的百歲以上高齡的人物是因為身懷絕技，而像大荒四奇、糊糊真人這樣兩百歲以上的就是功力通神的奇人了，乃是鳳毛麟角，放眼整個江湖怕也找不出幾個。即便以大荒四奇之能，若讓他們此時散功，也斷斷不能重新修煉至現在的境界。

李無憂疑惑道：「既然如此，那麼前輩，莫非這萬物歸原只是前人的臆想？」

「蠢材！要是這樣，我怎麼會和你廢話這麼多？」白衣人搖頭，「核桃不是不能吃，關鍵是看你怎麼吃！其實這法子也簡單得很。就是在你散功之後，讓另一個練過萬氣歸元的人輸一小部分功力給你，如此一來便如你有了火種，鍛鍊起來便突飛猛進，只要你再領悟了萬物歸原之理，百年功力，不出三年就能徹底復原。」

「哇！太好了！前輩你是說你要輸功力給我？」李無憂大喜。

「不是！」白衣人搖頭，「我可沒那個本事！」

「哦！我知道了！前輩是想帶我出去找糊糊老道？」

「我出得去，但你出不去！」白衣人又搖頭。

「那……還說了不是等於沒說？」李無憂頹然倒在地上。

「廢物！」白衣人忽然厲聲大喝，「男兒當自強，你怎麼只想到依靠別人？難道沒有外人之助，你就不能自己從頭練起嗎？萬道歸真，難道你就只能走前人走過的路，你就不能自出機杼，想前人所未想，爲前人所未爲，走出一條自己的道？若不能走出一條你自己的道，即便讓你達到萬物歸原，也不過是個功力變態的廢物，憑什麼和天下英雄一爭長短？」

直如一瓢冰水當頭潑下，李無憂從頭涼到了腳，心中卻似乎有什麼東西在滋長，眼前似乎也是一陣雪亮，直如撥雲見日。

白衣人又道：「大荒四奇的武術，崑崙山中各家洞穴裏的雜術，古圓文殊洞的法術，北溟二老的魔法，倚天劍法，若蝶的妖術，莊夢蝶的道術，厲笑天的殺天九刀，蘇慕白的鶴沖天，這一路行來，你學的東西多如牛毛，除開心有千千結，又有哪一樣是你自己的？別跟我說掬波手這種從禪林擒拿手裏化出來的垃圾！」

「前輩此言差矣！」被白衣人一罵，李無憂驀然大悟，「這些東西任何一樣都是我的！他們固然是別人所創，但學到我手裏就已是我的，我如何使全在於我，我早已在走我自己的路！」

白衣人聞言一愣，隨即放聲大笑：「哈哈！孺子可教！那你去吧！」

「去哪裏？」李無憂一呆，眼前忽然一花，白衣人已然消失無蹤，同時四周排山倒海的壓力洶湧澎湃而來，彷彿四面的牆都在剎那間擠到了身邊，隨即身體被一陣肌肉撕裂骨節斷折的巨大痛楚襲捲，昏死過去。

但那痛楚卻彷彿不願就此放過他，下一刻，神智微微一清，整個人彷彿身處爐火之上的鐵胚正被千錘百煉，迷迷糊糊間，苦樂哀喜痛酸各種感覺猛地同時湧上心頭，眼前景象千變萬化，時而白雪皚皚，莽莽蒼蒼，自己風衣負雪足跡成行；時而高山入雲，巍峨險峻，絕壁千仞之上自己持劍傲立，橫眉冷對崖下刀劍千萬；時而乘舟浮水，人在滄海，自己舉酒臨風，邀朝日落霞共傾杯；時而疾風苦雨，時而和風麗日，時而關山萬里，時而江南絲雨，時而落梅吟雪……眼前人物也是千變萬化，或刀臉橫眉，或書生意氣，或王侯傲酒……

但無論景物如何變幻，面容怎樣改變，卻不知從何時開始，一個翠衫羅衣的女子便與自己形影不離：白雪之上兩人相手扶將，足跡成雙；絕壁之上，那女子與自己一起面對崖下千萬人怒目揚眉，淡然自若；滄海之間，那女子撫琴而歌，與酒碎濤鳴相和……

關山萬里，滄海茫茫，皚皚白雪，一路之上全瀰漫了那女子一淡如菊的微笑……各種影像紛至遝來，各種感覺在心中翻騰。

「啊！」李無憂猛地大叫一聲，眼前景物一變，身體猛地一痛，已然落到一處熟悉之地。

時值黃昏，斜陽雲暮，金風送爽，眼前竹影搖紅，足下石徑碎金婆娑，向前眺望，白雲深處一座閣樓離地三尺，「舍利海」三個大字在雲霧繚繞間若隱若現。

「北溟摩天峰舍利海！」李無憂驚呼出聲！

但隨即他卻發現這裏和自己住了半年的舍利海略有不同，但到底哪裏不同他又說不上來。正自沉吟，忽地耳畔腳步聲輕響，他心念一動，忙躲到一處竹林後面。

片刻之後，腳步聲由遠而近，細聽下卻是兩人。

巧的是，那兩人走到李無憂身前不遠處居然駐足停了下來。

李無憂直覺出來人都是絕頂高手，他一時不敢，一個沉厚但溫柔的男聲道：「傻丫頭，不用擔心，大鵬神既然答應治我，便不會再爲難我！你在這等我出來吧，乖！」

「嗯！」另一個女子的聲音輕輕應了。

話中意猶未盡，便是一旁的李無憂也覺察到了，那男子自然不會不覺，柔聲問道：

「你怎麼了？」

「沒事！」那女子輕輕笑了一笑，隨即傳來輕微的摩挲聲音，顯然是兩人抱在了一起。

良久之後，忽聽那女子道：「相公，你去吧！記住，無論怎樣，我都永遠和你在一起！」

「蝶兒，怎麼忽然說這個？」那男子大是詫異。

李無憂覺得心莫名地顫了一顫，小心翼翼地撥開竹葉，朝外面看去。

入目所見，卻是一個翠衫女子輕輕推開對面一個道裝男子，溫柔道：「沒事！你去吧，我等你！」

道裝男子點點頭，最後看了翠衫女子一眼，灑然而去。

「夢蝶！對不起了！」翠衫女子望著那道裝男子的身影消失在雲海裏，呢喃低語，猛地側轉身，一雙含水明眸正與剛剛站起的李無憂雙目相對。

「若蝶！」李無憂驚呼失聲。那女子雖是梨花帶雨，但如畫眉目李無憂卻再熟悉不過，正是若蝶！

「若蝶，你怎麼在這裏？」李無憂繞開竹林走了出來。

若蝶望著他呆呆出神，眼中滿是淚水。

「若蝶？你……」李無憂見她淚眼迷離，一時竟是不知如何是好，呆了一呆之後，終於還是嘆了口氣，走過去合手抱了上去。

「啊！」李無憂呆呆望著自己的手，張大了嘴良久說不出話來。

剛剛……他轉過頭來，若蝶倩影漸漸淡漠。從來沒有一刻，真實與虛幻，如此的接近。剛剛……若蝶明明撲進了他懷裏，卻立刻穿過了他的身體，甚至連一陣輕煙的流動都未帶起，無質無量，就那麼穿了過去……若蝶。

若蝶？那真是若蝶嗎？

「大鵬神，你說的是真的？」李無憂正自發愣，忽然聽見舍利海中一聲劃破靜寂的驚呼，依稀聽來正是先前那個道裝男子。

彷彿宿命中注定的召喚，聽到這個聲響的他猛地驚醒過來，未作任何猶豫，大步朝發聲的方向奔去。繞過舍利樓，那片碧波浩蕩的舍利海便在眼前，遠遠地便看見兩個人站在碧波中央的誅心閣上。

李無憂一直搞不清楚爲何這片寧靜的水上小閣會有那麼殺氣騰騰的名字，但此刻他卻已然明白。那片本是一向水波如鏡的碧水，此刻彷彿是忽然被煮翻，巨浪滔天，而那個小閣彷彿就是煮翻這一大鍋水的釜底之薪，最大的浪山從這裏洶湧而出。

煙波浩渺中，誅心閣彷彿是風雨中飄搖的蓑草，搖曳不定，隨時都會崩塌。誅心，誅心，你要誅誰的心？又是什麼樣的悲痛和憤怒連佛祖舍利所化的佛海也能煮翻？

「我不信！」隨著那個聲音再次高叫，「轟」的一聲巨響，通向誅心閣的唯一一座石橋竟生生被喝斷。

「奶奶個大西瓜！」李無憂頓時眉頭大皺，「難道你在裏邊做什麼見不得人的事，居然不讓老子過橋？」

他手摸著下巴沉思起來：「這個傢伙居然敢和我搶若蝶，太也不知死活，怪的是若蝶居然還叫他相公，這事未免太也奇怪了！不行，今天不看到這傢伙的真面目，老子死不甘休！咦！我剛剛還在三生石，怎麼就到北溟來了？白衣前輩呢？靠，靠，靠！怎麼這麼多鳥事？唉，要是能到誅心閣裏看看就好了……」

這個念頭才一落，眼前便又是一花，再定下神時，不知覺間，人卻真的已到了誅心閣的大門外。那翻江倒海一般的雷霆之怒卻也在這個時候歸於了平靜。

李無憂小心翼翼地朝閣內看去，立時被嚇得幾乎沒軟下。大鵬神手提一把光華粲然的金劍，遮面亂髮中，一雙金中帶赤的眼睛，正朝這邊望來。

李無憂不是沒有見過大鵬神，但從來沒有見到他一雙眼睛居然也可以憤怒到此，頓時嚇了一大跳，但待他定下神來，卻詫異地發現這雙眼睛的憤怒之下卻似有著無盡的悲傷。

在大鵬神的身邊，肅立著一個與大鵬神模樣異常相像但愁眉不展的年輕人。而在二人的膝下，背對著李無憂跪著先前那個道裝男子。

「呵呵，下午好，下午好！」被大鵬神的眼睛盯著難受異常，李無憂覺得自己有必要做點什麼緩和一下氣氛，於是揮了揮手。

但大鵬神對他視而不見，只是依舊望著閣外出神。那個道裝男子也是靜靜跪在地上，一動不動，彷彿這樣石雕一般的沉靜乃是與生俱來。那個年輕人眉頭緊鎖，卻也彷似也沒有看到閣外的李無憂，只是看著地上的道裝男子微微嘆息，一言不發。

李無憂詫異地看了看自己的身體，似乎沒有什麼異常，自己好像也沒有施展隱身術，爲何他們竟似看不到自己？剛才怎麼一下子我就飛到了這閣外？這……這難道是做夢嗎？

誰也不知過了多久，那年輕人終於開口道：「莊大哥，你再仔細考慮考慮吧！」

道裝男子不語，只是木然搖頭。

大鵬神收回望向門外的目光，無限悲傷地看了道裝男子一眼，堅定道：「莊夢蝶，無論你怎麼說，本神都不能答應你！算時間，此時若蝶那丫頭已被投入天地洪爐了！你若堅持不肯服用須彌丹，她的一番苦心便算白費了！」

「莊、夢、蝶？」李無憂張大了嘴，再也合不上來。

這三個字組成的名字，清清楚楚地鑽入他耳朵裏，只如五雷轟頂。這個道裝男子竟然……竟然是一千年前就已經死了的莊夢蝶？誰能告訴我，究竟是怎麼回事？

卻見莊夢蝶的肩頭幾乎不可覺察顫了顫，道：「大神，若蝶既然要形神俱滅，留我一人在世，受那風塵浸染之苦，你於心何忍？」

大鵬神嘆了口氣，手中金光一閃，已多了一顆拳頭大小的金色藥丸，說道：「受人所托，忠人之事。我既答應若蝶要救活你，那便不能食言，服藥之後，無論你要生也好，要死也好，我也管不得了。」

「啊！」莊夢蝶看了看那顆藥，忽地發出一聲大吼，猛地奮起，一掌擊向大鵬神，後者本能地向左側一閃，只是可惜，這一掌卻並非攻向他的，掌勢半出，於空陡然一個轉折，已經狠狠劈在了大鵬神身側那人的胸上。

「小鯤！」大鵬神目眥俱裂，反手一道金光打出，正中莊夢蝶前胸，後者頓時如箭倒射，撞到李無憂身左的牆壁之上，重重摔了下來。

李無憂直嚇得倒退了三步，幾乎沒落到舍利海中。

「小鯤！你，你沒事吧？」大鵬神抱住小鯤的身體，顫抖著身體大聲地搖晃呼叫，但後者卻似已經死了，一動不動。

「他沒事！我出手很有分寸。」地上的莊夢蝶強撐著，搖搖晃晃地站了起來。

李無憂看他搖搖欲墜的樣子，不知爲何竟沒來由的心頭一酸，便想上前去攙扶，但心念方動，大鵬神的身影卻已到了莊夢蝶身前。

「你……你這個蠢材，你到底對小鯤做了什麼？若蝶已經死了，你再拿我兒子的性命威脅我，又有什麼用，有什麼用？」大鵬神一把抓住莊夢蝶的胸口，怒聲大叫，眼神中與其說是怒火，不如說是巨大的哀傷。

「我沒想過要威脅你什麼！」莊夢蝶搖搖頭，「我只是怕我對不起我自己！」

「對不起你自己？」閣內的大鵬神和閣外的李無憂同時一呆。

「我知道若蝶已經死了！我想我應該和她一起死。但修煉了這麼多年，我的功力越高，我對世情就越淡薄，對若蝶的情雖然是例外，但我知道早晚亦會受到影響。若蝶用她的性命給我換來了須彌丹，我不該負她，該服下去。但我知道這種丹藥服下去後會讓我昏睡三年，而我自創的夢蝶心法，卻是無論睡覺行走都會不自覺地增加功力，我怕三年之後，我功力越高，我對若蝶的情就會越淡，到時我再不會想到自殺。那這一輩子，我也不會再想到自殺……我不能負她！所以，我決定重傷小鯤。除開這顆須彌丹，你再救不活他！世上唯一的須彌丹沒有了，我想不死也不成了，我也不算辜負若蝶！」

大鵬神放開了莊夢蝶的衣領，刹那間，眼中的憤怒和哀傷已全部轉爲敬佩和憐惜。

「你……你這個大傻瓜！」

閣外的李無憂一時也是呆住。我自認不是負情之人，但比起莊夢蝶來，卻差得實在太遠。若是小蘭阿碧她們死了，我肯定也會悲傷難過，但，但我真會和她們一起去死嗎？

一時之間，空氣中似乎都瀰漫著一種哀傷，誰也沒說話。莊夢蝶本就身受重傷，再受了大鵬神這重重一擊，更是幾乎連動動手指的力氣都沒有，但他顫抖著身子，卻彷佛要站起來，李無憂嘆息一聲，雖然不知是否有用，但還是毅然走進閣去，輕輕攙扶著他的胳膊，微微用力。

莊夢蝶站了起來！李無憂卻頓時愣住。爲什麼是這樣？

「謝謝！」莊夢蝶轉過了頭。

四目相對，面面相覷。兩個人的眼睛中，對面那張臉和自己一模一樣！

兩個人徹底呆住。大鵬神聽到莊夢蝶說謝謝，嘆息一聲，轉過身來，隨即詫異發現莊夢蝶竟然站了起來，正背對著他，呆呆地望著閣外。他先是愕然，隨即眼眶濕潤起來。

莊夢蝶正對的方向正是若蝶離去的方向，天地洪爐所在。

情啊，你究竟是什麼奇妙的東西，居然可以讓這樣一個人站了起來？四隻眼睛對望，誰也不知過了多久。

「你真的來了！老師果然沒有騙我！」莊夢蝶忽然笑了起來，「很好，很好！」

「什麼？」李無憂不解。

「無須明白！接著！」莊夢蝶不知道是哪裏來的力氣，陡然出掌如電，擊在了李無憂的胸口。彷彿是萬分之一瞬，卻又彷彿是千萬年，莊夢蝶的手掌離開了李無憂的身體，搖搖欲墜，李無憂想過去扶住他，但卻發現自己絲毫不能動彈。

莊夢蝶哈哈大笑，忽地放聲高唱：「朱顏渺渺，白雲蒼蒼，俏人兒，已改昔時模樣。誰還記，當時爲誰痛哭，爲誰歡笑，看光陰凋盡舊詩行！誰人玉台高閣，誰人極樂天堂，凝眸處，煙波斜陽……斜陽……」

語聲至此漸漸渺渺，一絲游息，終於消散不見。

李無憂記得這首歌自己在初入北溟時見到玄女後曾想起過，當即輕輕續道：「莫問卿卿去處，綰一縷青絲，且去那世外垂釣，哪管那角徵宮商？」

「何人在此喧譁？」大鵬神忽然厲喝，身影一動，金光閃了過來。

李無憂大驚，只覺眼前一黑，復又跌入半夢半醒之間，眼前景物變幻，人物變化，歡樂悲喜憂愁困苦百般滋味再次湧上心頭。

也不知過了多少時光，他忽覺眼前一亮，再看時，自己依舊在三生石內，白衣人正立在眼前，面帶微笑地看著他。

「前輩！」李無憂大叫，「這究竟是怎麼回事？」

「你還不明白嗎？」白衣人微微地笑，彷彿洞徹世情的仙人。

李無憂想了想，搖搖頭道：「我似乎明白了，卻又不全明白！」

白衣人悠悠道：「千載之前，莊夢蝶以為若蝶死了，決定要殉情。但事實上，若蝶雖然墜入天地洪爐，卻沒有死。莊夢蝶也是在臨死的剎那才明白這件事，當即以無上玄功將畢生記憶和功力凝成了一顆三生逍遙珠，期盼轉世之後能憑此珠記起若蝶被困天地洪爐之事，讓二人再次重逢！」

「前輩的意思是……」

「你還不明白嗎？那顆逍遙珠我一直代你收藏，在天地洪爐之中的時候，卻已通過那三道真氣一起打入了你體內！若非如此，三生石又怎能喚醒你前世記憶？莊、夢、蝶！」

白衣人目綻神光，直射李無憂雙眼。

「啊！」李無憂驚呼一聲，眼前幻覺無數，光陰彈指，忽忽百餘年，生老病死竟然在眨眼間自眼前飛過。

待再次定下神來時候，李無憂畢恭畢敬，翻身拜倒：「弟子莊夢蝶叩見師父！多謝師父為我維持這千年道基！」

「起來吧！這世你叫李無憂，前世種種你我知道就行，那也不必常提了！」白衣人淡淡地笑。

李無憂前世記憶盡復，頓時想起師父並不喜歡繁文縟節，當即點點頭站了起來。

想起自己為何會對北溟熟悉之極，而自己對這白衣人為何會初見之下就覺得親近異常，他為何會懂倚天劍法，為何總能於危難之時現身相救，一時橫亙心頭的許多難題就此迎刃而解，痛快之餘，心中卻也是感動非常。

白衣人笑道：「呵，說起來，這一世初見你時，見行事雖然還像以前那麼喜歡婆婆媽媽，但灑脫不羈，不拘小節，敢於使用陰謀詭計，為師很是歡喜。只不過見你全無一絲蒼生在懷的心胸，行事也不夠光明磊落，不算個堂堂正正的大丈夫，為師當時也是頗為難過，本有好幾次打算棄你而去，但最後猶豫良久，還是堅持了下來！還好，你的所作所為，漸漸像個大丈夫了，這才真的決定要重新認你當徒弟！」

李無憂呆了一呆，忽道：「師父，這件事，我怕你是誤會了！前世便是因為弟子非要當個大丈夫，這才搞得若蝶和我最後分崩離析，我臨死之前曾暗自發下誓言，這一世，弟子再也不要當什麼大丈夫或者什麼大俠了。我只想和心愛的人開開心心地活到老，天下蒼生和徒弟再無半點瓜葛，至於是否光明磊落，別人到底怎麼看我，我再也不想在乎這些。師父若是覺得之前看錯了弟子，此刻大可廢了弟子的功力或者殺了弟子，弟子斷斷不敢有任何反抗！」

白衣人認真看了他一眼，嘆了口氣，道：「難道你自己沒有發現嗎？你口口聲聲想做個小人，但每當大難臨頭，你拚命想說服自己以自己利益為重，卻依舊會情不自禁地為他人先著想，你甚至不忍心傷害任何一個向你靠近的女孩子。大荒四奇何等人物，如非早看透你心地純良，又怎麼會對你傾囊相授？謝驚鴻為何會對你次次手下留情？手段卑鄙不過是行事方式，與心地無關啊。」

李無憂呆了一呆，只是心中卻老大不服氣，他向來最看不起大俠大丈夫之類人物，從來沒有想過自己會是一個大俠，一時怎麼也不能接受，當即就欲爭辯，但白衣人卻擺擺手，道：「好了，不必說了。你究竟是怎樣的人，將來時間會證明！對了，逍遙珠我已完全還給你了，你也已經借來了前世功力和記憶，可懂了萬物歸原之境？」

李無憂點點頭，笑道：「千年之前，我在此境界停留了百年之久沒有寸進，如何會不記得？只是師父，你何時才肯教我第三境界的萬道歸真？」

「萬道歸真，萬道歸真，那是仙的境界，嘿嘿，豈是那麼容易學的？」白衣人一直柔和如春風化雨，此時卻忽然冷冷笑了起來，「其實即便學會了，又能怎樣？你根本放不下人世間的兒女情長，終生望著天，夢想破穹飛去，翅膀卻被你自己踩在了足下！」

「師父！」李無憂見白衣人眼中晶瑩剔透，彷彿是有淚光隱然，不禁微微呆了一呆，「師父，你是在說你自己嗎？」

「哈哈哈哈！哈哈！」白衣人放聲大笑，眼淚隨著身體的顫抖盡情地流了下來，「他媽的，我不是說自己又是在說誰？除了我，天下誰還能像你這個傻瓜這樣傻的？」

「師父！」李無憂叫了一聲。

「我沒事！」白衣人擺擺手，神情漸漸淡漠下來，「你想學萬道歸真，等你將萬物歸原練至最高境界，並領悟了倚天劍法第九式後來大荒山找我吧！前世的口訣都還記得吧？」

「記得！」李無憂大喜點頭。

「好了，爲師要走了，你還有別的事沒有？」李無憂想了想，道：「師父！我一直只知道你叫天外散人，是上任倚天劍的傳人，但你的真實來歷，過去經歷，我都一直一無所知。經歷了這麼多，我們師徒好不容易在千年之後重逢，這次你能不能告訴我？」

「不能！」天外散人微微搖頭，「不過，等你下次來大荒山的時候我會告訴你的！對了，還有一件事你要記清楚了。你現在身懷兩百多年的功力和記憶，雖是你前世所留，卻不該存在於今世，你如今所得，等於是向前世借來的種子，你必須勤加修煉，早日將本身的真實功力達到這一境界，否則必遭反噬，到時你前世今生都將一起消失，好自爲之吧。」說完再不停留，袍袖一展，人已消失不見。

李無憂連連點頭，最後看了看被白衣人插在地上的倚天劍，深深拜了一拜：「師父！你對弟子真是恩深如海，弟子……真不知該如何報答才好！」

四壁回音，天外散人卻再沒有發聲，顯是去得遠了。

李無憂輕輕一招手，地上倚天劍化作一道五彩光芒，落到他手中兀自顫抖不止。

李無憂屈指一彈，龍吟之聲高亢不絕，似也歡喜無限。他輕撫劍身，感受著那直透心底的涼意，心中感慨不已。

莊夢蝶，前世的他，臨死前一剎那忽得天外散人之助，悟透若蝶生死之謎，當即留逍遙珠於一直習而未用的倚天劍內，以待來世。此事之後，天外散人一直將自己封印在倚天劍內，一面修煉，一面靜等莊夢蝶轉世。

這一等，卻是千年之久，直到七年前，李無憂修煉五行法術略有小成，倚天劍感應到其前世魂魄，天外散人這才御劍至崑崙倚翠峰，並和倚天劍一起伴隨著李無憂下山，是以這一路行來，李無憂所行所止，天外散人全在冷眼旁觀，是以這兩次都才能及時救援，最後更是以無上神通，結合三生石、逍遙珠的力量，恢復了李無憂前世記憶，並且助其吸收逍遙珠內的前世功力。

如此深恩，實非言語所能形容。只不過，對於發生在天界的事，師父卻是全然無知，如此說來，他難道也還是未修煉成仙嗎？如果自己沒有猜錯，萬氣歸元、萬物歸原、萬道歸真應該就是成仙的三步必經道路，只有邁入萬道歸真才能真正進入修仙之路，而以天神訣修神的話，則第一步是貫通筋絡。那麼，仙和神到底又有什麼不同？

李無憂默思一番這些虛無縹緲之事，隨即想起前世種種波瀾壯闊，情愛糾纏，忍不住唏噓不已，唯一心安的是，經歷了一千年的波劫，自己終於和若蝶重逢了。

更難得的是，今生自己還有阿碧小蘭盼盼等紅顏知己，此生可謂不枉。

感慨一番，想起諸女尚在石外等待自己，當即意念沉入丹田，自逍遙珠引出一絲元氣，遊走全身經脈，搬運周天。不時那絲元氣越來越盛，漸漸由涓涓細流化作了奔騰大

海，下一刻，這道沛然之氣衝上百會穴，李無憂腦中一聲轟鳴，整個人頓時進入入定狀態。

也不知過了多久，李無憂睜開眼來，抓起倚天劍，舞出一套前世所創的大逍遙劍法。霎時只見劍影排空，劍氣縱橫，舞到後來，他更是將前世今生的劍法武術一起施展出來，一時只覺前所未有的痛快。直將他所會的所有武術都施展了一遍，體內元氣依舊沒有絲毫衰竭之勢，他立時明白自己入定之時，已然完全消化了逍遙珠的力量，終於達到了前世的萬物歸原境界。也是這一陣舞劍，他終於將兩世的道法武功融會貫通，兩項印證，境界更是比以前高出無數倍，而在天界所悟的星羅天機劍也終於在此刻得以大成。

「千年之前，除開師父之外，我已然無敵於天下，卻不知今世又如何呢？」李無憂傲然一笑，猛地將倚天劍朝上空一拋，同時手指一陣靈訣掐動。

倚天劍於空一陣旋轉，陡然劍氣大漲，猛地朝他頭頂直直落下，刺入百會穴，沒至不見。下一刻，他全身陡然放出五彩光芒，他大叫道：「出來吧！」轉身光華流轉，最後落入他右手掌心，顯出倚天劍的模樣。

「回去吧！」他微微一笑，倚天劍再次化作光華射入他身體之內。

隔了千年之後，倚天劍終於和他人劍合一，再不分彼此。

「萬物歸原！」李無憂猛地大喝，十指指尖同時微微一顫。

下一刻，上下四圍的石壁彷彿是受到無形力量的牽引，化作千萬道綠光直射向他身體上，整個石頭劇烈地顫抖起來。

也不知過了多久，李無憂微微嘆了口氣：「三生石果然是三生石，連我萬物歸原也不能完全化爲己用，算你厲害！」說時十指再一顫，結成一個奇怪的手印，朝六方一指，喝道：「三生石，到我手心來！」

綠光暴射。李無憂感覺到掌心一陣沉甸甸的感覺，他沒想到這塊三生石居然重達萬斤以上，準備不足的他幾乎拿不穩這顆已經化得小如雞蛋的三生石，當即笑了一笑，片葉須彌法術使出，三生石頓時變得輕如一片菩提樹葉，輕輕一拋，丟入乾坤袋中。

「老公！」「相公！」「公子！」「臭小子！」「元帥！」李無憂忽然聽見一陣驚天動地的歡呼聲，慢慢睜開被綠光刺激得閉上的雙眼。

雖然早有準備，但入眼所見還是將他嚇了一大跳。

四周帳篷林立，兵馬無數，美女如雲。從他身周向外，依次包圍的是寒山碧、慕容幽蘭、若蝶、朱盼盼、葉秋兒、唐思、秦清兒和夜夢書等人，而次外一層則是一千手持無憂箭的無憂近衛軍嚴陣以待，眼睛一眨不眨地張弓對著自己，王定、谷風、葉青松、韓天貓、勞署和玉蝴蝶夾雜在他們中間，而再次外一層則是營帳林立，各營之外更有無憂軍士兵守衛擁護，營帳之外依然還是兵馬，不過穿的是楚軍號衣，卻並非無憂軍，而他自己則彷彿是被重重包圍的死囚。

「你們這是？」李無憂微微皺眉。

「嗚嗚！老（相）公啊！」諸女除開寒山碧、若蝶和秦清兒外，一邊哭著一邊撲了上來，李無憂霎時被六個美女團團圍在脂粉堆中，一時鶯鶯燕燕，諸女七嘴八舌，邊哭邊問西問東，饒是李無憂久經戰陣，也從沒見過如此風流陣仗，一時間只覺亂花迷眼，再分不清東西南北，臉上也不知多了多少香吻和美女的香淚。

秦清兒在一旁大叫肉麻，說是再也看不下去，轉頭卻飛到夜夢書身邊，摟著後者卻怎麼也不肯放開了。

場中只留下寒山碧和若蝶二人笑盈盈地看著李無憂諸人，眼中也是淚花閃動。

眾士兵先是面面相覷，隨即卻發出轟天震地的哄笑聲。

忽聽一人怒道：「笑什麼笑？」

眾人識得正是比李無憂更恐怖的慕容幽蘭，立時噤若寒蟬，作聲不得。

慕容幽蘭這一喝罷，卻又去抱住李無憂大哭。眾士兵見此更想發笑，卻又不敢，忍得好不辛苦。

「嗚嗚嗚，王爺啊，下官可是盼著你出來了啊！謝天謝地，謝天謝地啊！」李無憂正自招架不住，忽聽一人號啕大哭，偷眼看去，卻是近衛軍中的谷風下馬奔了過來。

李無憂見此暗自鬆了口氣，對諸女道：「這麼多人呢，有什麼事待會兒回去再說吧！」

眾女這才依依不捨，故作矜持地將他鬆開，但慕容幽蘭和葉秋兒卻全不管這一套，依舊纏著他左膀右臂不肯放鬆。

李無憂微微苦笑，卻見谷風已然走進，當即笑道：「谷總督這是怎麼了？本王好好的，你這麼一陣亂哭，士兵們會以為本王已然掛了，這亂了軍心，你可擔當得起？」

谷風忙一抹鼻涕眼淚，近身跪倒：「下官知錯！王爺啊，軍心亂了下官自然擔當不起，可您要再不出來，下官這把老骨頭可要被清蘭公主給拆了，到時候擔當得起擔當不起就完全不重要了！王爺，您現身真是及時啊，此時此刻，下官終於明白為何百姓都把你當救世主了！嗚嗚！天降我大楚英才啊！」

「清蘭公主？」李無憂大是疑惑。

「嘻嘻，就是本公主了！」慕容幽蘭撲了過來，一把將他抱住，笑了起來，「沒出京城的時候，皇帝封我的！本來不想讓你知道，但這老傢伙我讓他派士兵去外地尋找高人，他就是不肯，我才拿出來壓他的！怎麼樣，威風不？」

「威風？」李無憂見谷風一張原本頗有仙氣的臉看來憔悴不堪，整個人大大地瘦了一圈，一頭青絲竟彷彿是一夜之間全白了，想起這傢伙一定被眾女折磨得極慘，不禁啞然失笑，「果然是夠威風的了。堂堂的朝廷一品大員被你搞成這樣，看回去你爹打不打你屁股！」

「哼哼，他才不敢呢！」慕容幽蘭撇嘴，「再說了，你也捨不得是不？」

「才怪！」一旁的葉秋兒忽扮了個鬼臉搶白道。

「死秋兒，幾天沒收拾你，你不知道姐姐叫什麼名字了是不？」慕容幽蘭笑罵著就去撓葉秋兒的癢，後者忙邊躲閃邊還擊，二女頓時鬧成一團。

李無憂搖頭苦笑，轉頭望向寒山碧，後者知他心意，笑道：「自知你被困三生石內之後，我們試遍所有法子想救你出來，卻一直沒有成功。最後糊糊真人一跺腳，說是去找一個人幫忙，叫我們將此處守住靜候他的消息，但他這一去卻是一個多月沒有消息，小蘭性急，便要谷風派人去京城找他爹，可惜慕容前輩雲遊未歸，未能前來。呵，你入石到今天已足足兩月了，這幾天小蘭正纏著谷總督發個招賢榜，召集全大荒的人來破這塊三生石！可王定卻說這是個餿主意……」

「果然是個餿主意！」李無憂嚇了一跳，「到時候賢人沒招來，倒是將古長天、蕭如故或者陳羽這些唯恐天下不亂，老想落井下石的人隨便招一個過來，老子這一輩子怕就只能困在石頭裏了。」

寒山碧咯咯笑道：「王定也是這麼說，非但不許貼招賢榜，還拿出你的御賜金牌令全城封鎖消息，另一面卻派人去跟朝廷說，於珊州遇到山匪，要再次逗留幾日再平匪患，谷總督夾在中間，裏外不是人，這不頭髮都白了！我看你要再不出來，若蝶姐姐和盼盼可是要回北溟找大鵬神來救你，如果再不成功，本姑娘可只好改嫁他人了，她們嘛，呵呵，我估計除了唐思小妹會一直守在這裏之外，其餘的人多半也要和我打一樣主意，讓你在這石頭裏和空氣洞房去！」

唐思一向冷淡，明明喜歡李無憂得緊，卻一直不敢承認，但這兩月裏卻以她最爲著急，眾女看在眼裏，笑在心頭，此刻危急已過，寒山碧當即便拿這丫頭尋開心，一方面自然是爲了活絡氣氛，另一方面卻是爲了將來相處容易。

唐思果然立時兩靨飛紅，道：「爲何獨獨是我守在這裏？」

寒山碧笑道：「因為你和他簽了三年合約啊。他一日未出，便是一日未死。你當然得一直在此守著！嘻嘻，不知道的還以為妹妹守著塊望夫石呢！」

有慕容幽蘭在，唐思和李無憂的密約在諸女中早已不是什麼秘密，寒山碧是以知曉。唐思不善言辭，卻深明言多必失的道理，當即假嗔著啐了寒山碧一口，卻沒有再說話。眾女看在眼裏，自是另有一番好笑。

李無憂才知自己這一入定居然過了兩月之久，不禁生起「山中一日，世上百年」之感，聽寒山碧故意說得輕鬆，卻也同其餘諸女一般清減了不少，皮膚也黑了好些，不禁心中痛惜，柔聲道：「辛苦你們了！」

寒山碧愣了一愣，道：「你這小子怎麼忽然這麼有禮貌了？」

「嘿嘿！我在石中有奇遇，你和若蝶過來，我告訴你們！」李無憂故作神秘道。

「什麼事？你氣質好像是和以前完全不同了！」寒山碧和若蝶對望一眼，狐疑著，終於還是上前了一步。

「哎呀！討厭啦！」下一刻，寒山碧和若蝶兩個妖女與尋常女兒家全無兩樣地驚叫起來，卻是李無憂迅快地在二人臉上香了一下，同時大笑道：「相公我在石中學會了香香大法，哈哈，怎麼捨得獨獨虧待了兩位娘子呢？」

寒山碧和若蝶作勢欲打，李無憂當即足走奇步，輕輕巧巧避了開去，同時移形換影，人已然迅快地在站立一旁偷笑的朱盼盼和唐思以及正在打鬧的慕容幽蘭和葉秋兒臉上親了一下，眾女齊聲嬌嗔，伸手去抓他，卻均是一一落空。

李無憂哈哈大笑，旋身一轉，復又落回寒山碧和若蝶之間，大笑道：「再補你們一人一個，大家就都不吃虧了！」

「討打！」寒山碧和若蝶同時嬌呼一聲，各出左掌右掌朝李無憂臉上打去，其速之快，只若電閃，掌心更是隱然有藍綠兩道光華閃動，顯然是其中蘊涵了法術靈氣，二女都是下定決心要給這登徒浪子一個狠狠地教訓。

但這看來巧妙絕倫的兩掌，卻全走了空——在二女掌心的收縮類法力尚未張開之際，臉頰之上已是一熱，顯然又被李無憂吻了一下。

眼見兩掌要撞到一處，二女慌忙收掌，再看時，李無憂卻已落到丈外正笑嘻嘻地看著二女。

「呀！老公你功力恢復了！不對，不對，似乎比以前更厲害了！」慕容幽蘭忽然大叫起來。

眾女這才回過神來，都是一齊大喜，目光一起望向了李無憂。

第九章　如來是什麼？

李無憂微笑道：「不錯！」

「太好了！」諸女振臂齊身高呼，即便是連一貫文靜的朱盼盼和淡漠的唐思、若蝶也不例外。

「恭喜元帥！」無憂軍眾人均是大喜過望，紛紛落馬拜倒，歡聲雷動。

三千人一起吶喊，只如山呼海嘯，外圍的珊州軍士兵聽見呼聲更是雙足發軟，亦是紛紛拜倒在地，莫敢直視李無憂。

李無憂噹啷一聲拔出背上無憂劍，舉劍過頂，朗聲道：「諸位無憂軍兄弟，我軍此次進京，可謂險阻重重。但我李無憂在此發誓，無論有任何危險，我都將與大家不離不棄，凡與我無憂軍任何一人爲敵者，便是與我李無憂爲敵，與我四十萬無憂軍爲敵，當者必誅！但朝中有奸佞當道，蒙蔽聖聽，此行實是凶險重重，凡不願隨我進京者，現在請領了路費立刻離開，本帥以性命擔保絕不爲難，也不會看不起你，之後江湖相見，大家依然是好兄弟。好，誰要離開，請站出來？」

軍中一片死寂，誰也沒有說話，誰都紋絲不動。

「很好！」李無憂還劍入鞘，「今日大家修整一日，明晨兵發京城！」

眾人轟然應諾，各自造反不提。

谷風聽李無憂言下竟是隱有血濺京城之意，卻不知他所說的朝中奸佞是誰，但他圓滑慣了，卻也不問，只是大讚特讚了一番李無憂神威蓋世下屬威猛，掉頭卻讓手下帶領珊州軍回城，並讓人趕忙派出使節將李無憂動向上報朝廷。

李無憂也很是熱情地敷衍了他一陣，自將他交給王定等人，自己卻帶著諸女回到帥帳。久別重逢，眾女和李無憂自是有說不完的親熱話。

此時十一月中旬，正是隆冬時節，自有手下送上火盆暖壺等屬，一時帳中春意融融，眾女個個嬌顏透紅，說不出的嫵媚動人，李無憂看在眼裏，耳畔軟語濃濃，鼻中幽香淡淡，與先前石中景象相比不啻仙境。

李無憂細細將進入三生石前後說了，但失節給公孫三娘一事自然大筆掠過，只說是這淫婦輕薄自己想吸取自己功力和精血，自己巧妙周旋，終於用計在糊糊真人幫助下將這娘們正法。至於最後脫困一事，更是不能說出前世以及天外散人之事，只說是三生石乃是上

古奇石，不想居然有恢復功力的奇效，自己非但功力盡復，居然還更上層樓。

諸女聞之都是唏噓不已，聽到緊張處，慕容幽蘭和葉秋兒更是緊緊摟著李無憂不放，生怕他忽然消失一般，其餘諸女或害羞矜持或感情內斂，卻也不離他三尺，關切溢於言表。李無憂於眾美環擁之下，只覺恍如隔世，也是柔聲安慰，一時極盡纏綿，說不出的溫柔繾綣。

唯一美中不足的是，當夜諸女在寒山碧帶頭起鬨下，依舊睡到了他隔壁帳篷，誰也不肯和他大被同眠。對此李無憂是恨得牙癢癢。眼見一群活色活香的絕世美女在眼前，卻是親得抱得偏偏睡不得，這種感覺比之不能觸摸更加讓人鬱悶。

但自當日寒山碧這妮子到來之後，因其火辣的作風和出色的外交手段，眾女竟自然地爲這妖女馬首是瞻，當她提出婚前不可越雷池半步之議，諸女雖對李無憂情深一往，竟也都是一致贊同，連早和李無憂有過肌膚之親的葉秋兒也因怕將來被眾女孤立，不敢陪他荒唐。唯有唐思說要保護他，與他隔床而睡，卻也是朵帶刺玫瑰，萬萬採不得的。

李無憂對此怒火是上了九重天了，卻因之前功力受限不能用強，只能無可奈何。此時他雖然功力已然遠超任何一女，卻也心知自己若當真用強留住諸女，諸女表面不說，心頭難免會看他不起，是以他也只當一切如舊，只是暗自發狠，甚至連唐思也遣去和諸女一起了。

軍中人人以爲元帥大人六妻在旁卻不犯秋毫，當真是君子人物將士楷模，對其敬服更增，卻不知李元帥是啞巴吃黃連有苦難言，如魚飲水冷暖自知。

夜至三更，李無憂孤枕難眠，披衣坐起，出帳繞營散心，有守夜士兵見了便要呼叫敬禮，李無憂揮手制止，示意他們繼續巡邏，不要聲張。

李無憂獨自一人出了營帳。此時已是冬日，草原上馬草已然枯敗，早被收割一空，寒星冷月下，極目望去，整個蒼瀾平原不見盡頭，空曠而寂寞。李無憂想起諸女和眾士兵就是在這裏對著一塊石頭堅守了兩月之久，全是爲了等自己，心頭頓時不禁一陣感動。

曾幾何時，李無憂早已不是一個人了，自己的肩上平白壓了那麼多的責任。在恢復前世的記憶之後，莊夢蝶的記憶占據了他的心靈，前世和今生糾纏在一起，固然讓他得到了更多的寶貴記憶，但也多出了很多感情和沉重，大大地改變了他的氣質，短時間內這個影響還會繼續升級，他要是不覺得心情煩躁才是怪事。

「出來吧！」他忽然輕輕叫了一聲。

身後現出無數條淡淡倩影，隨即漸漸變濃，最後在他身前彙聚成一條。

月光下，黃衫人影淡雅如仙。卻是若蝶。

「公子，你的功力真是大進了，連我的千妖解體藏地術也瞞不了你，奴婢以後要想再秘密跟著你怕是再也不能了！」若蝶雖是在笑，眸中卻滿是驚愕。

「傻丫頭！」李無憂笑了笑，招手示意她過來，後者看了看四周，才乖巧地走了過來，被他摟在懷裏。

「原來以前你經常暗地裏跟著保護我，枉我自詡神功蓋世，居然一點也不知道，可真是夠笨的了！」李無憂輕輕摸著她的臉，又是感動又是感慨。

「公子不必這麼說。」若蝶忙安慰道：「若蝶不過是因爲長了公子幾歲，其實任何人要是在公子這個年紀有這樣的功力，做夢都該笑醒了。再說，如今公子的功力已是遠遠勝過奴婢，以後再也用不到若蝶保護了！」

「呵，那以後就由我保護你吧！」李無憂淡淡地笑，神情中卻有著說不出的認真。

「啊！」若蝶輕輕叫了一聲，也不知是歡喜還是驚訝。

「對了，以後不要自稱奴婢，也不要叫我公子，和小蘭她們一樣，叫我相公或者老公都行！好不？」

「公子，奴婢不敢！」若蝶堅定地搖了搖頭。

「不敢？是不願吧！」李無憂淡淡一笑，「在你內心深處，依舊只是把我當做莊夢蝶的替身。怕是連你自己也不是真的相信我就是莊夢蝶轉世，或者你也根本不相信有轉世這回事吧。」

「公子，你……終於還是看出來了！」若蝶輕輕掙開了李無憂的懷抱，星眸燦爛，「不錯。當日白石說你是莊夢蝶轉世，我便信了。其實過了這千年之久，即便輪迴真的有道，我又能去哪裏找他？我只知道他前世是倚天劍的傳人，而你是千年之後倚天劍的傳人，是以我一廂情願地以爲你是他轉世。公子，對不起了！」

她輕輕朝眼前男子行了一禮。李無憂幽幽道：「我肯真心待你，你就不肯跟我？」

「公子恕罪！千年以來，若蝶心裏只有他一人而已！這些日子，若蝶雖然是履行對白衣前輩的承諾，但自己也是從公子這裏找到了安慰，奴婢這裏謝謝公子了！」若蝶再行一禮。

「你要走？」

「公子既已揭穿，若蝶怎好再待下去？」

「你要去哪裏？」

「天涯海角……去找他。」

「我們還會見面嗎？」

「公子若是有難，若蝶遠在萬里之外，亦當爲公子赴難。但以公子今時今日的功力，今時今日的勢力，天下能令公子陷入危難的人怕已不多了！也許這一生……」

若蝶沒有再說下去，但李無憂已經明白這丫頭是堅持不會再見自己了，不禁哈哈大笑。若蝶愕然地望著他，茫然不解。

李無憂輕輕吟道：「朱顏渺渺，白雲蒼蒼，俏人兒，已改昔時模樣。誰還記，當時爲誰痛哭，爲誰歡笑，看光陰凋盡舊詩行！誰人玉台高閣，誰人極樂天堂，凝眸處，煙波斜陽……」語聲至此頓住。

若蝶不由自主續道：「莫問卿卿去處，綰一縷青絲，且去那世外垂釣，哪管那角徵宮商？」語罷卻是滿臉淚光，「公子，你……你……」

李無憂看著她的眼睛，柔聲道：「蝶兒，縱千萬人，我們生死同歸！」

「啊！」若蝶驚呼出聲。

李無憂又道：「蝶兒，直到此刻，我才知能日日看著落霞秋水也是人生一大樂事，自今日開始，我再不理那狗屁的江湖，就這樣陪你一輩子好不？」

「好啊！」若蝶輕輕說罷，卻已是淚流滿面，一頭撲進李無憂懷裏。

李無憂說的前一句，正是千年前莊夢蝶與若蝶於天柱峰大戰三千高手時所說，而後一句則是繁花過盡，二人前往北溟前所說。若蝶乍聞之下，如何能不驚不喜不悲不泣？千年的相思得償，淚水是不是可以淹沒整個蒼瀾？

誰也不知過了多久。那女子忽然一把推開眼前人，嗔道：「你這壞蛋！你既已恢復記憶，為何偏來作弄人家？」

李無憂嘆了口氣，道：「倒也不是捉弄你。只不過，前世太過沉重，能不記得，我還是不想記得的好。如果你肯隨李無憂，那我這一輩子也不會洩露我前世的秘密的。只是沒有料到，千年的歲月，原來依舊不能磨滅往昔的記憶。」

「嘻嘻，其實你剛才若再有誠意地懇求兩聲，說不定我已經答應李無憂了呢！」若蝶笑了起來。

「好啊，臭丫頭，居然敢耍我，看我怎麼收拾你！」李無憂佯怒，作勢去抓若蝶胸部，後者誇張怪叫，躲閃不迭。但李無憂此時既已恢復前世巔峰時的功力，若蝶自是不及，再加上她是假意躲閃，不幾下李無憂便將她復又抓到懷裏。

二人隔了千年再次相逢，自是有說不完的話。

只不過若蝶一直在天地洪爐中坐井觀天，日子單調，也沒什麼可說的，而李無憂雖然到今生也只轉世了一次，但他這短短不足二十年時光卻是風起雲湧，說不出的波瀾詭譎，李無憂此時也不再瞞她，將自己一切細細說了。若蝶雖然淡泊慣了，此時卻也聽得津津有味，因李無憂所喜而喜，因李無憂所悲而悲，一直說到自己被公孫三娘所抓，之後醜事也並不隱瞞，細細說了，二人雖在千年前已是夫妻，若蝶聞之依然是臉上多了兩抹嬌羞。

李無憂看在眼裏，暗覺好笑，卻也不說破，只是繼續向下說，直說到天外散人現身，自己借助三生石力量回到前世，看到當日在舍利海所發生的一切，最後借助逍遙珠的力量恢復前世功力和記憶。

若蝶聽罷嘆息不已，道：「當日我只道我死後，大鵬神必然會將須彌丹給你，卻料不到你也是這樣……好在轉世之說原來並非虛妄，否則，相公，你怎麼對得起我？」

「傻丫頭，你若死了，我一個人獨活著又有什麼意思？」

「可是……」

「沒什麼可是了。答應我，以後別再做這樣的傻事，知道了嗎？」

若蝶正要說話，李無憂忽地臉色一變，道：「有高手來了！」

若蝶先是一愣，隨即眼中卻露出又是佩服又是驕傲神色，笑道：「相公，過了一千年，你的本事居然還在我之上！我這一千年可算是白修煉了！」

李無憂笑道：「傻丫頭，難道你忘了我們夫妻同體嗎，你我功力消長息息相關，你功力增長了，我自然也就增長了！」

若蝶恍然：「我就說我修煉了這麼久怎麼連糊糊那個老頭都打不過，原來是你將功力給我竊走了啊，快還給我！」

「不是這樣的！」李無憂幾乎沒有暈倒。

「逗你玩的，幹嘛那麼緊張啊？」若蝶輕輕摸摸他的臉，咯咯笑了起來。

李無憂愣了一愣，隨即也笑了起來，過了千年的淡漠之後，見到莊夢蝶復生，若蝶終於開始打開她的心結，慢慢恢復她往日的性子。但他隨即想到另一個問題，不禁大叫頭疼：小蘭和秋兒這兩個淘氣少女已夠人頭疼了，寒山碧更是行事妖氣十足，如果若蝶再恢復當日縱橫天下的幻蝶妖姬的性子，老子以後豈非永無寧日？

正自頭疼，兩道人影已如鬼魅般由遠而近，掠到二人身前。

其中一人才一落地，立時朝李無憂撲了過來，一邊還大笑道：「哈哈，臭小子，老哥哥沒有騙你吧？你果然恢復功力從三生石內出來了！太好了，太好了！」

「少靠近我！」李無憂身體如游魚般一轉，手掌一揚，內勁透出，指不沾衣地將來人推開，「你奶奶個熊，過了兩個多月還是沒洗澡吧？口水鼻涕地搞得滿身都是！老糊糊，你真他媽的無藥可救了！」

來者正是糊糊真人。與他同來的，還有一背負一條巨大布袋的胖大老和尚。

這和尚本就生得極高，偏又胖大異常，看起來簡直如同一座小山，更讓人鬱悶的是，這和尚一身僧袍竟也是幾十年沒換過一般，破破爛爛，發白的底色上到處都布滿髒兮兮的黃綠色，一看就是積攢多年的油膩。當真是物以類聚，人以群分。若蝶和李無憂都是看得皺眉，不自覺地朝後退了一步。

糊糊真人聞了聞衣袖，憤憤道：「也不是很臭啊！也就三十年沒洗澡，二十年沒換內褲而已，能有多臭？李小子，你他媽不能人格歧視啊！」

「錯！我這是種族歧視！」李無憂不為他怒氣所動，「老子生平最討厭你們這些假裝灑脫不羈不拘小節，其實是為懶惰邋遢找藉口還偏偏自詡高人的噁心人士！」

「靠！敢這麼說我三哥，臭小子你討打啊！」與糊糊真人同來的那胖大和尚驀然大喝，聲如洪鐘，向前一步跨出，地動山搖。

「錯！我不僅僅是說他，還說你呢老和尚！媽的，你嗓門大，到天橋說書或者到捉月樓當陪床叫春的去啊，力氣大沒地方使，上山開礦下海抓龜幫人抬轎子什麼不可以做？非要在這又吼又跺地的？都一把年紀的人了，還要我說三道四，真是不知所謂！」李無憂擺擺手，一臉的恨鐵不成鋼。

「你……」老和尚本是氣勢洶洶，李無憂話一說完，他卻立時愣住，轉頭問糊糊真人道：「三哥，他是在誇我嗎？」

「撲通！」李無憂三人同時跌倒。

「笨！笨！」糊糊真人鬱悶之極，狠狠跳起來敲了敲和尚的大光頭，「說你笨，你還真是笨呢，他剛才的話，翻譯成你們佛門用語就是：如來是狗屎！」

「啊！」和尚大吼，提起大碗公大小的拳頭，猛地朝李無憂衝了過來，人未至，撲面的勁風已至，直刮得李無憂和若蝶臉頰生疼，心道這廝好深厚的內力。

身後，糊糊真人朝二人擠眉弄眼，一臉得意。

「相公……」若蝶叫，李無憂擺擺手，後者點頭退開。

一丈，老和尚氣勢洶洶，李無憂氣定神閒，不爲所動。

七尺，老和尚殺氣騰騰，李無憂依舊氣定神閒，但卻已氣走全身，全身每一寸肌膚都隨時可以出擊。

五尺，兩人雖然盡力收斂自己的功力，但氣場還是有了輕微的相撞，空氣中已然有微小的火花，李無憂的兩隻手都已用無形元氣結了個隱印。

「大師佛門高人，請受小僧一拜！」老和尚猛地匍匐在地，李無憂手印射出的烈火頓

時落空，直接射向丈外的糊糊真人，後者猝不及防，長長的白鬍子立時被點燃，空氣中頓時瀰漫出豬頭被燒焦的味道和豬叫，但沒人甩他……

李無憂幾乎沒被老和尚龐大的身軀壓倒，還好閃得快，當即一面暗自凝氣護身，思索江湖中到底有什麼法術是五體投地才能施展的，一面儘量緩和語氣道：「和尚何事行此五體投地大禮？」

老和尚抬起頭，臉上每一寸皺紋都寫著虔誠：「如來是狗屎，多麼精闢的論斷！施主這句話真是太有禪意了。須知眾生皆平等，萬物皆是佛，如來佛祖和狗屎完全沒有區別！嗚嗚嗚，大師你簡直是貧僧的偶像，懇請大師點化！」

眾人徹底傻了。這老和尚怒氣沖沖地跑過來，居然是因爲那句話……

李無憂暗自戒備不敢放鬆，表面卻合十做高僧狀，微笑道：「須知青青翠竹，皆是般若；鬱鬱黃花，無非菩提。豈止如來是狗屎？你只要將老糊糊也當做狗屎，將自己也當做一堆狗屎，時刻想著你和他都是狗屎，那麼你自然就……」

「大師一語驚醒夢中人！」老和尚大喜，「難怪三哥死纏爛打也要貧僧來救你！不，是讓貧僧來接受您的點化！」

李無憂徹底無語，掃了一眼他身後的糊糊真人，眼見後者已然控制住了三昧真火的蔓延，不禁大是佩服，卻也無暇理會這兩個傢伙，當即淡淡道：「好了，大師我還有要事要辦，你去幫你三哥將火撲滅再來找我吧！」

說時身形一閃，已到了若蝶身邊，再一閃，已跨出五丈之外，身後兀自傳來老和尚洪鐘一般的回應：「多謝大師點化，多謝大師點化！請記得貧僧法號是笨笨大師，您千萬別忘……」

次日凌晨，天濛濛亮的時候，李無憂還在與周公下棋，便被慕容幽蘭和葉秋兒從床上架了起來，說是大軍已整裝待發。李無憂暗暗後悔昨晚在帳篷周圍施放的結界等級太低，讓這兩個精力過剩的丫頭闖了進來，卻也不說，只得強撐著眼皮起了床。

二女剛剛伺候他洗漱完畢，兩條人影便闖了進來，卻是滿身都是焦痕的糊糊真人和笨笨大師。

二人尚未說話，李無憂擺手皺眉道：「想跟著我沒問題，不過麻煩兩位去換身乾淨的衣服先，否則一切免談！」

見二人面露難色，李無憂冷冷道，「去不去隨便你，不過錯過這次機會我可再不等了！」二人連聲應是，屁顛屁顛去了。

慕容幽蘭不解道：「老公，我聽若蝶姐姐說，糊糊前輩的本事只怕還在她之上，昨晚來的這笨笨和尙估計也差不多，爲何先前一路行來，糊糊前輩好像很拽，對你的要求總是愛理不理的樣子，怎麼這次回來後這兩人這麼聽你的話了？」

李無憂道：「這些所謂世外高人，都有怪脾氣，你越對他好越是畢恭畢敬，他越是囂張，你要罵他不給他好臉色，他反而當你是爺爺，求你還來不及。唉，人啊，就是這麼賤，越是有本事的人就越賤！」

慕容幽蘭若有所思，葉秋兒卻是恍然大悟：「難怪你對我和小蘭總是愛理不理，對碧姐姐則是有求必應，原來是我們對你太好了啊！」

李無憂無語。二女大笑。

三人正鬧成一團，忽有秦鳳雛領著谷風來到。李無憂點點頭，示意二女和秦鳳雛一起出去了，這才笑道：「這一大早的，總督大人不摟著小妾翻雲覆雨，反來找我，莫不是年紀大了，那方面需要小王效勞嗎？」

「嘿！王爺真會說笑！」谷風尷尬一笑，但他素知李無憂玩笑慣了，也不以爲意，沉吟片刻，又道：「王爺，有句話下官憋在心裏很久了，不吐不快！」

李無憂見他神色凝重，微微詫異，沉聲道：「請講。」

「如此請恕下官放肆！」谷風行了個禮，又道，「王爺，下官交淺言深地說一句，這京城，王爺還是不要去的好。因爲這極有可能是一條不歸路！」

「哦？何以見得呢？」李無憂微笑。

「耿太師一直想置您於死地，這您是知道的，而你殺了靖王殿下，當然這只是傳言，但殿下的親娘皇后娘娘可不這麼認爲，那張通緝令其實是她逼著皇上下的！」

「這點我已知道！」李無憂點點頭。

唐思和秦鳳雛昨天晚上分別向他細細彙報過這兩月來所得的重要情報，金風玉露樓能名震天下自非幸至，而鳳舞軍得到淫賊公會的勢力後，經過這兩個月的磨合，如今也算是羽翼漸豐了，若這兩者連這些情報都探測不到，那可算是廢物之極了。

谷風自然不知道李無憂如今的情報能力，當即驚了一驚，但隨即卻露出一副本該如此的表情，又道：「王爺既然知道這點，那更應該知道如今京城內已是聚兵十萬，除了王維將軍三千回京述職的柳州軍外，其餘便都是新擴充的城守軍和禁軍，統領百里莫仁和舟落霞一個是靖王舊部一人是皇后侄女。這一年來，您百戰百勝，風頭無量，早遭朝中百官妒忌，而今司馬相爺立場不明，皇上又是情緒無常，朝令夕改，一日三變。你就帶這麼點人進京，不是想死是什麼？」

「十萬人？十萬人還能一起上來殺我不成？」李無憂淡淡一笑。

「王爺已是天下有數的高手，這點下官清楚。但大楚皇宮內可是高手如雲。不說別人，王爺對宋子瞻有把握嗎？另外，國師的立場也是奇怪得很，如今蘭小姐雖然在你身邊，但他此前可是反覆無常，而此次更雲遊了這麼久沒回京，元帥不覺得奇怪嗎？若是這兩人一起對付您，您能有幾成生還把握？眾位夫人又有幾成？如果所有的反對勢力加在一起，無憂軍三千精銳又還能剩下幾人？」

李無憂像是第一次認識谷風一般，打量了他良久，才笑道：「谷總督原來是深藏不露，李某差點走眼了。但不知總督大人認為我該怎麼做？」

「不如反了！」谷風淡淡道。

李無憂臉色頓時鐵青，拍案而起，一指罩定谷風，冷喝道：「谷總督，你好大的膽子！信不信本王立刻將你斃於掌下？」

谷風不為所動，大笑道：「王爺要殺在下，卻不是現在！」

李無憂看了他一眼，忽然坐了下來，道：「好！谷總督，你果然有膽有識，李無憂先前多多得罪了。不過呢，皇上待我恩重如山，本王當粉身以報，這謀反一事，以後提也休提。朝中雖有奸佞當道，本王此次回京便是要剷除他們。雖然此行風險極大，但苟利國家生死以，豈因禍福避趨之？任他龍潭虎穴，我也是要闖一闖的。若是小王能僥倖成功，他日還望總督大人能與我齊心協力，共同報效國家。」

這番話說得冠冕堂皇，且是滴水不漏，沒有任何把柄留下。但谷風卻已知道李無憂的心意，當即淡淡笑了一笑，話鋒一轉抹了過去。

兩人又閒話了一陣，谷風起身要告辭。

李無憂笑道：「這麼著急？要不一起用過早餐再走？」

谷風大有深意地一笑：「下官再不知趣，也不敢打擾王爺和諸位夫人而自遭雷打吧？這樣歡愉時光，不知還有多少啊！唉！」語罷再不看李無憂臉色，甩袖揚長而去。

用過早飯，李無憂當即令全軍拔營，繞過珊州，日夜兼程趕往航州。

但此處離航州還有十餘日路程，並非朝夕可至，李無憂每日無事便和諸女逗樂，一面替她們打通經脈，傳授她們一些適宜她們練習的武術。

他前世已是一代宗師，天下第一高手，再加上今世所學，去蕪存精之後，任何一招一式都是千錘百煉的精華，諸女都是受益無窮。

其中以慕容幽蘭、葉秋兒和唐思三女進步最快，慕容幽蘭本就是小仙級的法師，因其

天真無邪，心無雜質，法力修爲反而比刻意修持的人更快，而李無憂對她又是偏愛最多，幾乎已將她全身靈脈打通，當真是一日千里，已然距離大仙不遠。

葉秋兒本就精通玄宗法術，最擅長的是陣法醫卜之道，李無憂將莊夢蝶記憶中的上古陣法大伏羲八卦陣傳給她後，她也迅快掌握了其中大致訣竅。

至於唐思，本就是刺客出身，武術雙修，李無憂也獨闢蹊徑，除將心有千千結心法傳她之外，尙傳了一門前世所創的至陰內功淡香疏影。

若蝶、朱盼盼和寒山碧三人的修爲本已極高，得李無憂指點之後，更是百尺竿頭更進了一步。

若蝶千年修持，又是李無憂前世戀人，所得指點最多，此時封印解除，功力爲諸女之冠，吸星大法配合不屬五行之內的三千情絲，堪稱妖術之尊。

朱盼盼本身武功只是江湖一流高手，但在北溟死而復生，卻是得到了上古神器蒼引之助，雖然還沒完全學會其使用之法，但實力卻也已強得變態，以文九淵之能當日也敗在她手上，並持之牽制住了吹羽所化的魔龍，救了李無憂一命。李無憂心中對她一直歉疚甚多，便不遺餘力地指點她內力修爲，漸漸將蒼引神力化爲本身內力，臻至奇與正合的境界，與蒼引完全融合已是指日可待。

至於寒山碧，本身就是武術雙修，武學修爲上更已達到聖人級，法術修爲在李無憂的指點下，已接近大仙級，只差一點突破了。李無憂將得自公孫三娘的真靈兵刃風華刀給她，並將厲笑天的殺天九刀改良後傳給了她，其實力也是突飛猛進。

但要真的分出三女誰更高明些，卻十分難。唯一可以肯定的是，這三人都已是江湖中的絕頂高手，遇上宋子瞻和古長天也有一拚之力。至於融合了前世功力和記憶的李無憂自己究竟是達到了什麼境界，這一點就比較難說了。

因爲光一看到他認真時候所發出來的凜然氣勢，眾女都不敢真的和他動手了，而敢與李無憂交手的糊糊真人和笨笨大師兩位，雖然三天兩頭地找他打架，但從三人聯手所布的結界中走出來的兩人卻是對比武的結果絕口不提，被眾女逼得急了，糊糊真人怒道：

「一幫小丫頭，問什麼問？要知道比武切磋旨在研究提高，增強友誼，你們這樣總是在意勝負這種細末枝葉，如何能夠成爲絕世高手？」

見眾女掩嘴竊笑，笨笨大師語重心長道：「各位女施主啊，勝負乃魔障，你們不要如此執著啊。你看三哥，次次被李施主打得滿地找牙，還是視勝負如浮雲，滿帶微笑地面對生活……」

對此，眾女自然以爲李無憂大勝，竟已達到可打倒這兩位奇人的境界，但向李無憂求

證時，後者卻淡淡一笑：「別聽那兩個老傢伙的，他們都沒盡全力！」是以除開若蝶，眾女依然不知李無憂究竟是何等實力，只是如慕容幽蘭一般知道「我老公很厲害，很厲害！」

一路之上，除了分析秦鳳雛和唐思彙報的情報，李無憂每日與諸女快活之外，便是去找玉蝴蝶、朱富和唐鬼三人賭錢喝酒，將軍中如練兵等一切事宜都託付給王定處理。王定受到重用之餘，心頭卻總覺得隱隱有種不安，這日終於找到了李無憂的帥帳。

李無憂笑了笑，道：「王將軍，你終於發現了。怎麼說呢，你的軍事才華我非常欣賞，但我知道你是軍神門下故舊，為人用兵都方方正正，一腦子的忠君愛國，對皇上是忠心異常。唉！你這一點，是我最欣賞，但也最怕！」

王定瞭然道：「屬下明白。此次進京，元帥其實凶險重重，而最壞的結局是可能會與陛下兵戎相見，到時屬下的立場很可能會影響到這三千人能否保護你全身而退。但屬下不安的正是這點，元帥為何不選別人統兵，偏要選末將，還將一切兵事都託付給我？」

李無憂看了王定一眼，後者頓時有種被徹底看穿的感覺，他才又慢慢道：「王將軍，你肯說出這番話來，不枉本帥對你一番器重。那好，如果我真的與皇上兵戎相見，造反了，將軍將何以自處？」

王定沉吟良久，最後終於道：「末將會支持元帥到底！」

李無憂點點頭：「別人如此說，本帥會以為他是搖擺不定或者為求活命而口是心非，但王將軍這樣說，本帥信了。決定已下，你可心安了？」

王定搖搖頭，道：「末將正因為有了如此決定，才覺得難以心安，請元帥指教！」

李無憂大笑：「軍神有沒有教過你，忠君和愛國，哪個為重？愛國與愛民，又是哪個更重？」

「古聖人有言：民為貴，社稷次之，君為輕！自然是愛國重於忠君，愛民重於愛國。」

「這就對了！其實你內心深處非常明白，比起春秋已老的皇上和他剩下的幾個不成器的皇子，手握四十多萬雄兵占據三州的李無憂更有保衛楚國的力量，也更有可能結束大荒亂世。只不過你一直不願意面對這個現實，我此次選你出征，就是希望你能真的看清這件事……我不想讓一代名將因我而折。」

「元帥……」王定感動得泣不成聲。

李無憂幽幽道：「無憂軍之所以能戰無不勝，不是因為李無憂一個人如何厲害，靠的是大家上下一心。此次京城之行，軍師和寒先生都勸我不要去，乾脆豎起義旗好了，但我卻知時機還不成熟啊。陛下待我可謂寬厚，真要直接叛他，我於心不忍，這固然是一個原因，但最重要的是，此次進京其實是危機與機遇並存，我總覺得航州城裏有人在等我……」

「哪家的姑娘啊？」王定問。

「滾！」李無憂一腳將這廝踹了出去，「看來得將朱富調回我身邊來了，才幾天，連王定都被搞得油嘴滑舌了！」

此後一路再無事，只是慕容幽蘭越近航州話越少，漸漸失去往日活躍，李無憂只道她旅途疲累，除愛憐更甚，也不以爲意。

到十二月初一下午的時候，一行人終於離航州已近在咫尺。

此時已值隆冬，早先就寒風瑟瑟，到此時更是開始天空飄起了雪花。

那雪越下越大，到得黃昏時候，眾人離航州城十里的時候，更是紛紛揚揚，如碎珠玉屑一般，將整個天地包了個銀裝素裹，遮住了其餘的顏色。

出乎眾人預料的是，秦鳳雛的探馬很快帶回消息，說楚問率領文武百官及若干百姓在航州城外五里處列隊相迎。

如此蕭瑟寒風，漫天飛雪裏，堂堂一國之主親率百官五里相迎，可說是極大的榮寵了，眾人很是振奮，歡呼雀躍，但李無憂卻對此很有些不滿：「才五里？怎麼不是十里、百里？難道是這廝老寒腿又加重了走不動路？」

眾將士聞言頓時都是冷汗淋漓，如此大逆不道的話，也虧是元帥才敢說，要是這裏稍有一人對他忠心不夠密告上去，可絕對是條抄家滅族的死罪。

但當秦鳳雛輕輕咳嗽一聲提醒他的時候，李無憂元帥卻似乎根本沒有反應過來，而是問了個完全不相關的問題：「哎呀，各位兄弟，大家趕了這麼久的路，是不是都有些累了？」

眾人茫然不解，但還是實話實說，趕了這麼多天的路，昨晚到今天更是晝夜兼程，不累才怪了。

李無憂臉上露出理解神情，笑咪咪道：「那好，全軍聽令，就地休息兩個時辰！」

「什麼？」眾人大驚。

「看大家的樣子，兩個時辰似乎不夠啊？那就三個時辰吧！」李無憂再笑。

皇上就在航州城外等候，元帥卻要我們就地休息三個時辰……眾人頭皮發麻，但軍令如山，沒有人敢說什麼，生怕三個時辰會變成三十個時辰，當即就地停下，煮上酒，烤上

肉，專心休息。

對此，秦鳳雛雖是淡淡一皺眉，卻沒有說什麼，按李無憂說的派出了通信兵。但王定卻是憂心忡忡，一顆心都懸到嗓子眼了，見李無憂一面自與眾活寶（玉蝴蝶、朱富、唐鬼、糊糊和笨笨）開心地賭錢喝酒，一面卻和眾女賞雪吟梅，左右逢源好不快活，當即勸道：「元帥，這個，讓皇上他們在那邊乾等著，我們在這邊卻這樣，會不會不太好？」

「怎麼會不太好？」李無憂勃然大怒，「如今大雪封路，泥濘難通，正是展示吾皇愛惜士卒，為後世留一段千古佳話的時候，我們身為臣子，怎麼可以不將這個機會發揚光大？你們說是不是？」

「是！」眾人轟然大笑。

「是個屁啊！」李無憂看了看天色，忽然罵了一句。

眾人茫然之際，卻見剛剛還滿臉怒色的元帥臉上卻露出了說不盡的殺氣，大聲道：「無憂軍將士聽令！」

「到！」場中除開六女之外，無論是正在做什麼事的人都立刻放下手中東西，刷的一聲齊齊站起，身體挺得筆直。

「有件事，要你們去辦一辦……」李無憂望著前方的山頭，不緊不慢地說道。

第十章　重返京城

大雪紛紛揚揚，全無半點要停的意思。楚問坐在大雪之中，有御輦上的大傘遮住了雪，身上又披著雪貂毛皮大衣，還不覺得如何，但滿朝文武卻沒有這個福氣了。

身後百姓無數，他們可不敢像楚問一樣要求手下加衣服架火炭什麼的，除了一些武將有真靈氣護體外，文官們人人凍得臉色發青，狂抖不已，心頭幾乎沒將慢得像烏龜爬地的李無憂罵得狗血淋頭，面上卻還得掛上微笑保持風度。

正自不耐，忽見遠方一個黑點晃動，卻是李無憂派出的通信兵到了，但沒有騎馬，是施展輕功跑過來的。

「啓稟皇上，我軍行至落月山下，忽遭遇山崩，道路堵塞，李元帥請陛下多等一下！」

「什麼?李無憂好大的膽子，居然敢叫陛下等他?」司馬青衫搶在耿雲天之前大叫了起來，怒氣幾乎沒將一張老臉給脹成豬肝色，「此爲大不敬之罪!此人居功自傲，大大地

不將陛下放在眼裏，臣請陛下立刻下旨將李無憂斬殺，誅他九族！」說完他低聲對身旁耿雲天道：「太師還有什麼要補充的嗎？」

耿雲天淡淡看了他一眼，笑道：「話都被丞相大人說完了，我還有什麼好說的？」

「誅九族我看就不必了吧！最好將他六位夫人都留下，給你當小妾好不好？」楚問一本正經道。

「皇恩浩蕩！臣粉身碎骨難報！」司馬青衫大喜。

「去你媽媽的吧！」楚問笑了起來，「這大雪封路，山崩再正常不過了。無憂想念朕，希望早點見到朕才讓朕在此等候，乃是大大的忠君愛國，怎麼能說是大不敬呢？誰要再亂說話，當斬不饒！」

楚問當即吩咐通信兵回去，說讓李無憂好生清理道路，朕在此慢慢等他，眾百姓歡聲雷動，可以想見李無憂在民間聲望果然是極高。

司馬青衫誠惶誠恐退下，一邊的耿雲天不痛不癢地笑道：「京中早有流言，說丞相大人和李元帥互相勾結，有朋比之嫌，如今觀之，方知空穴來風，未必無因啊！」

司馬青衫笑嘻嘻道：「早聽說耿太師有斷袖之癖，追求李元帥不成，因愛生恨，恨屋及烏之下，看不慣一切與李無憂相善之人，如今觀之，方知愛情讓人盲目，果是名言！」

「你……」耿雲天大怒，卻發現楚問目光射來，忙自住了口。

但過了半個時辰，夜色已晚，護駕的御林軍已然燃起了燈火，大雪未停，在燈火映照下，美麗而朦朧。

李無憂的人影也依然見不到，倒是無憂軍信使再次到來回報：「啓稟陛下，山崩發生太過突然，砸傷了三百多名士兵，元帥說可能還要多料理一下，請陛下……」

說到這裏，那信使已滿臉冷汗。

「哼！區區幾名士兵受傷，就該讓陛下在此久等？李元帥真是太不知所謂！臣請陛下治他死罪！」這次是耿雲天搶了先。

「請治李無憂死罪！」百官跪下一大片。其餘的人都拿目光瞥向司馬青衫，後者視如不見，不動聲色。

楚問臉色已經有些不好看，但他還是笑道：「李元帥愛兵如子，也是替朕宣揚朝廷的仁德，好，朕再等他！」

司儀將話傳了出去，百姓們更是興奮，李元帥如此愛兵，陛下如此仁慈，大楚中興不遠，而這些人大多是平民，水裏來火裏去，辛勞慣了，這點小雪小寒什麼的還真沒放在眼裏。

半個時辰之後，信使再回來時，頭髮上已經滿是冰條，也不知是不是汗太冷的緣故：「啓稟陛下，元帥因救治傷患，大腿抽筋，要……要……要再休息一下……」

楚問喝了口已經快結冰的濃茶，冷哼道：「李愛卿一心爲國，真是難得！准奏！」

「陛下，嗚嗚嗚，您身體要緊啊！李無憂大逆不道，快快斬了！嗚嗚，咱們回城吧！」耿雲天跪下，重重磕頭，紗帽掉地，起身時已哭得滿臉鼻涕，頭髮鬍子黏到了一塊。

「斬了李無憂！」司馬青衫誇張地振臂高呼。於是滿朝文武高呼，哭聲震天。

眾百姓面面相覷。

「誰也不許多言！」楚問怒喝。

眾臣立即噤若寒蟬。

楚問揮揮手，信使如獲大赦，快步去了。

楚問又喝了口茶，驀然大叫：「來人，添炭！」

「沒炭了！」一旁的朱太監小聲回道。

「沒了？」楚問愣了一愣，忽然覺得身體一陣發抖，擺擺手示意太監下去，嘴裏小聲嘟囔：「靠！不早說……」

再過半個時辰，信使再次回來：「啓稟陛下，元帥說，說……說他牙疼，要吃了火鍋才回來，請皇上和諸位大人先回城，明明……明日他再再來請……請罪……」

全場譁然。

這次連百姓們都忍不下去了，紛紛要求殺了李無憂，以儆效尤，滿朝文武哭得個個跟淚人一般，呼天搶地，只差沒有拔刀自刎以諫了，但鼻涕橫甩，披頭散髮，擲冠在地是再也免不了的了。

楚問臉色鐵青，卻還是擺擺手：「好，准奏！」

信使逃命一般去了。

但當信使再次回來的時候，帶來的消息卻讓人更加鬱悶。

「陛下，李元帥說他大拇指受傷，需要接受美女按摩一個時辰……」

「元帥說他腿毛分岔，需要治病三個時辰……」

「元帥說他那匹坐騎忽然發情，需要找母馬解決，大概要……要三十個時辰後才能趕到……」

楚問臉上終於掛不住了，當即拍椅而起，怒道：「李無憂欺朕太甚，來人啊……」

「陛下且慢！」一人猛地大叫，卻是李無憂派來的信使。

「大膽！你竟敢阻攔朕？」楚問大怒，拔出佩劍。

那人不動聲色，不卑不亢道：「小將不敢！不過若是陛下不肯再多等片刻，怕陛下會枉殺忠臣，悔恨一生！」

「哦？」楚問皺了皺眉頭，卻收起了怒氣，冷冷道：「李無憂究竟去了哪裏？為何現在還不來見朕？」

「元帥非是不想來，而是不能來！」那信使不慌不忙道：「若是陛下有興趣，不妨再等一下，有好戲看。」

「有好戲看？好！那朕就先等等！」楚問擺擺手，示意眾人安靜下來，「朕倒要看看，李無憂能給朕什麼交代！」

那信使淡淡一笑，退到了一旁。

司馬青衫輕輕抓了下耿雲天的衣襟，低聲道：「喂！老耿，我有個不好的預感！」

「什麼預感？」耿雲天眉也沒抬。

「李無憂甘冒天下之大不韙，寧願得罪這麼多人也遲遲不肯前來見駕，你別告訴我不是你在他回來的路上做了手腳！」

「老司馬，我警告你別血口噴人！」耿雲天猛然抬頭，揚了揚眉。

「嘿嘿，我不過隨便說說，你那麼激動幹嘛？」司馬青衫忙擺手，「不過話說回來，老耿啊，你對李無憂那幾個美人有沒有什麼想法？要不大家一起合作將這傢伙幹掉，六個美女咱哥倆二一添作五，一人三個，你看怎樣？」

耿雲天冷冷看了看他，沒有說話。

卻在這時，一名御林軍急急跑到了御輦前，奏道：「啓奏陛下，李元帥到了！不過，他隨行之人卻不是先前所報的三千，而是多出了三萬。黑夜裏看不清楚究竟是怎麼回事，舟統領請示陛下是否放他們過來？」

「什麼?!」所有的人都吃了一驚。

須知此刻御林軍護駕者不過一萬人，是因爲楚問出宮前得到的密報是李無憂只帶了三千人來，即便他要謀反也是足以抵擋，但此刻忽然增了十倍，一旦真的出現變數，可就麻煩了。

眾人的眼光一起望向了楚問。

大楚帝國的當代帝君掃了眾人一眼，最後淡淡一笑：「你們那麼緊張做什麼？難道無憂還會有異心不成？真是的！」朝那御林軍士兵擺擺手，道：「去吧！讓舟統領將凱旋歸來的將士們給朕接過來。」

「陛下三思！」耿雲天出列阻道。

「太師，用人不疑，疑人不用！起來吧！」楚問抬抬手，淡淡說道。

耿雲天還想說什麼，但觸到楚問冷若刀鋒的眼光，剎那間全身竟是說不出的寒冷，依稀看見這位曾被稱做「龍帝」的楚國帝君年輕時候的影子，再不敢吭一聲，退了下去。

那御林軍士兵當即去了。

過了一陣，隱隱看見前方燈火驟亮，馬蹄聲如雷傳來。眾人終於鬆了口氣，等了三個時辰，終於來了。

「哈哈！勞大家久等，無憂真是過意不去！」遠遠地便聽見一人扯著嗓子大叫，正是平北大元帥無憂王李無憂。

「快快傳無憂來見朕！」楚問大喜，忙叫身邊的朱太監去叫人。

「停！」遠遠地聽見李無憂大叫，馬蹄聲頓時停了下來。

過了一陣，御林軍閃開一條路，朱太監領著御林軍新統領性感的長腿美女舟落霞和金盔鐵甲、一身戎裝的李無憂慢慢走了進來。怪異的是，李無憂右臂之下夾了一條彪形大漢。

「哈哈！皇帝陛下，司馬丞相、耿太師，陸兄、張兄……各位兄弟，大家別來無恙啊！」李無憂哈哈大笑，將手中大漢朝地上一扔，拱手和諸文武打招呼。

眾人忙各自微笑著回應他，唯有耿雲天大聲道：「大膽李無憂，眼見陛下在座，居然不上前參見，卻先和朝臣結黨，如此輕君慢上，你該當何罪？」

李無憂一臉奇怪地表情問道：「老耿，我派人送給你那十箱金子、十名美女，難道沒有收到嗎？」

「什麼金子？什麼美女？」耿雲天怒道。

「大家明白人，你裝什麼裝嘛？」李無憂一臉這廝不爽快的表情，但見耿雲天怒火沖天，才又露出愕然神色道：「真的沒收到？」

「收到個屁！」耿雲天沒好氣道。

「哦！難怪，難怪你一來就和我過不去！這事好辦，我一會兒派人給你補送過來。」

李無憂恍然大悟的樣子。

耿雲天掉頭對楚問躬身道：「皇上您看到了，李無憂身爲帶兵元帥，當眾賄賂朝臣，實是罪大惡極，國法難容，請皇上將其凌遲處死，以正朝綱！」

楚問笑笑，擺擺手，輕描淡寫道：「無憂和你開玩笑呢，太師你太沒幽默感了！退下吧！」

耿雲天再不敢多言，退到一旁。

楚問忽然臉色一寒，冷喝道：「李元帥，你讓朕和朝廷百官在此空等了三個時辰也就罷了，但你竟讓這許多百姓冒著風雪在此等候，實是彌天大罪！你若不能說出一個合理的解釋，即便朕想包庇你，怕也是天理難容！你有何話要說？」

「陛下聖明！臣之所以來遲，全是因爲此人了！」李無憂指著地上那彪形大漢道。

「切！原來是這麼個臭男人！」楚問很失望，「朕還以爲你是去爲朕搜羅美女去了呢……」

眾人倒下一片。

「呵呵！這個美女呢，到處都是，以後多的是！但此人可是大大的不同！」李無憂笑了起來，「皇上可知小人身上爲何會沾這麼多血？」

「咦！你不說朕還沒發現呢，那你這衣上爲何沾了如此多的血？」楚問大是疑惑。

「靠！這還用說？一定是處女血啊！李無憂，你這小子太……太沒有人性了，居然讓我們在這空等，你卻跑到城外去採花風流快活……你……你……爲什麼不叫我一起去？」一人忽然大叫，卻是司馬青衫。

「就是！無憂你這就太不夠意思了！」楚問也是一臉憤然。

眾百姓都是幾乎沒有昏厥，果然是上樑不正下樑歪，有什麼樣的皇帝就有什麼樣的臣子。眾文武想笑，但礙於司馬青衫和李無憂權傾朝野，除開耿雲天哼了兩聲外，竟是誰也沒敢出聲。

李無憂無奈地搖搖頭，心道：「都一幫什麼鳥人嘛！」口中卻道：「陛下和丞相是誤會了！臣其實是去殺人了！」

「殺人？」楚問愣了一愣。

所有的人都一時反應不過來，唯有司馬青衫臉色變了變，而耿雲天望著地上那漢子，眼神很是複雜。

「是！」李無憂點點頭，指著地上那人道：「陛下，此人乃是航州城東五十里的落霞山上的土匪頭子刀疤王五，臣未至京城，就聽說他的大名了！」

「朕怎麼沒聽過？落霞山天子腳下，竟還有匪患？」楚問睜大了眼，一臉不可思議，但見眾百姓聽到李無憂的話後卻是歡聲如雷，頓時露出深思神色。

「臣有罪！」文臣中忽有一人出列奏道，卻是李無憂親手提拔的航州副總督黃瞻。

李無憂這個航州總督離開京城之後，航州一切事務都是由他主持。

楚問肅然道：「何罪之有？」

「回陛下的話。落霞山匪患始於半月之前，匪首王五嘯聚三百人於山中，很是惡劣，臣收到消息後，立即帶了上千衙役前往剿滅，但不想群匪太過厲害，下官多次都無功而返。此臣之罪也！」

「竟有此事？朕爲何不知？就算朕近日因身體染病未能早朝，你們也該上摺子彙報才是啊？」楚問眼中閃過一絲厲色。

「回陛下的話！臣曾多次上摺子請求陛下派城守軍或者禁軍派兵，但不知爲何一直沒有回覆。」黃瞻道。

「怎麼回事？」楚問望向了司馬青衫和耿雲天。他染病這一段時間，朝中大小事務都是由此二人負責，朝臣上的摺子也是先經過二人過目，尋常的事二人就做了主，但一些大事卻還是要上報給楚問的。

司馬青衫出列道：「臣沒有看到摺子！也許是太師大人勤於國事，以致上廁所忘帶草紙，順手給擦了屁股也未可知。」

眾人聞言大笑，楚問緊繃的臉上也露出了一絲笑意。

「丞相請不要血口噴人！那摺子我也沒有看到！」耿雲天淡淡道：「說不定是丞相大人比在下勤於國事，上飄香樓也不忘披閱奏摺，忘在某位姑娘的香臀之下，也未可知！」

司馬青衫風流之名傳遍楚國，眾文武和百姓聞言都是笑了起來，連楚問也不禁莞爾，而司馬青衫自己則是摸摸鼻子，搖頭苦笑。

李無憂卻是暗暗點頭，幾日不見，耿雲天的心機可是深了好多，以前遇到這樣的情形，他必然是大怒，現在卻可以同樣以一個笑話反駁，算是大大有長進，怕也難對付得多了。

笑了一陣，楚問微微皺眉，道：「此事待會兒回宮再查！但無憂，你爲了那隨時都可撲滅的區區三百人的匪患，卻將朕和這許多百姓扔在這冰天雪地裏三個時辰之久，未免有些說不過去吧？」

「三百人？」李無憂似乎吃了一驚，「皇上，您難道沒聽見舟統領的人回報說，微臣隨行多了三萬人嗎？」

「什麼?!」楚問大驚，「你……你不是要告訴朕，那三萬人都是你抓的俘虜吧？」

「回陛下，事實正是如此！臣已驗過正身！」

冷冰冰回話的聲音卻是屬於與李無憂同來的性感美女舟落霞。霎時場中只如滾開的水，立刻沸騰起來。

那區區一座落霞山上，竟然隱藏了三萬以上的惡匪，並且被李無憂的三千人在三個時

辰內全數給剿滅了，還抓了三萬的俘虜！

楚問也是驚得目瞪口呆。京師五十里外竟然藏了一支最少有三萬多人來歷不明的軍隊（**傻子才會相信這裏突然會冒出這麼多土匪**），無論其目的如何，這件事情，都足以讓人不寒而慄。

「皇上！」李無憂忽然跪倒，「臣來航州之前意外得知此事，深知這支六萬多人的軍隊實是京師的心腹大患，若一日不除，京師便一日不能安寧，是以得知皇上和諸位臣工、航州百姓居然出航州十里迎接微臣一行人，頓時大驚，擔心陛下和諸位的安全，當即派人四處搜索這支不明來歷土匪的動向，果不其然被我在十里之外找到了這群膽敢前來行刺陛下的歹徒，事急從權，又怕此事驚擾了聖駕，是以未敢明言。請皇上恕罪！」

場中所有人都露出了震驚神色。

「哈哈，你救駕有功，又以三千精兵力敵六萬匪軍，生擒匪首，活捉三萬之眾的匪軍，實在是大大地揚了朝廷軍威，大功一件，朕還不知該怎麼賞你呢，又怎麼會治你的罪？」楚問很快恢復了冷靜，開懷大笑。

「為國分憂，臣子本分。只要陛下和太師不追究臣的怠慢之罪便好！」李無憂淡淡地笑。

「不會，不會！沒人會怪責你的！呵呵，是吧，太師？」楚問掉頭笑問耿雲天。

「是，是！沒有！」耿雲天尷尬地笑。

但聽一人大哭道：「亂臣誤國，亂臣誤國啊！」

眾人皆是大驚，循聲望去，卻見文臣中有一人出列跪倒在地，對楚問叩頭不止，不過數次，已然弄得滿頭是雪，額頭青腫，卻是御史胡潛。

楚問頓時眉頭大皺：「胡愛卿，你這是做什麼？」

胡潛哭道：「啓奏陛下！臣現在參無憂王平北大元帥李無憂！此人看似大忠，實是國賊！明知亂匪就在眼前，居然棄天子而不顧，竟以區區三千之人去迎戰六萬匪眾。僥倖成功也就罷了，若是失敗，豈非陷陛下於水深火熱？如此也就罷了，明知陛下在此等候，居然屢遣信使戲弄吾皇，辱慢君上！如今竟又以三千之人押解三萬匪眾至此，一旦生亂，豈非要害得陛下身入巨險？如此種種，陛下當知他此舉看似是爲陛下作想，實是要欺世盜名，目無君上。臣請陛下即刻將此人烹殺，以正國法！」

眾人聞之皆是失色，不是竊喜，就是擔憂。只因這番罪名羅織，看似牽強，但句句都是大帽子扣下，再加上胡潛聲淚俱下披頭散髮的表演，可說是極有殺傷力。

李無憂卻似若無其事地看著眉關越加緊鎖的楚問，但不回頭，竟是對胡潛連一個冷眼都欠奉。

楚問深吸了一口氣，擺擺手道：「胡愛卿錯怪無憂了！事急從權嘛！再說，帶兵將領離京五里便可不聽王命，此本我大楚開國皇帝的遺詔，御史竟是不知？還不起來，徒惹眾百姓笑話嗎？」

「忠言逆耳！亂臣誤國啊！」胡濳依舊大哭不止，卻不起來。

「來人，將他給朕拉下去！」楚問已然動怒。

「臣一死不足惜，只要陛下能識別奸佞！」胡濳重重磕了個頭，猛地起身，朝來抓他的侍衛撲去，脖子正撞到侍衛出鞘的刀上，當場斃命。

「啊！」眾臣大驚，百姓也是一片譁然，紛紛後退，霎時人擠人，人人爭先，亂成一團。

「陛下！您怎麼了？」豬太監忽然叫了起來，眾臣忙自朝楚問看去，卻見老傢伙居然在這個時候口吐白沫暈了過去。

百姓見狀更是大驚，爭先恐後地朝城內逃竄，但負責防衛的御林軍完全不知道發生了什麼事，怎麼會放他們離開？一時間軍民衝突不絕。

眼見大亂就在眼前，忽聽一人冷冷喝道：「都給我站住，誰也不准亂動！」

聲音不大，但諸人聽在耳裏卻有種說不出的威嚴，所有的人同時呆住，不敢妄動分毫，場中霎時鴉雀無聲，唯見大雪紛紛揚揚地落在每個人的頭上，化爲水，落在地上。那人自是李無憂。

這一聲斷喝已在佛門獅子吼裏用上了玄心大法的天心地心之境，頓時讓人生出莫可與抗之感。

眼見眾人已然安靜下來，他迅疾自懷裏掏出金牌和玉劍，厲聲道：「陛下不過舊疾復發，暈了過去，你們吵什麼吵？御林軍統領舟落霞聽令！」

舟落霞看了看耿雲天和司馬青衫，又看了看那金牌玉劍，終於跪下道：「末將在！」

「讓百姓有秩序地離去！」

「是！」舟落霞應了，掉頭執行。

李無憂點點頭，掉頭對司馬青衫和耿雲天道：「丞相、太師，咱們送皇上還宮吧！」

二人對望一眼，齊聲道：「得令！」

當下，李無憂令王定率領無憂軍和兵部的人押解那三萬俘虜去監獄，讓朱富帶著眾女自回他的伯爵府等他，而自己則隨著文武群臣送楚問回宮。

大雪依舊，天地一片蒼茫，卻遮掩不住被譽爲航州大荒六京之首的這座古城的長夜風華。雖然早在楚問出城迎接李無憂之後，城守軍統領航州提督百里莫仁就宣布全城戒嚴，而在諸人過了三個時辰沒有回來的情形下，氣氛更加緊張，但這依舊無法掩蓋住航州城在夜色下的美態。

大街上雖然戒嚴，但各高樓裏的燈火依舊通明，歡歌笑語不絕，誰也沒有緊張。兩百多年的京華月色，造就了航州人獨有的雍容和優雅。

李無憂站在養心殿外，天眼透過層層宮牆，俯瞰著這座城市，不禁輕輕地搖頭。溫柔鄉從來都是英雄塚，誰又知道這些紙醉金迷下面是多少無名屍骨，也許某日自己也會葬身於此也未可知，只不過手握倚天劍的自己如今已是深陷天下氣運之中，不平息這個亂世，怕是難以脫身逍遙了。

「元帥、丞相、太師，皇上醒了，召三位過去。」正自沉思間，朱太監從殿裏走了出來。李無憂應了，和司馬青衫、耿雲天一起走了進去。

楚問果然已經坐了起來，在兩個老太監的攙扶下，正自用藥，見三人進來，擺擺手，朱太監和那兩個太監一起出去，並順勢帶上了門。

整個大殿裏，只剩下了四個人，顯得說不出的空空蕩蕩，但卻不知爲何，跪地磕頭的李無憂只覺得空氣中又有一種說不出的壓抑之感，靈覺散開，卻發現剛才還病歪歪的楚問此刻已然正襟危坐在龍椅之上，虎目中精光湛然，臉上不怒自威，哪裏還是剛才那個需要人攙扶的有氣無力的老者？

「三位愛卿起來吧！」楚問揮揮手。

三人應聲站了起來，司馬青衫和耿雲天見到楚問的模樣，終於也覺察出了不對，眼中都閃過一絲異色，隨即卻和李無憂一起大拍了楚問一通馬屁，無外乎是皇上果然是真龍天子、洪福齊天，這麼快就恢復了龍威之類的無營養的廢話。

楚問擺擺手，示意三人安靜下來，輕輕說道：「別再亂拍馬屁了，朕有正事和你們說！」

「皇上請吩咐，我等三人赴湯蹈火，粉身碎骨，在所不惜！」耿雲天忙道。

「別！赴湯蹈火還可以，粉身碎骨你老人家自己就行了，別拉上我，我還得留著一條小命給皇上辦事呢！皇上您說是嗎？」李無憂趕忙撇清。

「皇上，李元帥口出妄言，目無君上，請皇上治罪！」耿雲天立刻扣大帽子。

「皇上，耿太師侮蔑朝臣，罪大惡極，請皇上將他凌遲處死！」李無憂自然當仁不讓。

「唉！醜就一個字，你們完美地詮釋！」司馬青衫心情大好，唱起了歌。

「找死啊你！」李無憂和耿雲天兩個惡棍頓時大怒，老拳相向。

楚問冷喝道：「國家危難之際，你三人身爲重臣，居然如此不識大體，在這裏吵吵鬧鬧地成何體統？」

「臣知罪！」三人忙拜伏在地。

「起來吧！別演戲了，朕老了，你們早就不將朕放在眼裏了！」楚問嘆氣。

「臣死罪！」三人莫名地背脊一寒。

楚問擺擺手，道：「朕叫你們起來，你們就起來吧！少這麼婆婆媽媽的！」三人這才誠惶誠恐地站了起來。

「朕的身體是越來越不行了。你們也看見了，剛才竟然當眾昏了過去，無憂雖然處置得當，但在民間還是會掀起極大的風浪。唉！」

說到這裏，楚問重重地嘆了口氣。三人望著他比外面飛雪尙要白幾分的鬢髮，蒼老的皺紋，一時也都暗自嘆了口氣，想安慰兩句，卻又不知從何說起。

英雄暮年，原本是自然之律，但真的看到這樣的情形，還是讓人不自覺地傷感。

楚問見此道：「你們個個都是朕的心腹重臣，別垂頭喪氣的，都給朕挺起胸膛來！你們這個樣子，朕怎麼放心將朝政交給你們？」

三人都是愣了一愣，司馬青衫道：「陛下，將朝政交給我們三人，這是什麼意思？」

楚問道：「朕的病是越來越重了，已漸漸不能再處理國事。朕想立十三皇子皓王為太子，令你三人組成輔國內閣輔佐他，以後這朝中大事你三人商量著辦吧！」

「陛下三思！」司馬青衫皺起了眉，「十三皇子英明睿智，立儲之事臣沒意見。但讓無憂王入主朝政一事，臣不敢苟同。臣不是對無憂王本人有什麼看法，他少年英雄，見識能力無不勝老臣十倍，只不過近日來，這朝中大事由臣和太師處理都已是亂七八糟，這個，陛下也知道無憂王和太師之間素有齷齪，若是讓無憂王入主朝政，微臣恐怕局面會更加混亂！」

這倒是實話。讓李無憂和耿雲天這兩個傢伙一起主政，這局面不亂才怪了。

耿雲天忙附和道：「丞相所言有理，此事還請陛下三思！」

李無憂知道這事自己不能表態，不然立刻落下話柄，當即微微踱步，附嘴到司馬青衫耳邊低聲道：「老傢伙，算你狠！下次去飄香樓別指望老子讓亦雯給你！」

「嘿嘿！老子昨天已經將她娶回家去了！」司馬青衫低聲得意地笑。

「……」李無憂無語，狠狠瞪了這廝一眼，頭又偏了回來。

楚問道：「青衫，你說的這事朕已想到！朕正是有鑒於你們二人將朝中事情搞得亂七八糟，這才讓無憂加入進來！以後朝中大事就由你三人決定吧，如果有爭議不下之事，由你三人舉手表決，少數服從多數，只有當你們三人的意見都不統一時再來找朕！好了，此事明日早朝朕會親自宣布！丞相、太師，沒事你們先退下吧，朕還有些事要和無憂說！」

司馬青衫和耿雲天互望一眼，都沒再說什麼，各自告退離去。

偌大個養心殿裏，終於只剩下了楚問和李無憂兩人。楚問也不說話，只是兩眼一動不動地看著李無憂，冰冷的目光，無形卻似有質，只將後者看得頭皮發麻，渾身不自在。

最後李無憂硬著頭皮道：「陛下，你這麼赤裸裸地看著人家，人家會害羞的嘛！不知道的還以爲你老人家有那方面的愛好呢！」

「去你的！你爺爺才有那方面的愛好！」楚問笑罵道。

「是，是，臣說錯了，是俺爺爺才有！陛下嬪妃三千，自然沒有！」李無憂裝出一副誠惶誠恐的表情。

被他這麼一插科打諢，空氣中那壓抑得讓人窒息的氣氛卻也因此而消失得無影無蹤。

楚問嘆了口氣，道：「無憂，你對落霞山一事有何看法？」

李無憂道：「陛下，此事究竟如何，你心中怕早已有數，又何必讓臣再說一次？」

楚問怔了怔，道：「你這是懷疑朕了？」

見李無憂不語，楚問又嘆了口氣，道：「無憂，這次你做得不錯，非但退了三國聯軍，還搞得他們自相殘殺，最後居然打到雲州去了！唉，這本是兩百年來前所未有的勝利，可惜朕聽信讒言，讓靖王來代你，導致功敗垂成，此朕之過也！這也難怪你會懷疑朕。」

「臣惶恐！」李無憂忙躬身行禮，「陛下千萬莫要如此說，都是微臣居功自大，不懂從權，這才導致秦州事件和太子的死！請陛下降罪！」

「降罪？降罪有個屁用？」楚問忽然大怒，重重一拍御案，站了起來，「降罪能換回朕的皇兒嗎？朕恨不得將你凌遲萬刀，但那樣能讓吾兒復活嗎？」

李無憂陡然直覺到自己已被自楚問身上發出的一種陰寒之極的強橫真氣鎖定，如若楚問出招，以自己今時的修爲居然也是只能接招而不能逃避，一時真是又驚又恐——楚問居然深藏不露，功力竟是達到了宋子瞻和古長天那一級別！問題是，他憑什麼？

但這個問題李無憂已經沒有時間去想，他深深吸了口氣，直視楚問道：

「陛下不必恐嚇微臣，臣自問問心無愧！其實當日秦州事件之前，臣早就想過要在攻

下雲州城後，便學蘇慕白前輩一般掛冠遠去。靖王來接收臣的兵馬，臣雖然覺得遺憾，但也並無半絲抗拒之意。只不過陛下，若非你氣度不夠，堅持要微臣的性命，靖王殿下又怎麼會喪命？」

楚問愣了愣，顯然是想不到李無憂在他壓力下居然還能有條不紊地說話，態度還如此的強硬，但他終究是絕代梟雄，當即冷冷哼了一聲，自御案後走了出來，指著李無憂怒聲道：「你這個蠢材！朕要想要你的命，你能活到現在？」

李無憂輕輕偏過一旁，彷彿懷疑楚問這隨手一點也是暗含無形勁氣，不見喜怒道：「陛下，咱們明人不說暗話，之前你對我一直很好，這點無憂心中有數。但靖王的才具你我都清楚得很，若無你背後撐腰，你認為光憑牧先生的支持，他敢向我出手？鳥盡弓藏，自古已然，陛下做得出，難道還怕承認？」

「豈有此理！」楚問怒極，「你以為朕要殺你比輾死一隻螞蟻會難多少？朕要殺你，會暗自派宋子瞻來救你？朕要殺你，朕會下旨強硬地要國師改變主意將愛女許配給你？朕要殺你，你殺了朕的愛子，朕會赦免你的罪，會讓你風風光光地回到航州來？」

「派宋子瞻保護我？」李無憂冷笑起來，「陛下真以為李無憂是三歲孩童嗎？」

「那你以為是什麼？」楚問愣了愣。

「其實我們所有的人都中了你的計！你怕殺了我落下個鳥盡弓藏的惡名，所以將一切交給了靖王去做。你算定我不會輕易放棄到手的功勞，必然會和靖王產生衝突，到時候必然是我勝出，並且必然不會殺死靖王，於是你又派來了宋子瞻，並讓他幫助我，讓我在眾目睽睽下殺了靖王，讓我背上弒主的黑鍋！雖然其中因爲牧先生的橫插一槓差點導致你的計畫失敗，但卻因爲宋子瞻先生傑出的應變能力，使你的計畫完美地得到了實現！」

「你是說朕爲了對付你，不惜殺死了自己的兒子？」楚問怒極反笑。

「事實如此，我想不承認都難！」李無憂冷笑。

「好！」楚問深吸一口氣，「那你怎麼解釋子瞻最後又放了你，並且在你再次落難的時候卻又來救你？」

「陛下這又是何必？」李無憂似笑非笑，「你爲了正大光明的殺了臣，犧牲了自己的兒子，雖然是迫不得已，而且你也是屬意最小的十三皇子繼位，但那種親手葬送愛子的痛苦，依舊會讓你寢食難安，因此你需要親手殺死我，因此宋子瞻必須兩次救我。這個解釋你可滿意了？」

「好，好，你真是聰明！我這麼陰暗的心理都被你看穿了！」楚問冷笑，「你不去寫小說實在是太可惜了！」

「我也這麼覺得！」李無憂摸摸頭，「不過我想那樣的話，易刀會砍我的！」

「易刀？」

「不是很熟啊？那就算了！咱們繼續！剛才說到哪了？哦，對了，是說你爲了親手殺死我，先讓宋子瞻放我在月河村，並再做個緝拿我的樣子後就宣布我無罪，最後再趁事情冷了之後將我抓回來，讓你親手殺死我！嘿嘿，可惜宋子瞻也沒有料到寒山碧會找到月河村，並且搞出了一大堆事。於是你只好召我回宮，你算準以我的冒險性格，必然會回來，然後你巧妙安排出一大堆事情，最後故意昏了過去，讓我不得不直接送你進宮來，如今你這殿裏只剩你我，你只要親手殺了我，便可對外宣布我心懷不軌，怕你追究靖王之事，對你行刺，不想反被宋子瞻所擒殺，對不對？」

「你……」楚問深深吸了口氣，才又道：「那你認爲落霞山上那六萬軍隊是朕所布下，專門爲對付你的嗎？」

「靠！不是爲了對付我，難道是讓他們在那裏觀光去了？」李無憂冷笑，「你以爲我明修棧道暗渡陳倉，帶回航州的人絕對不止三千而是三萬，所以才伏了這一支重兵在城外，到時和航州城裏的軍隊裏應外合，必然能讓我全軍覆沒，到時你要對付我一個人，那還不是輾死隻螞蟻？只是可惜你沒有想到我還沒到航州就已留意到這支流匪，也沒有料到我的實力比當初離開航州時候更有大進，當即乘勢暈了過去，你算準我礙於身分，必然會親自將你送回宮來，然後你和宋子瞻聯手，我還不束手就擒，任你魚肉？是不是啊，躲在柱子裏的宋前輩？」語聲至此，李無憂猛地一張左手，一掌朝殿上一根大理石柱虛按了過去。

「好心思，好眼力！」隨著一聲輕讚，一個人影自石柱裏溢了出來，落到楚問身邊。長衫摺扇，儒雅風流，卻正是著男裝的宋子瞻——謝驚鴻果然將宋子瞻放了，不知道古長天又如何了呢？

楚問神色複雜地看了看宋子瞻，輕嘆道：「看來這次我是無法解釋了？」

「對死人，還需要解釋什麼？」宋子瞻冷笑，張開了手。

李無憂立刻察覺出整個大殿四周已經全被布下了一個威力奇大的結界，若不破除結界，殿裏的人就是打得天翻地覆，外面的人也不會有任何反應，並且即便發現了，如不具備同等級的實力也是闖不進來的。宋子瞻，你終於還是忍不住了！

「嗆啷」一聲，李無憂拔出了無憂劍。

「你我君臣，原來還是免不了刀劍相見啊！」楚問長長嘆了口氣，神情看似有無窮的落寞，落寞中又似有無窮的悲傷，悲傷卻又似隱然有幾分欣喜。嘆氣聲落時，他右手指尖已多了一根細細長長的針。

「小子，刀劍過處，莫問是非！過了這麼多年，你還是參不透嗎？」宋子瞻微微揚眉，不知何時，手中已多了一柄閃著綠光的長刀。

「不是小子參不透！只是參透了又能怎樣啊？」楚問嘆息。

李無憂看了二人一眼，不耐道：「少在那嘰嘰歪歪發什麼感慨了，兩位一起上吧！」

「好大的口氣！你自認能接我幾招？又能接楚小子幾招？」宋子瞻臉上露出不屑神色。

「接你們幾招？」李無憂淡淡一笑，「你們還是考慮聯手能接我幾招吧！」

宋子瞻和楚問聞言，同時放聲大笑，仿似聽到世上最好笑的笑話一般，但笑聲中，二人對望一眼，都看出了對方眼裏的驚詫。

上次在秦州，宋子瞻是見過李無憂出手的，當時他覺得這人武功法術的招式雖然無窮無盡，創意狡計也都是沒有止境，已然是江湖中的頂尖高手，但卻缺少一種氣度，一種絕世高手的氣度。

絕世高手，並非是學會了天下最高深的武術就能稱之爲絕世高手的，而是必須有一種氣度，一種經過血與火的洗禮，千錘百煉之後自然而然形成的氣質。海納百川，有容乃大，處亂不驚，敢為天下先等，都是這種氣質的體現。但才幾月不見，李無憂非但功力復舊，並且身上已經有了那種氣度，一種讓高山仰止的宗師氣度！

宋子瞻和楚問明明知道眼前站立的人乃是當時絕頂高手，但兩人卻都誰也看不清李無憂實力深淺，難道他的實力竟然已在自己二人之上？只是這怎麼可能！

「試試不就知道了嗎？」楚問淡淡地笑，笑容未斂，那枚長長的細針已然刺到了李無憂額前，而詭異的是，此時他與李無憂依然隔了三丈之遙。這枚針，真是詭異！

李無憂屈指一彈，那枚針頓時滯了一滯，但也僅僅是滯了一滯，下一刻陡然加速，彷彿是突破輕紗的疾箭，刹那間已緊貼到了他的皮膚。

「去！」李無憂輕喝，無憂劍的劍身已經隔在了額頭和細針的間不容髮的空隙裏。細針反彈，彈出三尺，陡然折向，迂迴在空中劃了個圈，再次激射向李無憂雙眼。

李無憂冷冷一笑，長劍綰出一朵劍花猛地擊出，但不是眼前，而是腦後。劍花綻開成六瓣，激射開來，哧哧著聲，花瓣上顯出六枚針影。

「好！」楚問和宋子瞻同時喝了聲采。

「普普通通了！」李無憂嘻嘻一笑，身形一晃，陡然化出了三個一模一樣的身體，呈三角之形站立，同時出劍，劍光咄咄，分別擊向身周，每一劍角度不同，招式也自不同。

正是李無憂的成名絕技「心有千千結」的立體表現。

同一時間，那枚細針也化作了千萬枚細針，圍著李無憂的四周如密雨一般射了下來，但詭異的是只見針射出來，卻看不到針出來的方向，所有的針彷彿都是憑空冒出來的，完全沒有軌跡，沒有來路，在李無憂的身周形成了一個半圓形的針球。

三柄無憂劍一時也變得神出鬼沒，完全的沒有章法，來去都沒有痕跡，但總能在那些細針接近他衣服前，一劍將其蕩開。

楚問的額角已經微微沁汗。他多年苦修的這根針乃是上古仙器光陰箭，具有穿梭空間之能，精神力控制之下，可以任意穿越他身周三丈空間，端的是當世一等一的利器，如非對手是與他功力相當的高手，斷然不能在針貫體前將其發現，而即便是功力與他相若的對手，如無相應的絕招，也最終難逃被針貫腦的命運。

但糟糕的是，李無憂卻很明顯具備能擋住這針的強橫實力。

最要命的是，此刻空中那千萬的針都不是幻影，而是由最原始的那根針裏提取元素，經過他精神力的催化所得，是以空中每一根針都具備了原來一針使動時候的威力，這一針化千萬固然是天下一等一的殺招，但卻也最是耗費靈力和體力，但最糟糕的還是李無憂的反應，他彷彿能看穿楚問每一針的來路，預先出招抵制，如此一來，楚問便要花費更多的心力去思考這千萬枚針每一針的去勢回勢。

宋子瞻也越看越是心驚，楚問一針化萬不過是因爲光陰箭的奇能罷了，其實這萬針依舊是歸爲一針，楚問只須控制一針便可，但李無憂卻是一身化三，三劍所走的路線完全不同，每一個身體的行動和神情變化也都完全不同，而這一萬針，其實每一針速度角度以及所蘊涵的力道都是完全不同的，但李無憂所化的每一個人都能料到近體的攻擊，並且毫無例外地將針撥飛，這就是說，這三個人都是李無憂，並非真靈氣所化，並且每個人都有獨立並且完全的思想，這已經超出了分身術的範疇，難道……

卻聽楚問一聲慘叫，原來是他胸口終於被一枚細針射中，身體頓時被針力帶得倒飛而去，重重撞到石柱之上，跌了下來，漫天的飛針消失無蹤。

原來李無憂一直在用劍撥針，但這些針非但來無影，去也無蹤——每一針被撥出後，飛出三寸立時卻又消失在空中，似水無痕。

但這一次，李無憂終於用心神鎖住了一枚細針，一劍撥出之後，這枚針在他精神力牽引下擋住了後繼的一枚針，而後面那枚針卻又擋住了後面的針路，如此遞進，終於有一枚針在楚問尚未出手時便已被李無憂撞了回去，正中楚問胸口。

宋子瞻忙飛掠過去，一刀化三，猛地震開三個李無憂，冷喝道：「再不住手，我保管你後悔終生！」

三個李無憂身形同時一晃，影子重疊，三人迅疾合之爲一，卻不收劍，冷笑道：「你以爲李無憂還是昔日吳下阿蒙，任君蹂躪？」

「你自認要打敗我有幾成把握？你又有幾成把握殺得了我？」

李無憂沉吟片刻，道：「打敗你有八成把握，但要殺死你不超過兩成！」

宋子瞻點點頭，淡淡道：「那不知道你那六位娘子有幾成把握避得開我的刺殺，你又能不能經常待在她們身邊？」

「你威脅我！」李無憂猛地揚眉，眼中神光大熾。

「不敢！」宋子瞻淡淡一笑，「只不過倘若你當真要趕盡殺絕，那宋某一日不死，一日便陰魂不散地纏著你的娘子們，我想總有一次能殺死一個吧？」

「你……」李無憂滿臉怒色，隨即想了想，卻笑了起來，「呵呵，宋前輩，你不覺得這事情太不公平了嗎？憑什麼楚問可以殺我，我此刻就不能殺他？」

宋子瞻已然替楚問療傷完畢，見後者已經醒來，才鬆了口氣，道：「他如真要殺你，你以爲你還能活到現在？」

這句話和楚問剛才所問幾乎一樣，這讓李無憂愣了一愣，他自然知道自己的推測有些牽強，但問題是，楚問剛才明明是殺氣滿滿，那是斷然不會錯的，這究竟是怎麼回事？

宋子瞻卻沒立刻回答他的疑問，只是看了楚問的傷勢一眼，道：「他已然練成傳說中的分神術，我想你該放心了吧？」

楚問點點頭：「分神術，分神術……是了，無憂，你有此神功，確然是天下無敵了。」

李無憂卻搖搖頭：「那不是分神術，是我自創的一門……一門……嗯，可以說是心法吧！」

能將心意分散的分神術比之只能將身體分成幾部分的分身術高明得不能以道理計，前世莊夢蝶的記憶裏也有關於分神術的簡略資料，但卻沒有修煉之法，他剛才所使的卻是以心有千千結爲根基演化天界星羅布置所創的星羅天機劍，與分神術有異曲同工之妙，只不過比分神術卻是要更加厲害百倍，現在只是牛刀小試而已。

「自……創？」宋子瞻搖搖頭，只覺得匪夷所思，「唉！天意如此！李無憂，我一直希望你能打敗我，並多方激勵你，但你此刻的實力，已然與我不相伯仲或者更加勝我一籌……唉，你要再使出這分神術，我怎麼可能還是你的對手……當今之世，實已無人是你對手了！」

「那倒也未必！」李無憂搖搖頭，其實自己雖然得到前世莊夢蝶的兩百多年功力和記憶，但因爲轉移損折的緣故，光以功力而論，糊糊真人和笨笨上人就與自己相差無幾，對他們自己還可憑藉武術境界上的差別將他們擊敗，但要說擊敗大哥他們，即便出倚天劍，勝負怕也只在五五之間，更何況倚天劍雖與自己融合爲一，但卻依舊不能長時間使用。

他心頭感慨，卻發現宋子瞻看自己的神情又是哀傷又是落寞，但卻又隱隱有些自豪，心頭猛地一動，忽道：「原來殺靖王是你自己的主意！」

「你終於明白了！」宋子瞻和楚問同時一嘆。

「但……」

「但這太不合情理了是吧？」

「是！」李無憂皺皺眉。

虎毒不食子，帝王家或者例外，但也斷斷沒有爲了一個毫不相干的外人而犧牲自己兒子的道理吧？這究竟是怎麼回事？

楚問嘆了口氣，道：「這個故事，還得從十八年前說起……」

請續看《笑傲至尊 8天下英雄》

笑破蒼穹 ⑦ 鼎盛江湖 (原名：笑傲至尊)

作　　者：易 刀
發 行 人：陳曉林
出 版 所：風雲時代出版股份有限公司
地　　址：105台北市民生東路五段178號7樓之3
風雲書網：http://www.eastbooks.com.tw
官方部落格：http://eastbooks.pixnet.net/blog
信　　箱：h7560949@ms15.hinet.net
郵撥帳號：12043291
服務專線：(02)27560949
傳眞專線：(02)27653799
執行主編：朱墨菲
美術編輯：吳宗潔

法律顧問：永然法律事務所　李永然律師
　　　　　北辰著作權事務所　蕭雄淋律師
版權授權：蔡雷平
初版換封：2015年5月

ISBN：978-986-352-129-7

總 經 銷：成信文化事業股份有限公司
地　　址：新北市新店區中正路四維巷二弄2號4樓
電　　話：(02)2219-2080

行政院新聞局局版台業字第3595號
營利事業統一編號22759935

定 價：280元　特價：199元

國 家 圖 書 館 出 版 品 預 行 編 目 資 料

笑破蒼穹 / 易刀著. — 初版. —
臺北市 : 風雲時代, 2014.12
冊 ;　公分

ISBN 978-986-352-129-7 (第7冊：平裝)—

857.9　　103024454

有華人的地方就有

龍人的作品